Las 27 citas de Charlotte May

Para Alba,
con todo mi cariño
y gratitud. Espero que
Charlotte y compañía
te despierten más de
una sonrisa.
Un beso enorme,
[illegible] 05.09.2022

Abril Camino

Las 27 citas de Charlotte May

Planeta

Av. Diagonal, 662-664, 08034 Barcelona
www.editorial.planeta.es
www.planetadelibros.com

Primera edición: septiembre de 2022
Depósito legal: B. 12.467-2022
ISBN: 978-84-08-26187-2
Composición: Realización Planeta
Impresión y encuadernación: Liberdúplex
Printed in Spain - Impreso en España

Certificado PEFC
Este libro procede de bosques gestionados de forma sostenible y fuentes controladas
PEFC/14-38-00305
www.pefc.es

El papel utilizado para la impresión de este libro está calificado como papel ecológico y procede de bosques gestionados de manera sostenible

A mis amigas, a todas.
Por ser fuente inagotable de inspiración y carcajadas.
Por ser abrazo que consuela cuando la risa es esquiva.

La relación más emocionante, difícil y significativa de todas es la que tienes contigo misma. Y si encuentras a alguien que te quiera como tú te quieres... Bueno, eso es fabuloso.

Sexo en Nueva York

NOTA DE LA AUTORA

Todas las citas que componen esta novela están basadas en hechos reales. Durante años, cada vez que una amiga, una compañera de trabajo o yo misma teníamos una cita horrible, alguien me decía: «Tienes que escribir un libro recopilando citas espantosas». Así que... aquí está.

Para preservar la privacidad —y la dignidad— de las protagonistas reales de las citas y de sus acompañantes, algunos detalles han pasado por el filtro de la ficción. Quizá penséis que algunas situaciones se han exagerado en aras de la comedia, pero... más bien ha ocurrido lo contrario: he atenuado anécdotas para que resultaran verosímiles, porque si algo he aprendido en la vida es que la realidad siempre supera a la ficción.

A todas las maravillosas mujeres que me habéis contado vuestras citas desastrosas a lo largo de estos años, gracias. Esta novela la habré escrito yo, pero la habéis creado vosotras. Es vuestra también.

PRÓLOGO

El día en que mi hermana Elizabeth cumplió treinta años, dijo una frase después de soplar las velas que no se me fue de la cabeza en mucho tiempo: «Tengo todo lo que había soñado conseguir a esta edad». En aquel momento no lo entendí. Adoro a Lizzie. Siempre hemos sido ese tipo de hermanas entre las que la rivalidad nunca hizo acto de presencia y, en su lugar, con los años fue creciendo una amistad que nos convirtió en inseparables. Pero quererla con locura no impedía que viera la realidad de que Lizzie estaba muy lejos de tener todo lo que un ser humano sueña con alcanzar a los treinta.

Se podría resumir de la siguiente manera: cuando Lizzie cumplió treinta años y yo tenía veintisiete, ella arrastraba un historial de nada menos que cuatro titulaciones universitarias abandonadas durante el primer curso, antes de rendirse a la evidencia de que los estudios no eran para ella; yo, en cambio, había sido la segunda de mi promoción en la Central Saint Martins, la mejor escuela de diseño de moda del mundo. Ella trabajaba en aquel momento (y allí sigue en la actualidad) a media jornada en una asesoría fiscal como chica para todo; yo era subdirectora del departamento de Diseño de una de las principales firmas *low cost* de moda de Inglaterra. Las dos habíamos heredado las que habían sido las casas de nuestros abuelos en el pasado, aunque a ella parecía haberle tocado la mejor opción por ser la mayor: un piso de más de cien metros cuadrados a tiro de piedra de Mayfair en una de esas mansiones de estilo victoriano divididas en apartamentos; yo había tenido que conformarme con la vivienda de mi abuela paterna, en pleno Shoreditch, pero la suerte de mi vida era que Shoreditch se había convertido en el barrio de moda de Londres y esa palabra, «moda», a mí me engancha como la luz a una polilla. Además, yo no había tenido que comprarme un gato, como acababa de hacer Lizzie, como última medida desesperada para tratar de mantener a raya a los inquilinos del género roedor que se le presentaban de vez en cuando para compartir apartamento sin pagar alquiler. Lizzie, además, siempre había sido de salud delicada: tenía alergia a los ácaros, a la lactosa, a la fructosa, al polen y, para su desgracia, también al pelo de gato, por lo que rara vez podíamos verla sin un pañuelo de papel colgando de su nariz. Yo me había tomado un medicamento por última vez cuando tuve la gripe a los nueve años.

Entonces, ¿por qué Lizzie decía tener lo que siempre había soñado, mientras mi familia, reunida alrededor de aquella tarta con velas humeantes, me miraba como si mi existencia se pudiera resumir de fracaso en fracaso?

La respuesta tenía nombre propio: George Barnett. El marido de Lizzie. Marido, antes novio, antes mejor amigo, antes vecino de la casa de al lado. La historia de George y Lizzie era el cuento de hadas moderno definitivo. Enamorados desde los tres años, como a mi madre y a la suya les encantaba repetir, se hicieron novios en el primer año de instituto, después de ser amigos inseparables durante toda su infancia, y se casaron cuando él acabó su brillante carrera como economista en Oxford y Lizzie desistió finalmente de las aspiraciones académicas. Mi historia, en cambio, era la de un millón de citas, novios, medio novios, follamigos, encuentros esporádicos y desastres ocasionales con un solo denominador común: siempre elegía mal. Muy mal.

Tres años después de aquel cumpleaños de Lizzie en el que descubrí que una persona puede alcanzar la felicidad absoluta y la culminación de todos sus sueños por el simple hecho de acostarse cada noche y levantarse cada mañana junto al amor de su vida, me encontraba yo misma en una situación parecida. Cumplía treinta años rodeada de mi familia, que había crecido en tamaño gracias a la incorporación de los mellizos de mi hermana, con una duda sembrada en el centro de mi pensamiento, una que jamás me había visitado hasta aquel momento: «¿He llegado a donde siempre había soñado estar a esta edad?».

Si en lugar de ser una reflexión interna hubiera convertido esa pregunta en encuesta, los resultados habrían sido aterradores: once a uno en contra de la realización personal de Charlotte May, o sea, yo. Habrían votado que me faltaba un hombre al lado para ser feliz mi madre (por supuesto), mi padre (porque siempre emitía votos solidarios con los de ella, incluido el voto a Tony Blair en 1997), mi tía Camilla (porque cualquier mujer mayor de veinticinco años soltera era para ella una comunista o una lesbiana), mi tío Ed (aunque puede que se decantara por el «No sabe, no contesta» después del cuarto *gin-tonic*), mis primos Roger, Pete y Eddie (por fastidiar, más que nada), Lizzie y George (por supuesto, porque el amor es el único sentimiento importante en la vida, basándose en su propia experiencia personal) y mis sobrinos de dos años Amelia y Jacob (porque delegarían el voto en sus padres y... ver paréntesis anterior). El voto a favor sería, claro, el mío.

Yo era feliz cuando cumplí treinta años. Estaba en el lugar en el que siempre había querido estar. Una oportuna remodelación en el departamento de Diseño de mi firma había dado con mis huesos en un puesto de trabajo creado a mi medida y que reunía todas las características que siempre había deseado: era la flamante directora de *Coolhunting* de la empresa, lo que se traducía en viajes a todas las semanas de la moda del mundo en busca de las últimas tendencias, muchas horas de mi vida en Instagram y Pinterest para encontrar inspiración y presupuesto ilimitado para comprar lo último de las grandes firmas para que los diseñadores de la marca lo versionaran al milímetro y cientos de personas, desde las adolescentes del extrarradio hasta Kate Middleton, lo lucieran pocas semanas después. Me ganaba bien la vida. Entre el generoso sueldo que me pagaban y los pocos dispendios que tenía, ya que la tarjeta de empresa me cubría casi todos los gastos, me podía permitir cualquier capricho que se me antojara. Vivía en la mejor zona de Londres para una amante del diseño y la vida alternativa. Tenía amigos en cada rincón del planeta y podía visitarlos con frecuencia. Me gustaba la imagen que me devolvía el espejo cada mañana. Estaba sana, en forma. Me divertía. No quedaba un solo local en Londres en el que no hubiera bailado, reído o cantado con mis amigos una noche de sábado. ¿Qué más podía pedir?

Un novio.

No era mi conciencia la que me respondía. Eran los pensamientos de los once miembros de mi familia que me rodeaban, que se hacían audibles de tanto esfuerzo como ponían en transmitirme la idea. Y los más de cuatrocientos wasaps, mensajes privados de Instagram y hasta correos electrónicos (por Dios santo, ¿quién usaba aún el correo electrónico para felicitar un cumpleaños?) que recibí ese día.

No es que también me gritaran que me buscara un novio, pero sí estaban teñidos de ese tono de humor absurdo con frases como «Te haces vieja», «Hay que ir pensando en sentar la cabeza» o «El reloj biológico empieza su cuenta atrás». Este último fue literal y procedente de mi jefa y el único sentimiento que me provocó fueron unas ganas irrefrenables de adherirle un poco de nitroglicerina al reloj biológico, hacérselo tragar y ver como sus vísceras se esparcían por todo el departamento de Diseño.

Dios mío, los treinta me habían convertido en una persona horrible.

Y paranoica.

Sí, sobre todo, paranoica. Porque eso fue exactamente lo que ocurrió en cuanto salí de la casa familiar y me quedé a solas con mis pensamientos y mis treinta años. Que me emparanoié. Quería un novio. *Necesitaba* un novio. Era urgente que apareciera alguien en mi vida que me sacara del hastío espantoso de ser *solo* una mujer con éxito profesional, amigos por el mundo y unos planes de ocio que envidiaría la Paris Hilton de principios del milenio. No estaba completa. Era defectuosa. A la mierda ciento cincuenta años de liberación de la mujer. Sin pene no hay paraíso.

Sí, lo habéis entendido bien. Me volví loca. Como una puta regadera.

Y así fue como empezó la operación «Buscar al hombre de mi vida».

1

Solo había pasado una hora desde mi epifanía romántica cuando abrí la puerta de mi apartamento con el cuerpo a medio camino entre la emoción por contarles a mis compañeros de piso mi infalible intención de buscar una pareja estable y el temor a las burlas que sabía que provocaría mi decisión. Pero nunca se me había conocido por ser una cobarde, así que entré pisando fuerte y, al encontrarlos tumbados en el sofá y con el aspecto que tenían en ese momento, me di cuenta de que aquellos dos seres no podían suponer una amenaza de ningún tipo.

—¿Puedo preguntar qué hacéis? —me atreví a decir después de un rato observando a Oliver con la oreja pegada a un vaso, adosado a su vez a la enorme tripa de Moon.

Quizá la elección de los dos compañeros de piso más extraños a este lado del Támesis tuviera algo que ver con las enajenaciones mentales transitorias que me atacaban a veces. Y cuando digo «elección» estoy mintiendo, porque el hecho de que hubiéramos acabado compartiendo piso a los treinta había sido más bien el fruto de una serie de catastróficas desdichas.

—Estoy segura de que he oído al crío gritar «¡Sacadme de aquí!» y Oliver está intentando captar el sonido con ese vaso —me respondió Moon como si su explicación fuera tan lógica que a mí tuviera que resultarme obvia.

—¿No deberías dejar las drogas, teniendo en cuenta que estás embarazada de casi siete meses?

—¿No deberías tú volver a tomarlas para dejar de ser tan coñazo? —me espetó Oliver mientras le devolvía a Moon el vaso con una mueca de disculpa por su fracaso en la captación de ultrasonidos imposibles.

Allí estaban las dos personas más importantes de mi vida, aunque quizá «personajes» sería una palabra más adecuada. Oliver y Moon. Moon y Oliver. Podrían haber sido el angelito y el diablo que me susurraran mis buenas y malas ideas, pero en su caso ambos obraban como enviados del averno.

Moon era mi mejor amiga casi desde nuestro primer día de clase en la Central Saint Martins. Yo estudiaba moda y ella, arte, pero respondió la primera al anuncio con el que pretendía encontrar dos compañeros de piso que me ayudaran a sufragar mi recién adquirida independencia en el antiguo apartamento de mi abuela sin tener que hacer algo tan aburrido y cansado como trabajar. Fue una amistad forjada sobre vodka y vomitonas, que es algo éticamente reprobable pero infalible.

El segundo en responder a aquel anuncio fue Oliver. Solo hacía seis horas que conocía a Moon —que por entonces todavía se llamaba Ophelia, pero eso es algo que juramos no volver a mencionar hace más de diez años, así que no lo repetiré— y aún no sabía que era lesbiana, pero no me hizo falta ninguna salida del armario para captarlo en cuanto le presenté a Oliver.

—Perdona, ¿eres Charlie May? —Una voz masculina sonó cerca de mi oído cuando salía de mi última clase del día, una conferencia de introducción al que sería nuestro plan de estudios.

—¿Quién lo pregunta? —Me volví, coqueta, aunque la voz me tembló un poco al encontrarme con aquel espécimen masculino. Me pareció atractivo al primer vistazo, a pesar de que se traía un rollo hortera que no me acababa de convencer.

—Un interesado —me respondió con la voz teñida de burla y también... de coqueteo. Yo era bilingüe en ese idioma, así que sabía reconocerlo a la legua.

—¿Cuánto de interesado?

Me apoyé en la jamba de la puerta del aula para permitir que entraran los alumnos que la ocuparían en la siguiente hora.

—Bastante —respondió y me echó una mirada de arriba abajo con esos ojos azules que ya le habría gustado tener a Paul Newman.

Yo me planteé cuál sería la mejor manera de decirle a mi nueva compañera de piso que pensaba llevarme a un tío a casa ya el primer día... y que, si la suerte me acompañaba, no saldría de mi cuarto en horas.

—Pues... —No era muy sutil a los dieciocho años, eso debo reconocerlo; saqué las llaves del bolsillo trasero de los vaqueros y las hice tintinear entre nosotros—. Quizá estaría bien saber tu nombre antes de...

—¿De...? —Arqueó una ceja divertido. No se podía negar que aquel tipo sabía jugar; quizá tuviera mi misma edad, pero parecía mucho más vivido.

—¿De verdad es necesario que termine la frase?

—En realidad, no. Oliver. —Esbozó una sonrisa que me apeteció morder—. Oliver Walker.

—Charlie. Charlotte May. —Estrecharle la mano me habría parecido demasiado formal a esas alturas, pero un ataque inesperado de timidez no me permitió darle un beso. Aún—. Pero creo que eso ya lo sabías.

—Sí.

—¿Cómo...? —Fruncí el ceño porque, aunque siempre había sido una chica popular, me parecía un poco extraño que un compañero de clase supiera mi nombre el primer día y sin causa aparente.

Oliver levantó una mano y me mostró el anuncio que yo misma había clavado en el tablón de corcho del vestíbulo esa mañana. Lo había impreso en papel color fucsia e incluía frases como «Tú aún no lo sabes, pero nuestro piso será el lugar más divertido de Londres». Me sonrojé un poco cuando imaginé cómo lo verían sus ojos.

—Pues eso. —Esbozó una sonrisa canalla que, con los años, aprendería a reconocer como su seña de identidad—. Que estoy interesado en compartir piso. ¿Habías entendido otra cosa?

Me dejó sin palabras, el maldito, ya el día que lo conocí. Podría haberme parecido un gilipollas y haberle dicho que ya había encontrado compañeros para las dos habitaciones. De hecho..., sí que me pareció un gilipollas, pero prefería mil veces a alguien así como compañero de piso, a un insolente con pinta de haber vivido mucho más de lo que correspondía a su edad, que a un imberbe sin gracia.

Media hora después, le presenté a Moon. Ella ni se inmutó, la muy... lesbiana, ante el portento físico que era Oliver, pero congeniaron; vaya si lo hicieron. Aquel día, en el vestíbulo de la Central Saint Martins, hice las dos mejores elecciones de mi vida.

Oliver, Moon y yo convivimos durante seis años: los cuatro que duraron nuestros estudios en la Central Saint Martins y los dos posteriores, mientras dábamos nuestros primeros pasos en un sector laboral, el de la moda —el del arte, en el caso de Moon— londinense, que nos parecía al mismo tiempo una jungla y el lugar más apasionante del mundo. Después, la vida nos mandó a cada uno a un punto del planeta; bueno, yo me quedé en Londres, pero Moon, tras un repentino cambio de vocación, se marchó a trabajar como DJ a Australia y Oliver consiguió el empleo de sus sueños en París.

Pero, pasados los treinta, allí estábamos de nuevo, compartiendo locuras en un extraño momento de nuestras vidas. Locuras como la que yo estaba a punto de soltar por la boca.

—He decidido buscarme un novio.

Así se lo dije, sin paliativos. Cerré los ojos un momento para no ver sus caras de estupefacción, porque, dado mi historial, suponía que ese sería el sentimiento que les provocaría, pero la curiosidad fue más fuerte que mis párpados y me encontré con dos ceños fruncidos. Me adelanté antes de que empezara el bombardeo de preguntas.

—Quiero enamorarme. No más polvos de una noche, no más desastres que se ven venir a la legua, no más tiempo perdido. Quiero un buen tío...

—Querrás decir un tío bueno... —me corrigió Moon.

—Eso también. Que quiero un novio, vaya. Algo serio y estable.

—Tú no quieres eso ni de coña —soltó Oliver, y acabó su frase con una carcajada que resonó en todo el piso.

—Sí que lo quiero. —Me enfurruñé—. Lo que no sé... es por dónde empezar a buscar.

—Eso déjalo en mis manos. —Moon se incorporó como pudo y me miró con la resolución brillando en sus pupilas—. Mi especialidad es planificar, recuerda.

—Sí, sí... —Oliver seguía riéndose—. Lo haces de maravilla, Moon.

—Me propuse quedarme embarazada antes de los

treinta y ¿qué? Me quedé embarazada a los veintinueve y once meses.

—Sobresaliente en planificación familiar. Suspenso rotundo en gestión de visados —siguió insistiendo Oliver.

La razón por la que Moon había vuelto al piso era rocambolesca. Llevaba ya seis años viviendo en Australia, los tres últimos con su novia Sophie, cuando decidieron ser madres. Moon se sometió a un tratamiento de fertilidad, el embarazo llegó al primer intento y a mi buena amiga le debió de entrar la nostalgia británica, porque le propuso a Sophie que la niña —ya sabían que sería una niña— naciera en Londres. Moon viajó un par de semanas antes y, cuando Sophie fue a solicitar el visado, se encontró con que un desliz con el tráfico de estupefacientes a pequeña escala más de diez años atrás le impediría conseguir el permiso para entrar en las tierras de su graciosa majestad. El embarazo de Moon se acercaba ya entonces a la semana treinta y sus ginecólogos, el abandonado en Australia y el que se había buscado en Londres, le recomendaron no coger un vuelo tan largo para regresar a Melbourne. Así habíamos llegado a aquel *déjà vu* vital de nuestros años de estudiantes.

—Ignora a este imbécil y coge lápiz y papel, Charlie.

La obedecí y me hice con un bloc de notas en el caótico escritorio de mi cuarto.

—¿Qué tengo que escribir?

—Normas. Muchas normas. No nos vale cualquiera. He visto a un montón de personas equivocarse en la elección de pareja por estar bajo el influjo de una crisis de querer sentar la cabeza. Vamos a establecer una serie de características imprescindibles que ha de tener el hombre al que le hagas el honor de convertirlo en tu novio.

—Que tenga pene, sea guapo y vista bien —aportó Oliver—. Ya está. No recuerdo que jamás en la vida Charlie haya tenido otras aspiraciones.

—¿Tú eres siempre así de gilipollas o te has levantado hoy con mal pie? —le pregunté—. Estoy a dos frases insolentes de mandarte de una patada en el culo a tu pisazo de Chelsea.

Creo que esto requiere una aclaración. Oliver, nuestro Oliver, el chico al que conocimos el primer día en la Central Saint Martins y con el que convivimos unos años mientras forjábamos nuestros futuros profesionales, se había convertido con el paso de algo más de una década en Oliver W. Después de que su proyecto de fin de carrera deslumbrara en la pasarela de la London Fashion Week, le llovieron las ofertas de empleo; la más rutilante llegó un par de años después de licenciarnos, cuando Givenchy le ofreció trabajar como segundo director creativo de la firma en París. Oliver, que atravesaba por entonces el peor momento de su vida personal, encontró en esa propuesta una posibilidad de huir de un Londres que le pesaba, así que se marchó cuatro años al otro lado del canal de la Mancha. Cuando regresó, lo hizo convertido en la estrella emergente de la moda británica; el diseñador cuyas colecciones generaban más expectación y copaban portadas; el que despertaba más amores y más odios; el nuevo Alexander McQueen, según todos los medios, aunque sin toda esa parte del suicidio y tal. En lugar de aceptar las múltiples proposiciones de las principales firmas del lujo británicas, decidió crear su propia marca y se rebautizó como Oliver W, porque Oliver Walker le debía de sonar demasiado vulgar. Se instaló conmigo y, a los pocos meses, se compró un edificio en Chelsea (sí, un edificio entero, porque Oliver W caga libras), instaló allí su estudio y *showroom*, y convirtió el ático en su apartamento.

Apartamento en el que debía de haber dormido unas cinco noches en dos años, porque nunca conseguí echar su (precioso) culo de mi casa.

—Charlie, que te dispersas —me advirtió Moon—. Oliver es imbécil, pero tiene razón: que sea guapo y que tenga pene son imprescindibles. Y si no viste bien, lo vas a odiar.

—¡Eso no es cierto!

—No, no lo es —reconoció Oliver—. Vestir bien es algo diferente a lo que a ti te gusta. No aspiramos a que sepa llevar un traje de tres piezas, pero al menos que tenga rollo. Que tenga un mínimo de clase, si preferís llamarlo así.

—Dijo el diseñador de moda al que jamás he visto con algo diferente a un pantalón vaquero roto y una camiseta negra.

—Algunos no necesitamos más. —Me guiñó un ojo—. Además, ya sabes que yo gano mucho desnudo.

Sí, sí que lo sabía. Los años de universidad habían sido muy locos, ya lo he dicho antes, ¿no? En ese piso nos habíamos visto todos desnudos, y no precisamente porque fuéramos descuidados con el pestillo del cuarto de baño. Da igual, ese es otro tema.

—Yo añadiría que tenga casa propia, porque si pretendes meterlo en esta pocilga... —Le lancé un cojín a Oliver y él me respondió con una sonrisa—. Si yo estoy encantado de okupa, Charls, ya lo sabes, pero no creo que a ningún tío con dos dedos de frente le apetezca vivir contigo, conmigo y con la morsa preñada.

—¡Eeeh! A mí déjame tranquila. Además, te recuerdo que yo volveré a Australia en cuanto me saquen la sandía esta por el culo.

—Apunto lo de la casa propia. Solo para que ningún

hombre que pueda llegar a quererme tenga que escuchar ese tipo de frases.

—¿Qué más...? —Moon parecía estar devanándose los sesos. Para ser una mujer que nos había contado que al conocer a Sophie lo que más le había gustado de ella había sido que era «la única lesbiana de Melbourne a la que aún no me he tirado», parecía muy interesada en la selección de candidatos para mí—. Que te haga reír. Eso es fundamental.

—Y nada tópico, por otra parte —aportó Oliver.

—«Que me haga reír incluso cuando no quiere». Eso me gusta. —Seguí escribiendo mientras pensaba en requisitos que me sonaban tan románticos que me costaba creer que estuvieran saliendo de mi boca—. Que me cuide cuando lo necesito.

—¿Eso significa que dejaré de ser yo el responsable de hacerte sopa cuando tengas resaca? —me preguntó Oliver.

—Sí, y puede que hasta dejes de ser mi compañero de borracheras.

—¿Te vas a transformar en una aburridísima mujer decente? —Moon me miró con cara de espanto.

—No podría aunque lo intentara, Moon, así que pierde cuidado. Nuestra Charlie seguirá siendo la tía más loca de Londres.

—¡Eso! Que él también esté un poco loco..., pero no más que yo. —Continué garabateando en mi cuaderno y las ideas empezaron a fluir—. Y que no me dé vergüenza hacer el ridículo delante de él. Y que no me juzgue por mi pasado ni pretenda que sea ni una princesa virginal ni una amazona del sexo.

—Eso es fundamental. —Oliver volvió a reírse—. Y que tenga ese puntito sórdido y hortera que te gusta.

—Mmmmm... Mejor «que tenga un puntito sórdido y hortera y *aun así* me guste».

—Vale. —Moon dio una palmada—. Vamos a las cosas prácticas, que te estás yendo por las ramas: que no tenga exmujer ni exnovia.

—¿Estamos buscando al último virgen del Reino Unido? Charlie, sé realista.

—Bien, pues que no tenga cuentas pendientes ni obsesiones con exparejas. Que yo acabe siendo el único y verdadero amor de su vida.

—Voy a potar.

—Oliver, o aportas o aparta.

—Vale, aporto: que no tenga hijos.

—¡Eso! Y que tenga tan claro como yo que no quiere tenerlos.

—Que no sea un delincuente —añadió Moon mientras yo aún estaba apuntando lo anterior—. Teniendo en cuenta lo bien que sueles elegir, es importante dejar eso por escrito.

—Que viva en Londres. —Ignoré la pulla de Moon porque, qué diablos, tenía toda la razón, y seguí a lo mío—. O que tenga planes de hacerlo. Si no me largué de aquí por el Brexit, no lo haré por un tío.

—Pero que le guste viajar. —Moon señaló con la cabeza mi cuaderno—. A sitios *cool*, que te conozco y no te veo de vacaciones en Brighton.

—Y que le regale cositas monas. Que la tienen muy mal acostumbrada a recibir regalos de *influencer* y ya no le vale cualquier cosa.

—¡Eso no es verdad! —les grité—. Y dejad de tratarme como si fuera una puta gilipollas superficial, ¿vale? Si ni vosotros confiáis en que pueda encontrar a alguien que aguante todas mis mierdas, ¿quién va a hacerlo?

—Que soporte tus brotes. Apunta. —Estuvo a punto de darme la risa cuando Oliver hizo alusión a mis ya célebres ataques de histeria, pero, en cambio, se me saltaron las lágrimas. Es lo que tienen los brotes psicóticos, que nunca se sabe por dónde pueden salir.

—Qué bonito lloras, cerda —me reprochó Moon, ajena a mis pesares—. Yo parezco un león marino ahogándose cuando lloro y tú, una actriz de cine clásico en un final desgarrador.

—Que me vea guapa hasta cuando lloro —dije entre hipidos—. Aunque mucho me temo que esas son cosas que solo ven las mejores amigas.

—Que te vea tan guapa como te ves tú cuando postureas en Instagram, más bien —añadió Oliver—. Bah, aún no he conocido a un tío que te encuentre fea, así que estas últimas te las puedes ahorrar.

—¿Eso era un piropo? —le pregunté con la ceja levantada y las lágrimas anteriores olvidadas.

—Los piropos están pasadísimos de moda, parece mentira que no lo sepas. Es un halago. Y ya que estoy generoso, añade ahí: que te haga correrte como una reina.

—¡¿Quién?! —Me sobresalté porque ya se me había olvidado el propósito de aquella charla. Moon cabeceó con resignación y se levantó a preparar unos cócteles—. Ah, vale, el hombre perfecto.

—A lo mejor dejo de beber de forma permanente después de dar a luz —comentó al tiempo que olisqueaba con asco el vaso de la batidora, en el que quedaban restos de vodka de un par de noches antes, y encendía el equipo de música en modo aleatorio; sonó *Sweet Disposition*, de The Temper Trap.

—A lo mejor yo salgo a la calle en chándal. A lo mejor Charlie encuentra al hombre perfecto.

—¿Qué dices, tarado? —le pregunté mientras lo amenazaba con lanzarle otro cojín.

—¡Ah! ¿El juego no consistía en decir cosas que jamás van a ocurrir?

—Paso de ti. —Releí los requisitos que había ya en mi cuaderno y vi que pasaban de veinte—. Venga, hay que acabar con esto o no encontraré a nadie que los cumpla todos.

—Que no vaya demasiado rápido —dijo Oliver—. Porque, si no, te vas a agobiar y serás tú quien le dé la patada.

—No, mejor: que, aunque vaya demasiado rápido, no me agobie, porque, al mirarlo, sabré que es él. ÉL.

—Que cuando te diga que te quiere sea verdad —añadió Moon con un suspiro soñador.

—Dame un vaso de ese mojito, haz el favor —le pidió Oliver—. Se nos ha ido un poco la mano con el azúcar, ¿no?

—He usado las mismas proporciones de siempre —se defendió Moon.

—No hablaba del cóctel. —Oliver puso los ojos en blanco y aportó el último punto de mi lista—. Venga, voy a hacerle un favor al pobre diablo que caiga en tus redes, Charlie.

—A ver...

—Que tú también lo hagas feliz a él. No todo van a ser exigencias, ¿no?

La noche acabó con unos cuantos cócteles de más. No es que fuera una novedad; a pesar de tener los treinta cumplidos y del embarazo de Moon, por momentos parecía que habíamos vuelto a la etapa de estudiantes, cuando los dos únicos electrodomésticos que usábamos en el piso eran la freidora y la batidora de vaso.

Me tambaleé de camino a mi cuarto, pero, después de

cepillarme los dientes y lavarme la cara, me sentí más despejada. Demasiado despejada como para irme a dormir; demasiado vaga como para plantearme salir de fiesta después de un día lleno de emociones, epifanía romántica incluida. Eso sí, tan decidida estaba en mi propósito de encontrar el amor que antes de meterme en la cama rescaté mi cuaderno para pasar a limpio los garabatos que, se suponía, describían al futuro hombre de mi vida.

Siempre me había gustado mi letra y aquella noche me esmeré en que aquel listado que iba a determinar mi búsqueda del amor quedara bien bonito. Estrené uno de los muchos cuadernos en blanco que coleccionaba e incluso le hice una portada con el título «Cuaderno de citas». De falta de voluntad y preparación no se me podía acusar. La primera página quedó más o menos así, una mezcla entre las propuestas de mis amigos y las mías propias:

1. Que sea guapo a rabiar.
2. Que sea elegante y tenga clase.
3. Que tenga pene.
4. Que tenga un puntito sórdido y hortera, pero que aun así me guste.
5. Que no sea un delincuente.
6. Que tenga casa propia.
7. Que no sea padre y que tenga tan claro como yo que no quiere serlo.
8. Que no esté obsesionado con una expareja.
9. Que viajemos juntos a sitios cool.
10. Que adore Londres tanto como yo.
11. Que respete mi pasado y no pretenda que sea ni una princesa virginal ni una amazona del sexo.
12. Que me vea tan guapa como me veo yo a mí misma en mi mejor momento.

13. Que le parezca guapa hasta cuando lloro (y que me haga reír para que se me pase).
14. Que se emborrache conmigo y luego me haga sopa para la resaca.
15. Que sepa cuidarme cuando lo necesito.
16. Que me haga correrme como una reina.
17. Que me soporte cuando broto.
18. Que no me dé vergüenza hacer el ridículo delante de él.
19. Que esté un poco loco, pero no más que yo.
20. Que me haga reír incluso cuando no quiere.
21. Que cuando me diga que me quiere sea de verdad.
22. Que yo también lo haga feliz a él.
23. Que me haga regalos apropiados.
24. Que no me agobie si va demasiado rápido en la relación.
25. Que yo sea el verdadero y único amor de su vida.
26. Que cuando lo mire sepa que es ÉL.

2

El lunes siguiente a la epifanía llegué radiante a la oficina. Me había pasado el domingo vegetando, así que amanecí espabilada y con ganas de afrontar la tonelada de trabajo que, como cada día, me esperaría sobre la mesa. El departamento de Diseño de la firma en la que trabajaba se ubicaba en la última planta de un edificio de oficinas en el barrio de Bloomsbury, a pocas calles del Museo Británico, cuya increíble cubierta acristalada era la visión que, a través de la ventana, me recibía cada mañana.

Me encantaba trabajar en Bloomsbury. El barrio, a pesar de los turistas que se acercan al museo, conserva ese aire tan londinense y está lleno de reminiscencias literarias y artísticas; esa fue la razón por la que, cuando la empresa de moda en la que llevaba siete años trabajando trasladó sus oficinas a un polígono industrial de las afueras, decidió mantenernos a los de Diseño en las antiguas oficinas, para que el ambiente urbano nos sirviera de inspiración. Aunque a mí, en realidad, la inspiración me venía de serie y ver desfilar Londres por la ventana panorámica que había frente a mi mesa era solo un placer añadido.

Al entrar en aquel enorme espacio abierto, la música del *Love on the Brain* de Rihanna me recibió a un volumen difícil de encontrar en una oficina de otro tipo. Moví un poco las caderas de camino a mi mesa y fui saludando de paso a mis compañeros. No necesité echar el vistazo habitual al *moodboard* que ocupaba media pared porque llevaba las ideas claras desde antes de subirme al metro delante de mi casa. Al día siguiente teníamos la reunión de cierre de la colección que estaría en las tiendas en unos veinte días y pensaba dedicar el lunes a imprimir los bocetos que mostraría a los diseñadores, esbozar una presentación del rollo que quería que imprimieran a la colección y preparar otra con las mejores imágenes de *street style* que había sacado de Instagram. Bueno..., y también a dar los primeros pasos prácticos en mi búsqueda del novio ideal.

Tardé unas cuantas horas en ponerme con la tarea porque, aunque por mis declaraciones de los dos días anteriores pudiera parecer lo contrario, me gustaba más la moda que los hombres. En realidad, la moda me gustaba más que ninguna otra cosa sobre la faz de la Tierra; y lo hacía desde tiempos inmemoriales. Literalmente. No tenía memoria de un momento de mi existencia en que la moda no fuera el epicentro sobre el que giraba; era lo que me definía.

Yo no he sido guapa en la vida. O al menos no según un canon tradicional. Tengo la nariz demasiado grande, la mandíbula cuadrada, el pelo encrespado de forma permanente y unas cejas en las que se podrían plantar coles. De cuerpo no estoy mal, pero eso es algo que no empecé a valorar hasta mediada la adolescencia. En la infancia y la pubertad... fui más bien el patito feo, sobre todo en comparación con mi deslumbrante hermana mayor, que es tan delicada como yo tosca: facciones finas, piel de porcelana y melena perfecta. Mi familia dedicó tantas horas cuando éramos niñas a recalcar lo guapísima que era Lizzie que yo acabé por interiorizarlo; lo hice hasta el punto de que un día, cuando tenía solo tres o cuatro años, una amiga de mi madre vino a tomar el té a casa y, cuando le abrí la puerta, me saludó con la frase «Pero ¿dónde está la niña más guapa de todo Londres?»; yo le respondí que mi hermana estaba en clase de patinaje.

Podría haber acabado traumatizada, acomplejada o lo que sea, pero... la moda me salvó de eso. Ni mi madre ni Lizzie ni nadie de mi familia se explican de dónde saqué el olfato para las tendencias, pero debió de ser algo innato. No tendría más de cinco o seis años cuando me pasé un fin de semana entero lloriqueándole a mi madre para que me comprara un chándal Adidas con corchetes en los laterales porque se lo había visto a una de las Spice Girls —a Mel C, obviamente— en uno de los vídeos musicales que emitían a todas horas por televisión a mediados de los noventa. Mi madre cedió, supongo que por no aguantarme más, y el día que lo estrené para ir al colegio varias niñas se rieron de mí. Aquello duró unos cinco minutos; no había pasado ni una semana cuando todas los llevaban. Una madre incluso llamó a la mía para quejarse de que era una mala influencia. Ni yo ni nadie teníamos la menor idea por aquella época de que acabaría existiendo un concepto denominado *influencer*, pero a mí me parecía la leche tener ese poder sobre mis compañeras.

Hasta el día de hoy, eso ha seguido ocurriéndome con frecuencia. Capto al vuelo una tendencia en la calle, en la tele o en un desfile de modas, parezco una mamarracha total —a Oliver en concreto le encanta usar esa palabra para definirme— la primera vez que me la pongo y, unas semanas después, todo Londres parece haberse rendido a ese estilo. Es un don, supongo, aunque sea un poco frívolo considerarlo así. La frivolidad siempre me ha encantado casi tanto como la moda, así que no me quejo. Desde que tengo uso de razón, mis amigas, mi hermana e incluso mi madre me han pedido consejo para vestir y yo he gozado de hacer de *personal shopper* gratis tanto como de los trabajos remunerados que fui teniendo desde que dejé la universidad. De hecho, desde que Lizzie se convirtió en una decente mujer casada y dejó de escuchar mis consejos, perdí toda esperanza de que acabáramos por convertirnos en la Olivia Palermo —ella— y la Leandra Medine —yo— londinenses. Ahora perpetra de vez en cuando *looks* aterradores; solo diré que a mi fiesta de cumpleaños se presentó con un conjunto de jersey de manga corta y chaqueta a juego en color pastel, una indumentaria que solo me parece aceptable si eres la presidenta de una asociación de jugadoras de *bridge* de Gloucestershire; o si la reina te va a recibir en una audiencia matinal en Buckingham; o si es 1991. No, en realidad solo es aceptable si esas tres circunstancias se dan a la vez.

El caso es que parecía evidente que, cuando me llegara el momento de elegir carrera universitaria, recién cumplidos los dieciocho, me decantaría por el diseño de moda. Nunca había sido una estudiante demasiado brillante, pero conseguí que me aceptaran en la Central Saint Martins y allí solo el talento sobrenatural de Oliver para el diseño me eclipsó. Sin embargo, al contrario que a él, nunca me interesó diseñar. Me faltaba un punto de creatividad y lo sabía; se me daba mejor observar que idear, así que incluso me planteé matricularme en Periodismo y dedicarme a escribir en alguna publicación de moda y tendencias, aunque al final la vida laboral me llevó por otro camino. Después de unas prácticas en un atelier y de trabajar como chica para todo en un *showroom* multimarca de lujo, entré en la mayor firma de moda *low cost* del Reino Unido y fui ascendiendo como una hormiguita hasta el puesto que ocupaba en aquel momento.

Descarté en el último segundo una imagen de Instagram que mostraba a una *influencer* francesa con un abrigo de paño *oversize* porque me pareció que estaba un poco visto y dejé cerrado el tablero que mostraría al día siguiente en la reunión del departamento. Pasaban unos minutos del mediodía y las tripas me rugieron; llevaba desde que me había despertado con solo un té verde en el cuerpo, así que decidí escaparme al Pret A Manger de Bernard Street a devorar un sándwich de *mozzarella*, pesto y tomates asados. Avisé a mi jefa de que después me daría una vuelta por las tiendas de la competencia —puede que acabara siendo verdad, pero cuando lo dije era mentira— y me despedí de la oficina hasta el día siguiente, no sin antes asegurarme de que mi cuaderno de citas, que contenía el proyecto en el que pensaba trabajar durante el resto de la jornada, estaba bien a salvo en mi bolso.

Conseguí una mesa junto al ventanal del restaurante desde el que observé el ir y venir de gente en la estación de metro de Russell Square. Picoteé mi sándwich distraída mientras elaboraba una estrategia de conquista amorosa por todos los flancos: repasé la agenda de mi móvil y apunté en el cuaderno los nombres de algunos viejos conocidos con los que no me importaría volver a quedar, lo cual era en realidad un eufemismo de que, a los treinta, ya no me parecían tan mala opción aquellos tíos a los que no les había dedicado ni una segunda mirada a los veinte. También me instalé Tinder y otro par de apps de citas que les había oído mencionar a mis compañeros de trabajo. Rellené mis perfiles con esmero y adjunté tres o cuatro fotos de una carpeta del móvil en la que guardaba primeros planos en los que me veía especialmente favorecida. Creo que no ponía tanto esmero en una tarea desde los trabajos finales de la Saint Martins.

—¿Puedo sentarme? —Alcé la cabeza sobresaltada cuando oí una voz familiar—. ¿O ni esa oportunidad me das?

Cerré a toda prisa mi cuaderno de citas y sonreí como si un segundo antes no hubiera estado escribiendo en mi descripción de Tinder que «no busco algo que pueda encontrar en un club a las cuatro de la madrugada». Quien me hablaba era Richard, un compañero del departamento de Diseño —para ser más precisa, el único hombre heterosexual del departamento de Diseño—, con quien me entendía de maravilla en lo profesional, pero al que llevaba meses tratando de mantener a raya en lo personal porque, en la última fiesta de Navidad de la empresa, había hecho algo parecido a declarárseme. Claro que en aquel momento yo no buscaba el amor, pero seis meses después..., de repente ya no me parecía tan mala idea.

—¡Claro! Siéntate.

Charlamos un rato sobre la reunión del día siguiente y escuché sus ideas con interés. Richard era inteligente, tenía un talento indudable para la moda y también era guapo, objetivamente guapo. Algo más joven que yo, en forma, ojos azules... Un ascenso lo había traído hasta Londres más o menos un año antes desde la filial de la compañía en su Birmingham natal y, por lo que tenía entendido, allí había dejado compuesta y sin novio a su chica de toda la vida. Sabía que se dedicaba a disfrutar de la noche y el sexo sin compromiso desde que se había asentado en la ciudad y me pregunté si seguiría en pie aquel tonteo que lo había llevado a pedirme una cita. Y, a continuación, me dije que hacerme preguntas a mí misma no me iba a llevar muy lejos, así que se lo planteé a él:

—Oye, Richard..., ¿te apetece salir a tomar algo el sábado?

—¿Me estás...? ¿Me estás pidiendo una cita?

—¿Tan mal lo he hecho que tienes que preguntar para asegurarte? —Le sonreí y comprobé aliviada que lo del coqueteo se me seguía dando fenomenal.

—¿Tan bien lo he hecho yo que has cambiado de idea?

—Eso te lo diré el sábado.

Acabamos nuestros sándwiches entre risas y tonteos y me despedí de él cuando tuvo que volver a la oficina. Yo aproveché que el final de la primavera había traído un sol tímido a la ciudad y me marché caminando hacia el Soho para hacer realidad mi coartada laboral y echar un vistazo a los escaparates de un par de tiendas de estilo alternativo que me gustaban cerca de Carnaby. Estaba contenta. Al saltar de la cama aquel lunes me había puesto el objetivo de llegar al sábado con una cita concertada con un tío interesante y, antes de acabar el día, ya lo había conseguido. Ni siquiera me había molestado en hacer algún *match* en Tinder ni en utilizar cualquier excusa boba para iniciar conversación con alguno de aquellos viejos conocidos de la lista de mi cuaderno.

Aquella tarde volví a casa con tres pares de zapatos nuevos que me vi obligada a cargar a la tarjeta de crédito de la empresa porque estaba (casi) segura de que acabaría utilizándolos para algún evento o de que se los llevaría a los compañeros diseñadores para que les sirvieran de inspiración. Ya haría números con mi jefa si en algún momento me pedía explicaciones. De momento, solo pensaba hacer números conmigo misma y los tenía muy claros en mi cabeza.

Años: treinta recién cumplidos.

Exnovios oficiales: seis.

Parejas sexuales: ochenta y dos.

Sequía sexual en meses: cuatro y medio.

Sequía sexual en días: ciento treinta y seis.

Vibradores en el cajón de la ropa interior: once.

Necesidad de tener un orgasmo en compañía: infinita.

No, no, no... Buscaba el amor. Debía recordarlo, repetírmelo a mí misma tantas veces como fuera necesario antes de la cita del sábado. Si llevaba meses sin acostarme con nadie era porque me había hartado de la rutina coqueteo-beso-cama-despedida que había sido la tónica habitual durante años. Richard, de entrada, me gustaba lo suficiente como para darle una oportunidad de ser algo más que un compañero de cama..., aunque no pensaba hacerme la estrecha —porque dudo que supiera, entre otras cosas— si las cosas iban por ese camino el sábado.

¡Ay, el sábado! ¡Qué ganas tenía de que llegara ya!

Cita número	1
Fecha	19 de junio
Hora	19.30
Lugar	Estación de Charing Cross
Nombre	Richard Newton
Edad	28
Forma de contacto	Compañero de trabajo

Richard y yo apenas coincidimos a solas el resto de la semana. Solo el jueves, cuando ya me marchaba a casa, me preguntó si me parecía bien que me invitara a cenar el sábado en su restaurante favorito. Le dije que estaría encantada y me propuso quedar a las siete y media en la estación de Charing Cross.

Me preparé a fondo aquel sábado. Decidí estrenar un minivestido de manga larga con un diseño de topos metalizados y escote de encaje negro en pico. Lo combiné con unas sandalias de tacón cuadrado y un bolso rojo de Louis Vuitton, y salí de casa sintiéndome estupenda. Cuando emergí del metro en la estación, Richard ya me estaba esperando; me saludó con un beso en la mejilla y señaló con la mano en dirección a Trafalgar Square.

—¿A dónde vamos? —le pregunté.

—Qué impaciente. —Me sonrió—. Es ahí al lado, en Whitehall.

El atardecer estaba teñido de matices anaranjados y a lo lejos se divisaba la silueta del Big Ben recortándose sobre un cielo inusualmente despejado. Conocía un par de restaurantes muy monos por la zona y me pregunté si Richard habría elegido alguno de ellos. Pero... no.

—Es aquí. —Se abrió paso entre algunos clientes que fumaban en la acera para subir dos escalones y empujar una puerta de madera antigua—. ¿Lo conoces?

Claro que lo conocía. Yo... y todo Londres. El local elegido era un Wetherspoon. Uno de los siete millones de locales de la cadena que habían crecido como hongos en la ciudad durante la última década. Con su aspecto de pub antiguo, su pantalla gigante de televisión y su oferta de hamburguesa más pinta de cerveza por diez libras. Resoplé. No quería ponerme gilipollas tan pronto, pero un eco resonaba en mi cabeza sin que yo pudiera hacer nada por acallarlo: «Que sea elegante y tenga clase, que sea elegante y tenga clase, que sea elegante y tenga clase...».

—¡Mira! ¡Una mesa libre! —Richard correteó por el bar hasta un sitio en medio de la marabunta que poblaba el local. Vi de reojo que estaban emitiendo un partido del Arsenal, lo cual aumentaba los decibelios del ambiente hasta niveles difíciles de soportar.

—Qué bien... —Volví a resoplar. Me había vestido como para ir a cenar al Savoy y ahora las miradas de doscientos *hooligans* borrachos se desviaban de la pantalla hacia mis piernas. Muy cómodo.

—Quédate guardando la mesa, que si vamos los dos juntos a la barra nos la van a quitar.

Y se marchó a pedir su consumición. Sin preguntarme qué quería yo. Sin ofrecerme que fuera yo primero. «Que sea elegante y tenga clase...». Tuve que recordarme que la razón por la que seguía soltera a los treinta —lo que, al parecer, era un drama de proporciones bíblicas— era que me pasaba de exigente. Así que me quedé allí, intentando dilucidar qué encontraban de emocionante los tipos que me rodeaban en aquel partido, mientras esperaba a que Richard regresara.

—Ya está. ¡Te toca!

Fingí una sonrisa y me levanté para dirigirme a la barra. No sabía si el entusiasmo que mostraba Richard me animaba a quedarme o me empujaba hacia la puerta para una fuga rápida. Bueno, qué diablos... Claro que lo sabía. Tenía tantas ganas de largarme que ya estaba repasando mentalmente el catálogo de pelis de Netflix para decidir cuál me pondría al llegar a casa. Elegí de la carta una ensalada de pasta y aguacate y una copa de vino y le indiqué al camarero la mesa en la que estábamos. Pagué once libras («Que sea elegante y tenga clase...») y regresé junto a Richard.

—Bueno, ¿y qué tal todo? —me preguntó.

—Bien. ¿Tú?

—Sí. Yo también.

Por el hilo musical sonaba *Ice Cream*, de Mika, una canción que siempre he odiado, pero que era mejor que el eco del silencio que acompañaba nuestra falta de conversación. Liquidamos en unos tres minutos la charla sobre el trabajo y..., al parecer, no teníamos nada más que decirnos.

—¿Y no echas de menos Birmingham? —le pregunté en un intento por avivar un poco la cita.

—La verdad es que no. Londres mola.

—Sí. Sí *mola.*

Miré hacia la cocina invocando a todos los dioses para que nuestra cena llegara rápido y se acabara aquella incomodidad. El Arsenal marcó un gol y un estruendo nos rodeó. Yo perdí la vergüenza y saqué mi móvil para distraerme, aunque a Richard no pareció importarle, porque fijó la vista en la tele y empezó a seguir el juego. Tuve la decencia de no entrar en Tinder, pero sí envié un mensaje al grupo de WhatsApp que compartía con Oliver y Moon:

Charlie

Estoy a punto de suplicaros que vengáis a rescatarme a un Wetherspoon.

Moon

¿Wetherspoon? ¿Tú no ibas a cenar a un sitio pijo?

Charlie

Creo que eso solo estaba en mi cabeza.

El camarero interrumpió la que era, hasta el momento, la conversación más interesante que había tenido desde el comienzo de la cita. Aliñé mi ensalada mientras calculaba cuánto tiempo tardaría Richard en comerse el *fish and chips* del tamaño de una ballena azul que le habían puesto delante. Solo esperaba que no fuera lento comiendo.

Cenamos un rato en silencio, mientras yo daba vueltas a un par de pedazos de aguacate algo rancios y celebraba que el partido de fútbol hubiera acabado y que aquella marea de hombres vestidos de rojo fuera abandonando el local; demostré la mayor madurez de mi vida al no suplicarles que me llevaran con ellos.

—Yo... quería decirte algo, Charlotte.

Solo mi madre y mi jefa me llamaban Charlotte con ese tono solemne, pero me alegré tanto de que quisiera decir algo que me dio igual. Estaba tan harta del silencio incómodo que pensé que me alegraría de cualquier cosa que dijera. Me equivocaba.

—Me ha costado un poco... un poco decidirme a decirte lo que siento, pero... Yo...

—¿Sí? —pregunté con una vocecita impregnada de terror, pues lo que menos me apetecía en la vida era que Richard conjugara el verbo «sentir».

—Me gustas. —Suspiró—. Me gustas muchísimo, Charlotte. Creo que podría... Es posible que lleve meses colado por ti y el hecho de que hayas aceptado salir conmigo esta noche es... Bueno, seguro que es pronto para decirlo, pero tengo la sensación de que es el comienzo de algo que puede funcionar.

Durante unos segundos me dio pena. En serio, quizá no lo parezca, pero tengo un corazón ahí, debajo de la teta izquierda. Lo penúltimo que quería era romperle el suyo a Richard; y lo antepenúltimo, para qué engañarnos, era tener que encontrármelo cada mañana en la oficina después de haberlo rechazado. Pero es que, definitivamente, lo último que deseaba era prolongar algo que ya sabía yo que no iba a funcionar. Más allá del trabajo, no teníamos una sola cosa en común; o, al menos, no teníamos la capacidad de verbalizarlas.

Tardé demasiado en darme cuenta de que le debía una respuesta a Richard. Tardé tanto que él volvió a centrar la atención en su plato, mientras por sus mejillas se extendía un rubor más cercano al granate que al rosa. Lo vi diseccionar aquel pescado que parecía bacalao y carraspeé para dar comienzo a mi discurso de rechazo.

—La verdad es que yo... —Le di el último sorbo a mi copa de vino y empecé a verle las ventajas a aquel local de servicio prepago; esperar la cuenta impide las huidas dignas—. No siento lo mismo, Richard. Y créeme que lo lamento, porque me caes genial y de veras que me gustaría darle una oportunidad a esto, pero...

Sus lágrimas detuvieron mi discurso. Sus lágrimas, joder. Estaba llorando.

Estaba.

Llorando.

Por Dios santo, ya lo he dicho antes: tengo un corazón en el pecho y, además, siento una gran admiración por los hombres que son capaces de renunciar a la masculinidad mal entendida y soltar unos lagrimones, pero... ¿de verdad le había dado un disgusto tan grande? Pues debía de ser así, porque en ese momento, además de caerle las lágrimas y de tener la cara roja como la grana, Richard daba palmadas en la mesa y me miraba como queriendo decirme algo, aunque sus cuerdas vocales no estaban por la labor de hablar. Me sentí una maldita zorra sin alma.

—¡¡Ayuda!! ¡Ayuda, por favor! ¿Hay algún médico en la sala?

Ay, cómo agradecí la intervención de uno de los camareros, por más que sus palabras no fueran demasiado esperanzadoras, al menos para quien necesitara asistencia.

—¡Yo sé hacer la maniobra de Heimlich!

¡Ostras! Alguien se estaba ahogando en el puto Wetherspoon. Lo único en lo que pude pensar —aparte de que quizá en algún momento de mi vida debería aprender a hacer la maniobra esa, por si acaso— fue en que más me valía que la trayectoria de mis citas siguiera una línea ascendente o...

Pero ¿qué...? El camarero que había dado la alarma y el cliente salvavidas se plantaron delante de mí; detrás de Richard, en realidad. Uno de ellos lo alzó por debajo de las axilas, lo abrazó y empezó a darle golpes más o menos en el plexo solar.

Se estaba ahogando. Richard se había estado ahogando durante todo el tiempo que yo dediqué a creer que lloraba por mi amor perdido. Jodida autoestima, qué sana la tenía. Me puse tan nerviosa que me levanté apresurada, tiré la silla al suelo y me dirigí a la barra del local gritando.

—¡Que alguien llame a una ambulancia! ¡¡Llamad a una ambulancia, por favor!!

En mi mente solo se repetía una súplica silenciosa: que mi propósito de encontrar al amor de mi vida no acabara en una morgue a la primera de cambio. Y que Richard se salvara, claro, que no soy un monstruo. Creo.

Respiré algo más tranquila cuando vi que una camarera marcaba el número de emergencias. Ella no perdía de vista lo que ocurría en la mesa que yo había ocupado hasta hacía unos segundos; yo, sin embargo, era incapaz de mirar. Oí pasos apresurados a mis espaldas y al camarero que había dado la voz de alerta —sí, ese que se había dado cuenta desde unos sesenta metros de distancia de que mi compañero de mesa estaba agonizando— dirigirse a su compañera para decirle: «Ya no hace falta que llames».

Dios mío, había muerto. *Yo* lo había matado.

Y entonces me desmayé. Nunca he sido una persona fácilmente sugestionable, pero la idea de haber dejado morir a mi cita y de que lo último que hubiera salido de su boca fuera una declaración de amor hacia mí... pudo conmigo. Lo siguiente que recuerdo es ir en un taxi de camino a mi casa.

Me perdí, por estar inconsciente, la segunda parte de la frase del camarero: «Ya no hace falta que llames... porque la espina de pescado con la que se había atragantado ha salido de forma limpia y el cliente ha pedido otra pinta para que se le pase el susto». Bueno, supongo que fue algo así; ya he dicho que me lo perdí.

Richard sobrevivió a aquella primera cita. Mi dignidad, no.

Puntuación de la cita	2 (un punto por la supervivencia de cada uno de los asistentes)
Norma incumplida	Que sea elegante y tenga clase

3

Cuando llegué a mi piso, tenía dolor de cabeza, ardor de estómago —nota mental: no pedir vino en una hamburguesería— y unas ganas nulas de contarles a Moon y a Oliver el desastre ocurrido en el Wetherspoon. Sabía que Oliver tenía un evento del British Fashion Council y albergaba la esperanza de que aún no hubiera regresado a casa; y Moon en los últimos tiempos se quedaba dormida en cuanto encendía la tele, así que confiaba en librarme. Debería haberme dado cuenta ya de que aquella no era mi noche de suerte.

Abrí la puerta y una bocanada de olor masculino me invadió la pituitaria. Conocía aquel aroma: era el perfume W, el buque insignia de la sección cosmética de la firma de Oliver. Mi compañero de piso no solía usar perfume en su día a día, pero había llegado a donde estaba en parte por ser un excelente publicista de sí mismo, así que rara vez se dejaba ver —oler, en realidad— en eventos públicos sin una buena cantidad de su propio producto. Me encantaba W. El perfume, digo. Yo lo usaba de vez en cuando, porque las reglas que establecen qué es o no unisex me han dado siempre igual.

—¿Ya de vuelta? —me preguntó. Su voz me produjo un pequeño sobresalto, porque habría jurado que él no había advertido mi presencia.

El salón estaba en penumbra y él, supongo que por respeto al descanso de Moon, estaba escuchando música con los auriculares de su móvil. Al desconectarlos, se escaparon unos acordes de *Fade Into You,* de Mazzy Star, que siempre me ha parecido una canción de lo más sensual.

Y hablando de sensual..., maldito Oliver. Maldito Oliver y maldita yo. Maldito Richard, maldito Wetherspoon, maldita cita fallida. Y maldita sequía sexual de cuatro meses y medio. Esa abstinencia involuntaria fue la excusa que me puse para justificar que me hubieran flaqueado las rodillas al reparar en el aspecto de Oliver. Debía de haber llegado a casa poco rato antes, porque seguía vistiendo un impecable traje negro de su firma, pero se había abierto la camisa casi hasta el ombligo —o quizá había ido así a la fiesta, que sería algo muy propio de él—, estaba descalzo y llevaba el pelo alborotado.

Qué guapo era. Es una simple opinión objetiva. Si algo ha sido siempre Oliver Walker, es guapo. Desde el primer día en la Saint Martins sentí que desprendía un halo de atractivo que no tenía nadie a quien yo hubiera conocido hasta ese momento. Ya tenía un estilo muy propio en aquella época y los años no habían hecho más que consolidarlo. Un estilo que algunos podrían considerar incluso un poco hortera y, desde luego, radicalmente opuesto a lo que mostraba en sus colecciones. La ropa de Oliver W era la máxima representación del minimalismo; el propio Oliver solía vestir vaqueros y camisetas negras en su día a día, pero incluso así... era barroco puro. Con sus anillos de plata, con esa melena asilvestrada en la que pocas veces había puesto las manos un peluquero, con su pendiente de cruz, su cicatriz en la ceja y su incisivo superior algo roto en una esquina. Yo sabía que esas dos últimas características eran la herencia de haber crecido en un barrio en el que las disputas adolescentes se arreglaban a puñetazos, pero a las revistas del sector les encantaba utilizarlas para mitificar su imagen de *enfant terrible* de la moda británica.

Oliver me había gustado desde el primer día, con aquel aspecto medio pirata, medio gitano que un segundo antes de conocerlo habría dicho que estaría en las antípodas del *look* que me atraía en un hombre. Con aquella boca que, a pesar de sus veinte años, tenía pinta de haber besado ya mucho. No tardó en convertirse en mi mejor amigo, sobre todo desde la primera vez que lo vi, una noche de copas en el Soho, enrollarse con un compañero de clase. Claro que otras noches acabó en la cama conmigo. Y unas cuantas, también con Moon. Éramos jóvenes, nos divertíamos y nos encantaba experimentar. Nunca le pregunté a Oliver si era gay, bisexual o heterocurioso, porque en realidad tampoco me interesaba. Lo nuestro nunca fue una cuestión romántica. Nos queríamos más de lo que habríamos querido a una pareja y nos lo pasábamos bien cuando las circunstancias nos llevaban a sudar juntos en posición horizontal —también vertical unas cuantas veces—, y eso era suficiente.

La vida amorosa de Oliver siempre fue un misterio. Moon y yo sabíamos, porque lo habíamos interrogado una noche de fiesta, que su marcha a París no se debía solo a la oferta de trabajo que había recibido, como pensaba Moon, ni a que la vida en Londres le resultara insoportable después de haber perdido a su madre tras muchos años de enfermedad, como creía yo.

Estábamos en Fabric, lo recordaba bien. Lo que no sabría decir era qué hora de la madrugada sería, porque llevábamos bebiendo vodka desde que habíamos salido de trabajar, hacia media tarde. Moon y yo bailábamos música machacona con los ojos cerrados, pero Oliver permanecía aferrado a la barra con la mirada perdida en algún punto fijo del fondo del local.

—¿Tú sabes qué le pasa a este? —me preguntó Moon a gritos, con la voz tan tomada por el alcohol que solo la entendí porque mi estado no era mucho mejor.

—Ni idea. —Me encogí de hombros y di una vuelta al son de la música. Y fue ese movimiento el que me permitió ver a Jago besando a un chico negro, de pelo rapado y con un montón de músculos bajo su camiseta de tirantes.

Jago era un modelo que había hecho varios trabajos para nosotros en la época de la universidad y, desde entonces, nos movíamos por los mismos círculos. Nadie sabía su apellido porque era tan malditamente divo que usaba su nombre de pila como sello personal. Moon y yo habíamos perdido la cuenta de las veces que lo habíamos visto enrollarse con Oliver y también de las mañanas que nos lo habíamos encontrado desayunando en la cocina del piso que compartíamos. No parecía que eso fuera a suceder a la mañana siguiente; se diría que Oliver había perdido sus favores.

—Eso es lo que le pasa. —Señalé hacia el lugar donde Jago se daba el gusto y Moon asintió.

—Vamos con Oliver.

Cuando nos acercamos a la barra, Oliver intentó disimular, aunque sin demasiado éxito. Nos dijo que estaba agotado y que prefería marcharse a casa. Oliver no nos informaba a diario de lo crudo de la situación, pero sabíamos que su madre estaba cada vez más enferma. Aquella noche habíamos conseguido convencerlo de que saliera a tomar algo para desconectar una mente demasiado llena de nubarrones, pero si él quería marcharse a casa…, las dos nos iríamos con él.

—Sé que lo habéis visto, chicas. —En cuanto pisamos la ace-

ra, Oliver sonrió, aunque fue un gesto lleno de tristeza, como todos los suyos en los últimos tiempos—. Disimuláis fatal.

—¿A... Jago? —se aventuró Moon. Yo le pegué un codazo que estuvo a punto de tirarla al suelo. Quizá sí era verdad eso de que disimulábamos fatal.

—A Jago comiéndose la boca con otro tío, sí. —Oliver puso los ojos en blanco.

—¿Estás bien? —le pregunté.

—Estoy... —Oliver se tomó un tiempo que pareció eterno para pensárselo y creo que ni Moon ni yo respiramos durante esos segundos—. Estoy como siempre.

—O sea, jodido —puntualizó Moon.

—Sí.

—Estarás bien, Oli. —Lo abracé por la cintura y me di cuenta de que, si mi amigo estuviera en plena forma, no me habría permitido que lo llamara así. No sin protestar, al menos.

Tampoco yo me sentía en mi mejor momento: le había dicho una frase de consuelo vacía e irreal a un hombre con el que siempre había hablado claro. Pero es que no sabía ni qué decirle...

—¿Tú crees, Charls? —me preguntó sin acritud, solo con una incredulidad dolorosa plasmada en su voz—. ¿Crees que puedo ver a mi madre como está y soportar que me rompan el corazón al mismo tiempo?

—Puto Jago... —masculló Moon.

—Pero, Oliver... Yo pensaba que Jago era... —No lo entendía; había oído decir a Oliver algo así como un millón de veces que lo suyo con ese modelo era solo sexual, que si repetía tanto era solo porque se les daba muy bien proporcionarse placer mutuo—. No sabía que te importaba tanto.

—Yo no he dicho que fuera Jago. —Oliver se encogió de hombros, pero ni su gesto ni sus palabras hicieron que lo creyéramos. Respiró hondo y añadió una frase que solo unos meses después

entenderíamos cuánto significaba—. Lo que sí os aseguro es que necesito largarme de Londres un tiempo. Solo que... no puedo.

—Ya.

—Ya.

Ni Moon ni yo ganaríamos el premio a la elocuencia, pero es que conocíamos demasiado bien la encrucijada en la que se encontraba Oliver, a pesar de que hasta aquella madrugada nos faltaban datos. Si Oliver sufría mal de amores —y debía de llevar así ya un tiempo, porque hacía semanas que no le veíamos el pelo a Jago por nuestro piso— y el cuerpo le pedía huir de la ciudad una temporada..., solo podía haber una cosa que lo retenía: Mary, su madre, que solo lo liberaría de las cargas que arrastraba el día que ya no estuviera. Y ese era un alivio demasiado cruel.

Aquella noche volvimos a casa los cuatro: Moon, yo, Oliver y su corazón roto. En los seis años que hacía que nos conocíamos, jamás había imaginado que oiría esa expresión salir de los labios de mi mejor amigo, al que siempre había considerado inmune al amor romántico, así que no podía hacer otra cosa que pensar en su maltrecho corazón como en un habitante más de nuestro piso.

—¿Tan mal ha ido la cita que te has quedado sin habla? —insistió Oliver y consiguió así sacarme de aquella digresión a los años locos de la universidad.

—Richard ha estado a punto de morir y yo me he desmayado. Así, a grandes rasgos.

—Y eso no es lo peor. —No supe cómo tomarme que no preguntara más; qué historial tendría yo para que aquel titular no le hiciera pedir ampliación—. He visto en el grupo que te ha llevado a un Wetherspoon.

—Ni elegante ni con clase, lo sé. —Suspiré—. ¿Qué tal tu evento?

—Una prueba más de que a esas mierdas las llaman «eventos» porque llamarlas «fiesta» sería un insulto para las fiestas de verdad.

—Comprendo.

—¿Cuándo te vas a Estocolmo?

—¡Mañana! —Sonreí—. Vuelo nocturno. Me voy a dormir, que tengo un millón de cosas que preparar.

Oliver se despidió con un asentimiento de cabeza que me hizo reparar, como tantas veces, en aquel aire triste que tenían siempre sus ojos azules. La vida de Oliver no había sido fácil y sabía que cargaba cicatrices que no siempre —o, mejor dicho, casi nunca— compartía conmigo. Y si no las compartía conmigo, tenía claro que no lo hacía con nadie. Me inspiró ternura en aquel momento y me acerqué a darle un beso en la mejilla.

—¡Tráeme algo bonito!

Esa era su despedida siempre que me marchaba de viaje, aunque yo rara vez cumplía mi cometido; aquella noche me prometí comprarle al menos un imán para la colección de la nevera.

Estocolmo era un destino habitual para mí por motivos laborales; como mínimo, iba un par de veces al año. Oliver y Moon se reían de mis tarjetas de visita con la profesión *coolhunter* escrita en letras color lavanda, pero lo cierto es que a mí me gustaba mucho más la caza de tendencias que cualquier otra rama del diseño. Y era buena en lo mío. Entre otras cosas, porque tenía muy claro dónde buscar el mejor *street style* que luego los diseñadores de la marca adaptarían a los bolsillos del consumidor. Y Estocolmo era parada obligada. Estocolmo, Copenhague, Barcelona, Milán y París, aparte de Londres, eran mis destinos favoritos para fotografiar, intentando que no me pillaran, a las mujeres anónimas con más estilo de Europa. Y a eso me dirigía aquel domingo por la noche en un asiento de *business class* de un vuelo de British Airways.

Que las fechas de mi viaje coincidieran con el Midsommar, la celebración sueca del solsticio de verano, no fue casualidad. Había disfrutado de ese ambiente festivo dos años antes y me apetecía repetir. Lo que sí fue casualidad —y qué afortunada, por Dios— fue que aquel viaje me evitara coincidir con Richard en la oficina durante una larga temporada, pues él estaría ya de vacaciones de verano cuando yo regresara. Hasta que me vi instalada en la espléndida suite de un hotel de Gamla Stan no le eché valor para responder al mensaje que él me había enviado el día anterior interesándose por mi salud poscita. Nota mental: cuando dos personas tienen que hablar al día siguiente sobre qué tal llevan las secuelas de una cita, lo mejor es no repetir.

Charlie

Estoy bien, Richard, gracias. Perdona que no te haya preguntado a ti antes, pero tenía el viaje a Estocolmo y..., en fin. ¿Estás bien?

Richard

Sí, fue un susto grande, pero por suerte se quedó solo en eso. Un susto.

Charlie

Me alegro mucho. Y siento no haberme dado cuenta de lo que te estaba pasando.

Richard

Olvídalo. De hecho, ¿te parece si olvidamos que alguna vez tuvimos una cita?

Charlie

Me parece la mejor idea que nadie ha tenido jamás.

No era plan comentárselo a Richard, pero yo ya había pasado a la página dos de mi cuaderno de citas. Siempre que viajaba a Estocolmo aprovechaba para escaparme una noche a cenar con Stephen, un viejo amigo al que Moon había conocido en un curso de interpretación casi una década atrás, cuando ella ya sabía que su vocación eran las artes, pero aún no había encontrado en las mesas de mezclas su futuro. Me iba con él a cenar... y siempre trataba de que la cena fuera rápida, porque lo que de verdad me gustaba era acabar luego en su apartamento. Decidí que en aquella ocasión le daría una oportunidad como algo más que un buen —muy buen— compañero de cama.

Charlie

¿Qué tal, Stephen? Estoy en Estocolmo. Mañana estaré todo el día haciendo fotos, pero hacia el atardecer quedaré libre. ¿Tienes planes para el Midsommar?

Stephen

Desde este momento, mi plan eres tú.

No había nada de romántico en sus palabras, que nadie se confunda. Stephen era un guarro y eso siempre había sido lo que más me gustaba de él. Pero su mensaje prometía. Prometía mucho.

Cita número	2
Fecha	23 de junio
Hora	18.00
Lugar	Plaza de Stortorget (Estocolmo)
Nombre	Stephen Holland
Edad	34
Forma de contacto	Viejo conocido

Las calles de Estocolmo rebosaban ambiente de fiesta en aquella tarde del solsticio de verano, pero nada se podía comparar a la luz. Desde que fotografiar —y, en ocasiones, fotografiarme— se había convertido en una parte esencial de mi trabajo, había aprendido a apreciar la buena luz y aquella de un radiante día de sol sueco era perfecta. Casi dos mil fotos en el carrete de mi móvil demostraban que las suecas seguían teniendo un estilazo en el vestir del cual podría sacar un montón de buenas ideas cuando me sentara a analizarlas en la oficina.

Como me había despertado temprano porque el amanecer había entrado a raudales por el ventanal de mi habitación de hotel, me sobró tiempo antes de la cita con Stephen, a pesar de que habíamos quedado a las seis. Dediqué esas horas muertas a subir unas cuantas *stories* a Instagram con las flores que la mayoría de las mujeres de la ciudad lucían en sus peinados. Tanto me emocioné que acabé comprándome un tocado floral en tonos azules para estrenarlo en mi cita de aquella noche; pasaban ya de las cinco y media cuando conseguí que me quedara bien con un semirrecogido que improvisé sobre la marcha. Me puse el vestido midi blanco que me había comprado en una tienda de segunda mano en Notting Hill —y que sospechaba que algún día muy lejano había sido un vestido de novia—, un pañuelo rojo al cuello y la cazadora de cuero negra que tenía desde la adolescencia, y me lancé a localizar la plaza de Stortorget en la que Stephen me había citado.

No tuve que hacer un gran esfuerzo por ubicarme entre las calles de Gamla Stan, porque solo había dado un par de pasos por la acera de mi hotel cuando me encontré de frente con Stephen.

—Guau, Charlie... —Acompañó su saludo de un silbidito que me tomé como un halago y de un beso apretado en la comisura de mis labios—. ¿Y si nos saltamos la cena, la visita turística..., y subimos?

Señaló con el dedo índice la fachada de mi hotel y a mí se me escapó una carcajada.

—¿Qué estás haciendo aquí? —Eché a andar con él y

me mantuve firme en el propósito de disfrutar de una cena y de un paseo por las celebraciones del Midsommar. Un retraso en la gratificación, vaya, a pesar de que había sentido un pinchacito bajo el vestido cuando él había propuesto que fuéramos al grano—. No me digas que no podías aguantar sin verme. No te pega nada.

—He dejado el coche en el aparcamiento de este hotel. No tenía ni idea de que era el tuyo. Vaya lujo, ¿no, Charlie?

—¿Quién nos lo iba a decir cuando buscábamos el *off licence* más barato de Camden para comprar vodka, eh?

Seguimos recordando anécdotas del pasado durante unos minutos, hasta que Stephen me indicó la puerta acristalada de un restaurante en Stortorget, justo enfrente del museo Nobel. El ambiente era una extraña mezcla de lo más cosmopolita y moderno de Estocolmo y las tradiciones propias del Midsommar. Coronas de flores combinadas con ropa de firma; canciones tradicionales cantadas por voces ebrias mientras por el hilo musical sonaba Avicii; cócteles en copas de balón gigantes acompañando el (culinariamente dudoso) menú típico de la celebración.

—¡No puedes celebrar un Midsommar sin comer arenques en escabeche! —me reprochó Stephen, en clara conspiración con el camarero.

—Soy vegetariana, lo siento. —No es que eso fuera cierto de forma estricta, pero renunciaría para siempre a cualquier producto de origen animal si alguien me libraba de comer arenques—. Una ensalada estará bien, gracias.

—Y yo que te he visto comerte hamburguesas del tamaño de tu cabeza...

—¿Dejamos ya la nostalgia y me cuentas cómo te va la vida, Steph?

Maldito el momento en que hice esa petición. Pero maldito... *muy* maldito.

—Ahora mismo estoy trabajando en una serie fija, llevo ya dos temporadas y acabo de firmar la tercera. ¿Te suenan las novelas de Sven Göransson? —Estuve a punto de responder «De nada», pero no tuve ocasión porque él siguió hablando—. Se han vendido mucho aquí, en los países nórdicos. Son *thrillers* con un componente psicológico. Se rumoreaba que la adaptación la iba a producir Netflix, pero al final compró los derechos un canal privado noruego. Rodamos a veces aquí, a veces en Oslo... Ya te enviaré el enlace a la plataforma para que puedas ver los capítulos *online*.

—Sí, claro. —Fingí la mejor de mis sonrisas, porque tenía tanta intención de ver un *thriller* psicológico noruego como de teñirme el pelo de naranja—. ¿Y eres el protagonista, entonces?

—Bueno... —Se le torció el gesto en una mueca durante unos segundos, pero en seguida se rehízo—. Uno de ellos, en realidad. Digamos que... no soy el bueno.

—Nunca lo eres. —Le sonreí coqueta—. Pero no me hagas *spoilers*, anda. ¿Sigues con lo del teatro experimental? Moon me contó que os había grabado unas pistas para una obra...

—No, no, Charlie. Ya no tengo edad. —El camarero sirvió nuestros platos y tuve que contener una arcada al ver a Stephen meterse un arenque en escabeche en la boca, aunque se me pasó bastante rápido cuando se limpió con la servilleta y me sonrió con todo su despliegue de seducción—. Todo eso del amor al arte estaba muy bien cuando teníamos veinte años, pero yo... yo ahora quiero éxito. Dinero, popularidad, premios... ¿Me sigues?

—Lo intento.

—Tengo varios proyectos interesantes de cara al año que viene. Uno en la BBC, por cierto, así que igual vuelves a tenerme por Londres. —Me guiñó un ojo y yo me pregunté por qué estaba allí sentada escuchando su rollo en lugar de en posición horizontal en mi hotel—. Y, bueno..., esto lo sabe poca gente, así que te pido discreción.

—Por supuesto.

—El otro proyecto es en Hollywood. —Movió las cejas arriba y abajo varias veces hasta que yo me di cuenta de que debía mostrar entusiasmo y fingí unos aplausos mudos—. Mi agente consiguió que un director de *casting* muy bien posicionado aceptara visionar mi videocurrículum. Hice una prueba por Skype y... ¡zas! —gritó tanto que me asusté y di un saltito en mi silla—. Es probable que me llamen para una prueba antes de que acabe el año.

—¡Vaya! Felicidades, Stephen.

—La película sería una especie de *road movie*, ¿sabes? Tres treintañeros recorren el Medio Oeste en un Mustang descapotable debatiendo sobre los retos de la sociedad actual. Yo sería el nostálgico, el que echa de menos los tiempos del mundo analógico, las cartas escritas a mano, las llamadas al teléfono fijo de la chica que te gustaba...

¿Os ha aburrido alguna vez una película que no habéis visto? A mí sí, aquella noche. El argumento siguió y siguió y siguió. El concepto de *spoiler* subió de categoría entre el olor del escabeche de los arenques y el del eneldo de mi ensalada. Qué malo está el eneldo, por cierto; libra una batalla a muerte con el cilantro por el cetro de peor condimento.

Cuando Stephen acabó de exponer sus proyectos, más o menos siete años después, yo solo quería dormir. Me arrepentí de haber elegido un bolsito de mano minúsculo en el que no cabía mi cuaderno de citas porque en aquel momento debería haber anotado una máxima infalible: si con un tío siempre sale todo bien en posición horizontal,

¿qué necesidad... qué maldita necesidad hay de intentar convertirlo en un romance?

—¿Vamos hasta tu hotel? —me preguntó Stephen después de pagar la cuenta.

Ni siquiera me peleé para invitarlo, como en aquellas cenas rápidas que habíamos compartido otros años, porque consideré que nadie debería pagar por asistir a la conferencia de otra persona hablando sobre sí misma, salvo que el conferenciante haya ganado el Nobel de la Paz, presidido los Estados Unidos o mérito similar. Por la probabilidad lejana de rodar una *road movie* de serie B en Wisconsin, desde luego, no.

—Yo... —Estuve a punto de negarme, pero creí haberme ganado algo más que una cena por aquella tortura; algo como un orgasmo—. Está bien.

Aunque el hotel estaba cerca del restaurante, me dio tiempo a arrepentirme. No sé si tuve más miedo de que durante el sexo Stephen declamara el soliloquio de *Hamlet* para intentar demostrarme su valía como actor o de que se quedara a dormir y en el desayuno tuviera que asistir a un nuevo pase de prensa sobre sus logros. El caso es que no aguanté más sin presentar la renuncia.

—¿Sabes, Steph? Me lo he pasado muy bien en la cena —me creció un par de centímetros la nariz en ese instante—, pero estoy agotada y creo que... ¿Te importa si dejamos lo del hotel para mi próxima visita?

—Claro, sin problema —respondió con un encogimiento de hombros—. Ya te he notado durante la cena que no estabas muy concentrada.

No, claro, me costó un poco seguir cada escena de la película imaginaria que te estabas montando con tu carrera, cariño, me vas a disculpar. Preferí guardarme el comentario y despedirme con una sonrisa. Stephen esbozó una mucho más radiante al escuchar su nombre.

—Stephen Holland, ¿verdad? —Una empleada del hotel bastante joven se dirigió a él con prudencia y a mí me dieron ganas de prevenirla de lo que se le podía venir encima si le alimentaba el ego.

—Claro, cielo. —Dios mío, quería desaparecer de aquella escena antes de que alguien volviera a pronunciar la palabra «cielo»—. ¿Quieres una firma?

—Sí, sí... —La muchacha debió de parecerle a Stephen una auténtica cazadora de autógrafos profesional, porque venía con una carpeta de clip y un cuadrante sobre ella. Yo me di cuenta en seguida de que era la encargada del *parking*.

—¿Te gustan las aventuras del detective Nilsson? —le preguntó él tan henchido que me dieron ganas de sentarme en las escaleras de entrada del hotel y devorar un cartón de palomitas.

—¿Disculpe?

—Mi papel —lo dijo señalándose a sí mismo de una forma tan enfática que supe al instante que, si hubiera tenido un foco portátil, lo habría dirigido hacia su cara—. En la serie, ya sabes.

—No... No sé a qué se refiere...

—A ver, cielo. —Intenté arrancarme un tímpano, pero me había dejado el berbiquí en Londres—. ¿Por qué papel me conoces, entonces? ¿El telefilme que emitió hace un par de meses la SVT?

—En realidad, yo... solo necesito que me firme...

—Stephen —intervine, más por ahorrarle a la chica el sonrojo que empezaba a extenderse por sus mejillas que por salvar a mi nefasto compañero de cita—, creo que no quiere un autógrafo, solo que le firmes el comprobante del *parking*.

—Es que ha habido un problema con una cañería en la segunda planta y hemos tenido que mover su coche. Lo he reconocido por la fotocopia del carnet de conducir que le hicimos en el *check in.* ¿He...? ¿He hecho algo mal?

—No, Anne —leí su nombre en la placa de su camiseta—, no has hecho nada mal.

—¿Puedes traerme mi coche, por favor?

Anne no tardó ni dos minutos en subir el Saab de segunda mano de Stephen del garaje, tiempo suficiente para que a mí empezara a brotarme un ataque de risa en la boca del estómago. Stephen estaba con ese tipo de enfado que suele proceder de la vergüenza por haber hecho el ridículo y no mejoró cuando vio que los bajos de su coche estaban cubiertos por una especie de barro que, en realidad, por el olor que desprendían parecía ser otra cosa.

—En nombre del hotel, queremos pedirle disculpas por el incidente en el aparcamiento. Por descontado, no se le realizará ningún cargo por las dos horas y media de estancia y abonaremos la factura que nos envíe por el lavado del vehículo.

—Sí, sí, de acuerdo. —Stephen abrió la puerta del coche y creo que hasta ese momento no se dio cuenta de que yo seguía allí—. Charlie, ya... ya hablamos, ¿vale?

—¡¿Charlie May?! —El chillido agudo de Anne me sobresaltó y con ese creo que ya era el octavo susto de la noche, sobre todo cuando vi que la chica empezaba a dar saltitos sobre sí misma—. ¡Llevo todo este rato pensando que me sonaba tu cara de algo, pero no caía!

—¿Perdona? —Stephen se quedó con el pie a medio meter en su coche, atónito por ese final inesperado de la noche.

—¡Me encanta tu Instagram! Justo esta tarde he estado

viendo las *stories* que has subido del Midsommar. —Rebuscó en sus bolsillos hasta que dio con un rotulador permanente—. ¿Me puedes firmar la funda del móvil? ¡Mis amigas no se lo van a creer!

Ay, la generación Z, qué monos son. Garabateé como pude en una funda transparente llena de papeles y le sonreí a Anne.

—¡Hay que joderse!

Ahora era yo la que había olvidado que Stephen aún seguía allí. De hecho, no fui consciente hasta que se metió en el coche y dio un portazo que por poco no hizo giratoria la puerta. Y fue ahí, justo en ese momento, cuando exploté en el ataque de risa que llevaba un buen rato conteniendo. Anne se contagió y hasta tuvimos que apoyarnos en el murete de entrada al aparcamiento. La cita no había ido bien, pero acabar una noche con un estruendo de carcajadas siempre suma, oye.

Puntuación de la cita	4 (porque Estocolmo es precioso y por el ataque de risa)
Norma incumplida	Que yo también lo haga feliz a él

4

—Cogido por los pelos, Charls. ¿Se supone que el pobre diablo debería alegrarse de que tengas muchos seguidores en Instagram?

Había regresado a Londres un par de días después en un vuelo a mediodía y Oliver se había empeñado en que no había mejor modo de superar el *jet lag* que preparar una ronda de *bloody maries.*

—Que un vuelo de menos de tres horas provoque *jet lag* sí que está cogido por los pelos, Oliver. Y aquí estamos, emborrachándonos un jueves a media tarde.

—Bien visto. —Moon dio un sorbo a su zumo de tomate y puso cara de asco—. Dinos la verdad: aparte de destruir el ego de mi pobre amigo Stephen, ¿cuánta ilusión te hizo que te reconociera una fan en plena Suecia?

—No era una fan. Solo una chica a la que le gusta lo que hago en Instagram, ¿qué hay de malo en ello?

—¿Aparte de la evidente decadencia de la sociedad moderna que convierte en falsos ídolos de barro a personas cuyo único talento es saber utilizar Facetune?

—Oliver, que seas la única persona nacida después de 1980 que no tiene Instagram no te sitúa a la altura intelectual de Marcel Proust, ¿sabes? Además, tu departamento de Comunicación se dedica a enviar tus camisetas de seiscientas libras a todas las *influencers* de Europa, así que ahórrate la leccioncita moral.

—Ahí te ha pillado, Oliver W. —Asistí a una pelea de cojines entre mis dos compañeros de piso, que a ratos parecían tener doce años—. Deberíamos empezar a asumir que vivimos con una *influencer* de primer nivel.

—Podéis reíros todo lo que queráis, pero llevo tres años sin tener que comprarme ropa.

En realidad, yo no era *influencer*. O puede que sí lo fuera un poco, pero es una de esas cosas que suena fatal decir sobre una misma. Me había creado una cuenta en Instagram una eternidad atrás, cuando la idea de ganar dinero con algo así no se le pasaba a nadie por la cabeza, o al menos no a mí. Me limitaba a subir los *looks* que me gustaban y, por qué no decirlo, a alimentar mi ego cuando empezaron a aumentar los seguidores, los comentarios alabando mi buen gusto y, con el tiempo, las ofertas para lucir ropa gratis o a cambio de algo de pasta. Pero tenía muy claro que mi trabajo estaba en el otro lado del mundo de la moda, en el diseño y la búsqueda de tendencias. De vez en cuando, incluso me daba vértigo el número de seguidores que tenía y cerraba mi cuenta de forma temporal.

—¿Has tenido una ausencia? —Oliver me miraba burlón—. ¿O es que te has dado cuenta de que lo más inteligente que puedes hacer es renunciar a tu plan de citas?

—¡No! —Me aferré a mi cuaderno, en el que había actualizado los detalles de la cita número dos, y releí la última página, en la que había garabateado los nombres de varios conocidos con los que me había planteado retomar el contacto. Uno de ellos brilló de repente ante mis ojos, casi como si en vez de con un anodino boli negro hubiera anotado su nombre con un rotulador de purpurina—. ¡Voy a escribirle a Chris Porter!

—Joder...

El exabrupto lo corearon al unísono Oliver y Moon. El de Chris era un nombre que no se podía pronunciar en nuestro apartamento sin esperar alguna reacción de ese tipo. Era el novio más formal que había tenido en treinta años, aunque ese adjetivo era el último que debería utilizarse para definir lo mío con Chris. El único hombre del que había estado algo parecido a enamorada. O el único del que me había atrevido a reconocerlo en voz alta. «Loca por él» sería un término más adecuado, porque su simple presencia física me enajenaba. Nuestra relación siempre fue de ida y vuelta, entre el último año de universidad y los dos siguientes, más o menos hasta la época en que Moon se marchó a Australia y Oliver, a París. Ni siquiera recuerdo por qué se acabó; supongo que los dos nos agotamos de una relación que sabíamos que no tenía futuro. No hubo tampoco una ruptura desgarradora; solo dejamos de llamarnos y de vernos.

A los veinticinco, dejé de fumar y me desintoxiqué de Chris Porter. Pensaba que las dos cosas me iban a costar un esfuerzo sobrehumano, pero... no. No los eché de menos más que un par de días, aunque durante un tiempo me entregué a alguna recaída esporádica, generalmente simultánea: me encontraba con Chris en algún local de moda y acabábamos compartiendo un cigarrillo en la cama de su apartamento de Hackney. Pero hacía ya más de dos años que no sabía nada de él, aunque intuía cómo encontrarlo en las redes sociales a través de amigos comunes. Tuve la suerte de que su cuenta estuviera abierta y de que una de sus últimas *stories* pidiera opinión sobre un posible futuro destino de vacaciones, así que... me lancé a responderle con un voto favorable a Grecia frente a la India, lo que dio lugar a la charla que esperaba.

—Moon, parece que Chris Porter ha vuelto —oí que decía Oliver mientras servía otra ronda de *bloody maries*—. Mírala. Qué velocidad tecleando, Charlie. Nunca he visto nada igual.

—Llevo casi cinco meses sin follar, querido. Si en algo tengo práctica, es en mover el dedo.

—Seguro que Chris el Magnífico solucionará ese asunto cuanto antes. —Estaba claro que Moon no había olvidado las detalladas descripciones de mis encuentros con Chris en lo que me parecía una vida anterior.

—Sábado a las ocho. —Sonreí satisfecha—. ¡Voy a salir con Chris Porter!

—¿Solo yo estoy teniendo un *déjà vu*?

—¡Calla, Oliver! Presiento que la búsqueda de Charlie está a punto de dar sus frutos.

—A la tercera va la vencida, ¿no?

Me cargué de optimismo porque... ¡iba a ver a Chris! Después de casi seis años desde nuestra ruptura, iba a reencontrarme con el que podría haber sido el gran amor de mi vida. Con el que aún podría ser el gran amor de mi vida si le daba la oportunidad.

Cita número	3
Fecha	26 de junio
Hora	20.00
Lugar	Richmond Park
Nombre	Chris Porter
Edad	30
Forma de contacto	Exnovio (o algo así)

Algo debí de hacer muy bien en aquella conversación por chat, porque Chris captó al vuelo que mi idea para la cita no era que acabáramos desnudos a la primera de cambio. Había dedicado unas cuantas horas a cotillear su cuenta de Instagram y el último rastro de una novia se remontaba a casi un año atrás, así que jugué a ilusionarme con que pudiéramos ir poco a poco y que nos saliera bien. Al fin y al cabo, ya no éramos los chicos de veinticinco que tenían muchas prioridades antes que establecerse en una relación de pareja.

Cuando el viernes por la tarde recibí un mensaje de Chris preguntándome si me apetecería hacer un pícnic en algún lugar tranquilo, poco me faltó para llamar a Stella McCartney y preguntarle por la colección nupcial. Quedó en recogerme en su coche al atardecer del sábado y, de la emoción, necesité dos pastillas de melatonina para conciliar el sueño.

Cómo me ponía Chris... Era un tipo agradable, con el que siempre me lo había pasado bien, y también un abogado de éxito en la City, pero nada de eso me vino a la mente cuando se bajó de su Mini azul marino delante de mi casa. Reto a cualquier mujer a encontrarse con Chris Porter y no fijarse en su metro ochenta y cinco, en sus ojos verdes o en los músculos marcados que dejaban a la vista las mangas de la camiseta que llevaba aquella noche. Se había hecho un nuevo tatuaje desde que no lo veía, un diseño bastante elaborado que seguro que entre semana escondía bajo las camisas de firma que llevaba a trabajar —me ponía tontísima ese rollo de chico medio macarra disfrazado de pijo de lunes a viernes— y que yo esperaba poder examinar a fondo en algún momento del futuro próximo, a ser posible en la penumbra de su cuarto o del mío.

—Tan impresionante como siempre, Charlotte May. —Nos fundimos en un abrazo breve y él, como el caballero que sabía que no era, me besó la mano con un gesto afectado—. Ya pensaba que nunca íbamos a volver a vernos.

—¿Habrías podido sobrevivir?

—Con dificultad.

Me subí al coche y lo interrogué sobre nuestro destino cuando vi que enfilaba hacia el suroeste de la ciudad. Al cruzar el río, no aguantó más mis preguntas y me señaló el navegador del coche:

—Richmond Park. —Desvió un segundo la vista de la calzada y me sonrió—. ¿Has estado?

—Cuando era niña, viendo los ciervos. Con una excursión del colegio o de la catequesis o algo así.

—Yo también hace años que no voy, pero... qué mejor ocasión, ¿no? —Juraría que hasta me ruboricé al escuchar aquel tono entre coqueto, algo a lo que estaba acostumbrada con Chris, y prudente, lo que sin duda era toda una novedad—. ¿Te apetece que paremos a coger unas pizzas para cenar allí?

—¿Tú no me habías prometido un pícnic?

—Charlotte, cariño... Me he hecho mayor, pero ¿de verdad crees que tanto como para tener una cesta de mimbre y una manta a cuadros?

Entre risas y bromas, localizamos una pizzería de cadena cerca del aparcamiento del parque y entramos en el recinto cargando con una caja que desprendía un olor a queso delicioso.

—He hecho los deberes y tengo apuntada una ruta desde la que hay las mejores vistas de la ciudad al anochecer. Y puede que veamos pasar algún ciervo.

—¡Qué guay!

Parecía una niña pequeña aquella tarde. O, mejor dicho, una adolescente hiperhormonada. Solo me faltó coger mi cuaderno de citas y escribir mi nombre junto al de Chris dentro de un corazón atravesado por una flecha.

Encontramos una zona de césped despejada de otros visitantes y echamos algo de menos esa manta que ninguno de los dos habíamos llevado, sobre todo yo, que había elegido como *outfit* del día unos *shorts* vaqueros cortísimos y una blusa en color crudo con cuello babero y lazada negra.

—Desde aquí Londres parece un poco menos jungla de lo que es, ¿no? —me comentó Chris en un tono bajo que me sonó a ronroneo.

—No me digas que te vas a unir a todas esas hordas que ahora prefieren vivir en el campo.

—Jamás. —Nos reímos; los dos éramos unos urbanitas incorregibles—. Pero escaparse de vez en cuando no está de más.

—No, no lo está.

Abrimos la caja de pizza y un hilillo de humo se escapó del cartón. Habíamos elegido mitades diferentes porque no coincidíamos demasiado en gustos culinarios; separamos los pedazos y estuvo a punto de escapárseme un gemido de placer cuando la mezcla de quesos y verduras entró en contacto con mis papilas gustativas.

La luz dorada del atardecer caía sobre Londres mientras los miles de farolas de la ciudad se encendían; la cena estaba deliciosa, la temperatura era perfecta, unos ciervos pastaban a una distancia prudencial de nosotros; Chris me sonreía con una complicidad que hablaba de lo mucho que habíamos compartido en el pasado y quizá también de lo que nos quedaría por vivir en un futuro cercano. Solo faltaba que un cuarteto de cuerda se soltara con el *Canon* de Pachelbel y aquella podría pasar a la historia como la mejor cita que nadie hubiera tenido jamás.

Y entonces lo vi acercarse. Con hambre en la mirada.

Con determinación. Con la seguridad de que iba a conseguir su objetivo... y ese objetivo era yo.

No, no hablo de Chris. No, no estoy describiendo los instantes previos a un beso que habría convertido la velada en perfecta. Hablo del maldito ciervo gigantesco que acababa de convertir una jodida pizza vegetariana en el aperitivo de su noche de sábado. No la pizza de Chris, que —no lo olvidaré jamás— llevaba pollo a la brasa, beicon crujiente, salchicha, ternera asada y *pulled pork*. Quizá si hubiera prestado más atención en las clases de Biología del instituto me habría enterado de que los ciervos son herbívoros y habría añadido carne picada como ingrediente adicional a mi mitad.

—¡Ah, joder! —grité, más por el susto que de dolor.

—¡Hostia, Charlie! —Chris se levantó sobresaltado y miró mis piernas con una cara que no era la que yo había esperado cuando elegí aquellos *shorts* en mi armario—. Voy ahora mismo a por el coche.

El karma tenía que estar de coña. Aquella debía de ser la venganza de la pirámide alimentaria contra mí por ser una vegetariana no siempre estricta. Eso era lo que compartía con el ciervo de las narices, que aquella tarde debió de decidir darse un respiro en su dieta herbívora y se llevó, junto con mi delicioso trozo de pizza, un no menos delicioso pedazo de mi muslo.

En cuanto bajé la mirada a mis piernas y vi el espectáculo de sangre, me desmayé. Entiendo que estaba en el buen camino para batir algún tipo de récord: tres citas, dos desmayos. Fenomenal. Lo siguiente que vi fue la luz blanquecina de una ambulancia y una vía insertada en mi brazo derecho.

—¿Y Chris?

El virus del romance debía de haberme infectado con

fuerza, porque en lugar de preguntar si iba a perder la pierna solo se me ocurrió intentar que un enfermero me dijera dónde estaba mi puede-que-futuro-novio. Siempre que no le produjera rechazo ver el interior de mis muslos antes que el de mis bragas, claro.

—¿Se refiere al hombre que nos llamó?

—Sí... Supongo.

—Ha dicho que vendría detrás de la ambulancia en su propio coche. Estaba un poco... impresionado.

Volví a dormirme o a quedarme inconsciente o yo qué sé. Desperté en un box de urgencias, donde me informaron de que tenía un desgarro muscular, que me habían dado bastantes puntos, que me habían vacunado contra una serie de enfermedades sobre las que preferí no indagar y que, por supuesto, me quedaría cicatriz. Teniendo en cuenta lo que me dolía la pierna, esto último me pareció lo de menos; pedí drogas, muchas drogas, y acabé soñando que era Chris quien me provocaba aquella herida a mordiscos. Puto subconsciente.

—Eh, Charls... ¿Cómo estás? —Sonreí cuando esas palabras penetraron como un susurro en mis tímpanos. Pero la cara que encontré junto a la camilla cuando abrí los ojos no era la de Chris.

—¿Oliver? —Fruncí el ceño y ese simple gesto me provocó un dolor de cabeza punzante; se ve que las drogas legales también provocan resaca—. ¿Qué estás haciendo aquí?

—Porter me llamó. —Oliver puso los ojos en blanco y estuve a punto de pedirle que no me bajara tan rápido de la nube romántica, que de eso ya se había encargado el ciervo—. Me contó lo que te había pasado y me pidió que te transmitiera sus disculpas por no acercarse. Al parecer, y cito textualmente, «no me gustan los hospitales».

—Joder...

—Que es un gilipollas ya lo sabíamos todos menos tú, así que pasemos al siguiente punto del orden del día. —Oliver plantó unas muletas ante mi cara de horror—. He hablado con tu médico. Diez días sin apoyar la pierna, mucho reposo y una lista de medicamentos tan larga que he tenido que pedirle que me la enviara por correo.

Bienvenidos a diez días en el infierno.

Puntuación de la cita	0 (siempre es 0 si acabas en el hospital)
Norma incumplida	Que sepa cuidarme cuando lo necesito

5

Estoy bastante segura de que el infierno es un lugar en el que es obligatorio andar con muletas. A esa conclusión llegué en aquellos diez días que me parecieron diez meses, después del ataque del ciervo y de la huida, como un cobarde y un gilipollas, del ya-no-tan-mítico Chris Porter. Cobarde por no haber aparecido aquella noche en el hospital y gilipollas porque ni siquiera me envió un mensaje para ver si estaba mejor. Chris Porter, eliminado de la dura pugna por ganar mi corazón.

—¿En qué momento mi vida se ha convertido en cuidar de una embarazada y una lisiada? —protestó Oliver mientras recorría el exiguo espacio entre el salón y la cocina de nuestro apartamento montado en mis muletas.

—¡Oye! Que a mí no tienes que hacerme nada, que me basto y me sobro solita —le replicó Moon, que mentía como una bellaca; llevaba desde que se había instalado en nuestro piso pidiendo antojos cada diez segundos.

—Tú eres caprichosa y Charlie, hipocondríaca.

Pensé en protestar, pero para qué... Por una parte, era incapaz de apartar la mirada del asqueroso de Oliver, que tenía la misma gracia caminando con muletas que descalzo. Y eso que las muletas eran de color rosa —una adquisición imprescindible después de ver el aspecto que tenían las que me habían proporcionado en el hospital— y él iba en pijama.

—Oye, tú, ¿por qué sabes moverte tan bien con esa mierda?

—Ni idea. —Se encogió de hombros, un movimiento que a mí me habría lanzado de cabeza al suelo, y siguió a lo suyo—. Es la primera vez en mi vida que cojo unas.

—¿Y por qué yo no soy capaz? —lloriqueé—. Cada vez que lo intento, parece como si tuviera un pato dándome picotazos en el culo.

—Recorres unos tres metros en vertical por cada uno en horizontal —corroboró Moon, la amiga empática.

Por otra parte, tengo que reconocer que sí que era una hipocrondríaca. Nunca estaba enferma, nunca jamás, salvo en mi imaginación, donde surgían a menudo males letales —si no eran letales, no tenía gracia—. Como aquel domingo de resaca en que amanecí convencida de que me estaba dando un infarto y corrí a urgencias, donde acabé confesándole a un médico con edad de ser mi abuelo que la noche anterior me había excedido «con varias sustancias... tóxicas». Su respuesta fue en realidad una pregunta: «¿Alguna de esas sustancias era Coca-Cola?». En aquellos tiempos estaba de moda el vodka con cola, así que asentí mientras digería la culpabilidad por estar matándome a los veintipocos años. «Lo que usted tiene son gases, señorita» fue el diagnóstico. Aquello no me mató, claro, pero sí dejó herida de muerte mi dignidad.

Ese episodio fue quizá el más célebre de mi hipocondría —que con los años fui aprendiendo a controlar, debo decir—, aunque el favorito de Oliver y de Moon era, sin duda, el de aquella mañana, cuando aún estudiábamos en la Saint Martins, en que me encontraron llorando frente a un té con leche, justo antes de obligarlos a manosearme las tetas porque me había encontrado un bulto sospechoso y ya me visualizaba ingresando en Oncología. Me había quedado ya sin lágrimas cuando Moon me llamó «puta cerda», literalmente, y me prescribió como remedio a mi incipiente cáncer una ducha bien caliente. El bulto había resultado ser un pedazo de salmón del sushi de la noche anterior pegoteado a mi piel.

Si es que lo raro no era que hubiera llegado a los treinta sin novio. Lo increíble es que aún me quedaran amigos.

Cuando pasaron los diez días prescritos por el médico, que se me hicieron más o menos igual de largos que la cita con Stephen en Estocolmo, pude comprobar que no tenía más secuelas que una cicatriz espantosa que ya me encargaría de embadurnar de aloe vera y rosa mosqueta para intentar disimularla.

Y volví a la carga en mi búsqueda del amor. Me quedaban un par de balas en la recámara de antiguos amigos, follamigos o similares, pero prefería no gastarlas todas de golpe, así que me decidí al fin a aventurarme en Tinder.

Ay, cómo describir la primera experiencia en Tinder... Cada usuaria de la aplicación debería escribir una entrada en su diario explicando lo que sintió al encontrarse con ese catálogo de posibles relaciones. Yo, en mi línea, empecé accidentada.

¿Por qué toda la gente que me había recomendado Tinder para conocer a alguien no se tomó unos minutos para explicarme la dinámica de la app? O, mejor dicho, ¿por qué en todos los años que llevaba oyendo hablar de aquel fenómeno *millennial* —y también mirándolo un poco por encima del hombro, no os voy a mentir— no había aprendido eso de «deslizar a la izquierda» y «deslizar a la derecha»? Yo abrí Tinder y pensé que aquello funcionaba como el carrete del móvil; que tenía un montón de fotos y biografías de tíos con los que podría emparejarme, así que dediqué un par de horas a cotillearlas. ¿Cómo? Deslizando las fotos de los muchachos en cuestión hacia la derecha. Creo que ese día me convertí en la chica más popular de Londres.

Por suerte —o no—, le cogí pronto el truco a Tinder. Tampoco es que sea física nuclear, vaya, no es algo que me plantee poner en el currículum. Sonaba *Plage*, de Crystal Fighters, mientras Moon me extendía el aceite de rosa mosqueta por la cicatriz y yo deslizaba perfiles a izquierda (un noventa y cinco por ciento) y derecha (un escasísimo cinco por ciento).

—Por lo visto, en el mundo virtual eres igual de exigente que en el real —me advirtió Moon.

—Es una cosa de señora muy antigua considerar irreal el mundo virtual.

—Lo que es de señora muy antigua es haber descubierto Tinder a estas alturas, así que cállate.

—Moon, ¿te das cuenta de que, cuando Oliver no está, te conviertes en él y te metes conmigo? —Oliver se había ido a pasar la noche a su piso de Chelsea, según él, para descansar de las obligaciones que nuestro cuidado le imponía, pero Moon y yo sabíamos que en realidad se habría dedicado a follar toda la noche, Dios sabe con quién—. Sé buena y ayúdame a elegir, anda.

Yo no dudo de que en Tinder hubiera perfiles decentes, pero... era como entrar en las segundas rebajas de un *outlet*: para encontrar algo que apeteciera llevarse a casa, hacía falta rebuscar mucho entre los miles de perfiles de hombres sin camiseta (preferiría no ver el menú hasta la cena, gracias), los selfis ante el espejo del baño (me gustaría conocer antes tu apellido que el estado de la cortina de tu ducha, gracias), las fotos con hijos (¿en serio, tío, crees que tu hijo estará orgulloso de haber debutado en Tinder a los dos años?) y, obviamente, las fotos de boda. Sí, hay gente que sube la puta foto de su boda a su perfil de Tinder; es una buena prueba de que el mundo se ha vuelto loco del todo.

—¡Ese está bien! —me chilló Moon al oído—. Dale *superlike.*

—Para ser una tía en una relación estable y embarazada, dominas muy bien la terminología.

—¡Que le des ya!

Lo hice. El chico decía llamarse Ian, tener veintiséis años y mucho sentido del humor —no me creería nada, ni siquiera el nombre, hasta que no lo tuviera delante—. Empezamos a hablar y quedamos para el sábado siguiente en un pub irlandés cerca de Covent Garden. Uno de mis requisitos era que el elegido me hiciera reír incluso sin pretenderlo, así que lo del sentido del humor me había sonado bien. Tampoco le hacía ascos a los ojos oscuros y la mandíbula cuadrada que lucía en sus fotos, así que... le daría una oportunidad.

Cita número	4
Fecha	10 de julio
Hora	20.30
Lugar	Covent Garden
Nombre	Ian Reid
Edad	26
Forma de contacto	Tinder

Me veía muy mona aquel sábado. No tenía mucha idea de cuál sería el plan de esa noche —creo que era la primera vez en mi vida que quedaba con un desconocido y todo era una incógnita—, pero sí sabía que me sentiría más segura si estaba a gusto con la imagen que me devolviera el espejo al salir de casa. Elegí una minifalda cruzada con estampado floral marrón y azul y la combiné con un jersey en un tono naranja fuerte. Bolsito, taconazo, maquillaje natural y... la suerte estaba echada.

Llegué a Covent Garden un poco antes de la hora y me di un paseo por la plaza para evitar el incómodo momento de sentarme sola en un pub, pero las sandalias que estrenaba me estaban matando, después de un viaje en metro en el que no conseguí sentarme y una noche más cálida de lo que esperaba. ¿Qué problema había con sentarme en un local a esperar al tío con el que había quedado? Tenía que ir olvidándome de esos prejuicios de niña tonta si pretendía triunfar en el mundo de las citas. Así que entré en el bar que me había propuesto Ian y me pedí un mojito de fresa, que, según indicaba la pizarra de la entrada, era el cóctel del día.

Pasaban ya unos minutos de las ocho y cuarto y habíamos quedado a y media, así que supuse que Ian no tardaría en llegar. Cogí mi móvil para distraerme y me burlé un rato de Oliver porque aún no había anochecido del todo y él ya estaba preparado para meterse en la cama. Se había pasado la madrugada del viernes de fiesta y supuse que tenía mucha deuda de sueño acumulada; además, Moon había salido a tomar algo con sus primas, así que no se podía culpar a Oliver por querer aprovechar para descansar una de las pocas noches en que la casa estaría tranquila.

Cuando volví a mirar el reloj del móvil, eran ya las ocho y treinta y dos. Vaya. No pensaba acusar a Ian de impuntual por solo un par de minutos, pero habría sido un detalle que llegara un poquito antes de la hora en nuestra primera cita. ¿Primera? ¿Habría una segunda? Crucé los dedos para que fuera tan gracioso en persona como me había parecido por chat y sí hubiera esa segunda cita. Y tal vez una tercera y...

Vaya, las nueve menos veinte. Mi mojito ya era solo un residuo aguado en el fondo del vaso y hasta me había comido las dos fresas de decoración. Una camarera atenta se acercó para preguntarme si quería una segunda ronda y acepté con una sonrisa de compromiso, porque no me apetecía, en realidad, pero me daba vergüenza estar ocupando una mesa sin consumir.

Cuando mi segundo mojito llegó, eran ya las nueve menos cuarto. Cogí de nuevo mi móvil para ver si tenía algún mensaje de Ian, pero... no. Ni en WhatsApp, que era la vía por la que habíamos hablado después de intercambiar teléfonos, ni tampoco en Tinder. Picoteé frutos secos de un pequeño cuenco que me sirvieron y empecé a enfadarme de verdad.

Nueve menos cinco. ¿Cuál es el tiempo protocolario para asumir que una cita no se va a presentar? Llevaba más de media hora en aquel bar y ya ni siquiera me apetecía conocer al tal Ian-gran-sentido-del-humor. Entré en WhatsApp para preguntarle de qué coño iba y... me había bloqueado. ¡Me había dejado plantada y me había bloqueado! No necesitaba entrar en Tinder para comprobarlo, pero lo hice y, por supuesto, había deshecho el *match.*

Me levanté para largarme con tal ímpetu que la camarera tuvo que recordarme que no había abonado la cuenta. Dejé un billete de veinte libras sobre la mesa y salí de allí con la humillación pesándome sobre los hombros.

Ya en el metro, eché un vistazo al Instagram del impresentable de Ian para ver si quizá había sido arrollado por un autobús de dos pisos —lo cual no explicaría el bloqueo— o por si podía deducir alguna otra causa que justificara el primer plantón de mi vida. Como aún me quedaba algo de orgullo —maltrecho, pero orgullo al fin y al cabo—, entré en una cuenta anónima que tenía en Instagram para... Vale, sí, para *stalkear* perfiles sin dejar rastro; no me juzguéis. El círculo rojo alrededor de su —muy atractiva, todo hay que decirlo— foto de perfil me indicó que había subido *stories* recientes y... ¿qué me encontré? Un selfi del maldito Ian Reid frente al Apple Market de Covent Garden. Hacía una hora. Es decir, había estado a pocos pasos del lugar de nuestra cita, pero algo había ocurrido que había hecho no solo que me dejara plantada, sino también que me bloqueara en WhatsApp.

Dios mío. ¿Era porque me había visto? De forma instintiva, me miré de arriba abajo y todo el optimismo que había sentido ante el espejo un par de horas antes se vino abajo: de repente, el jersey me parecía inapropiado; la falda, hortera; y me daba la sensación de que las sandalias no pegaban con el conjunto. Me había propuesto pasar una noche divertida con Ian-rey-del-sentido-del-humor y maldita la gracia que me estaba haciendo en aquel momento.

¿De verdad un tío se había largado sin presentarse después de haberme echado un vistazo? Nunca lo sabría porque puede que Ian me hubiera bloqueado en un programa de mensajería, pero tenía muy clarito que yo acababa de bloquearlo en la vida.

Puntuación de la cita	No presentado
Norma incumplida	Que me haga reír incluso cuando no quiere

6

Llegué a casa con unas ganas infinitas de prepararme un chocolate caliente y meterme en la cama. Hasta me alegraba de que Moon hubiera salido y Oliver se hubiera acostado temprano; no tenía ningunas ganas de aguantar las burlas y las bromas que, sin duda, provocaría mi relato de los hechos. Al día siguiente hasta las agradecería, pero en aquel momento me sentía demasiado imbécil como para tomármelo a risa.

Entré en silencio en nuestra leonera. No había otro calificativo mejor para una casa que era la última que se podía esperar que fuera el hogar de tres personas adultas. Cuando compartíamos piso como estudiantes, éramos un auténtico desastre doméstico y, con treinta años cumplidos, no parecíamos haber aprendido nada sobre orden o limpieza. Yo me las había apañado bastante bien con los poco más de sesenta metros cuadrados del apartamento en los años que viví sola allí —un dormitorio para mí, otro para mi ropa, otro para esconder el desorden—, pero desde el regreso de Oliver habíamos ido cuesta abajo y sin frenos; y a partir del momento en que Moon se nos había unido, rara vez lográbamos ver un milímetro cuadrado del suelo: siempre estaba cubierto por mi ropa y mis complementos, los cuadernos y bocetos de diseño de Oliver y los vasos, platos y demás restos de comida que Moon esparcía a su alrededor desde que estaba embarazada.

Además, teníamos un fantasma. Vale, eso no es cierto, pero le da un aire de castillo de la campiña que le vendría genial a mi apartamento de Shoreditch. Lo que teníamos era un sonámbulo. Se llamaba Oliver y, en el momento en que entré derrotada tras mi cita fallida, recorría el espacio entre el salón y su dormitorio —que no sería más de metro y medio— con los ojos abiertos y un bóxer ajustado de color negro por toda vestimenta.

—¿Oliver?

Ya intuía que no estaba precisamente despierto cuando lo llamé, pero que me ignorara por completo fue la mejor confirmación. Siguió con su paseo durante veinte o veinticinco minutos más, hasta que se cansó —supongo— y volvió a la cama. Como siempre pasaba, oí un ronquido profundo y, a continuación, el silencio de su respiración sosegada.

Le ocurría dos o tres veces al año, sin motivo aparente. Moon y yo llevábamos una década jurándonos que algún día escribiríamos un libro sobre las mejores anécdotas del Oliver sonámbulo. Mi favorita era la de una noche, en nuestro tercer o cuarto año de carrera, en que se obsesionó en sueños con que las luces de la casa estaban encendidas en plena madrugada y se levantó al menos veinte veces a apagarlas. Solo que, como en realidad no lo estaban, lo que hacía era encenderlas. A la mañana siguiente nos fuimos a la Saint Martins después de una noche en blanco —tampoco es que fuera la primera, ni sería la última—, pero mereció la pena.

Cuando me senté en la cama con mi prometido chocolate caliente entre las manos, no eran ni las once de la noche. De una noche de sábado de verano, además, así que poco me faltó para enviarle un mensaje a Moon y unirme a cualquiera que fuera el plan que tuviera con sus primas. Pero al final preferí rescatar mi cuaderno de citas del desorden absoluto que había en mi escritorio para apuntar el último desastre vivido. Me costó más de diez minutos encontrarlo, así que me entró la fiebre organizadora. Un par de veces al año —ojalá fuera alguna más—, me hartaba de vivir en una pocilga y ordenaba. La tarea me llevaba horas, por lo que no era el momento de ponerme con eso, pero juré antes de dormirme que dedicaría el domingo a ello.

—¿Te das cuenta de que esta música me da ganas de cualquier cosa menos de ordenar, Moon? —me quejé a la mañana siguiente porque mi mejor amiga no dejaba de poner en bucle canciones de Kanye West, a pesar de que sabía que Oliver y yo lo odiábamos.

—No estás ordenando, Charls. Estás moviendo la mierda de sitio —aportó Oliver.

Algo de razón tenía. Había rotulado tres cajas enormes con las palabras TIRAR, DONAR y VENDER. Esperaba que al menos la mitad de mi armario acabara repartido en esas tres categorías. Y cuando digo «mi armario» me refiero a mi armario, a la cómoda de mi dormitorio, a dos altillos del ropero de la habitación de Moon y a unos cuantos escondrijos más en los que distribuía mis atuendos —hacía por lo menos ocho años que usaba el horno como zapatero, por ejemplo.

—¿Cómo puede alguien en su sano juicio tener tal cantidad de ropa? —Oliver me miraba desde mi cama, donde estaba tumbado con los pies en el cabecero y expresión divertida.

—Dijo el diseñador de moda favorito de Inglaterra.

—Es que no tiene sentido, Charlie. —Se abrió una cerveza y le dirigió una mirada de disculpa a Moon; antes de que hubiera embarazos de por medio, mi única forma de reclutarlos para que me ayudaran en las tareas organizativas era ofrecerles alcohol a cambio, pero ahora eso era solo aplicable a Oliver—. La moda ahora va por otras vías. Menos prendas, de mejor calidad, más reutilización, segunda mano, reciclaje...

—Todo eso de ahí —señalé el segundo cajón de mi cómoda— es moda de segunda mano. Y el ochenta por ciento de mi ropa es de la mejor calidad.

—Porque te la regalan, *influencer.* —Moon cogió un minivestido dorado y soltó un silbido—. ¿Esto es un Cavalli auténtico?

—No, dedico las noches a coser etiquetas que compro en Chinatown. —Puse los ojos en blanco—. ¿Tú qué crees?

—¿Puedo quedármelo? ¡Me encanta! —Asentí, pero Moon ya estaba ocupada dirigiéndole una mirada de fuego a Oliver—. Como se te ocurra hacer algún comentario sobre mis posibilidades de meterme en este vestido, te lo comes.

—Mis labios están sellados. —Soltó una carcajada que solo se me contagió a mí y a continuación añadió—: Cosedme la boca para que no haga un comentario sobre lo bien que te quedaría ese vestido si los tuyos también lo estuvieran.

La mitad de mi par favorito de zapatos de Jimmy Choo impactó en la frente de Oliver y las chicas chocamos los cinco con un montón de parafernalia. Era nuestra especialidad: no chocar los cinco, sino procrastinar eternamente la tarea de organizar mi armario.

Cerca de las dos de la tarde, las tres enormes cajas estaban llenas. Oliver se ofreció a acercar la de donaciones a la tienda solidaria más cercana a nuestra casa y entre Moon y yo repartimos las cosas que decidí tirar entre los cubos de basura de medio barrio. Ya solo quedaba la parte más divertida de todas: la sesión de fotos de la ropa que pensaba vender en Vinted.

—¿No crees que se te ha ido un poco de las manos, Oliver? —El lunes, al salir de trabajar, nos habíamos reunido los tres en el espectacular edificio de la firma de Oliver, en el estudio fotográfico de la segunda planta, para hacer las fotos de las prendas.

—Deja de arruinar la diversión, Charlie —protestó Moon, que se había hecho con la cámara nada más entrar y no pensaba soltarla—. Venga, empecemos con los vestidos. ¡Pon música, Oliver!

Él sonrió antes de seleccionar en su equipo de sonido *Here Comes the Hotstepper*, el temazo por excelencia de los desfiles de moda de los noventa. Yo me metí en el papel de supermodelo, lo cual no me resultó extraño porque, no nos engañemos, me encanta posturear con la ropa, las fotos y demás.

—Y tú que pretendías hacer esto en esa pocilga que tienes por casa...

Dos horas después habíamos terminado con la sesión de fotos y brindábamos con nuestros refrescos de los menús de comida rápida que acabábamos de recibir.

—¿Algún día me explicarás por qué sigues viviendo allí a pesar de que tienes un pisazo justo aquí arriba y un concepto horrible de *nuestra* casa?

—Qué divertido es hacerte rabiar. Podría dedicarme a ello a jornada completa.

—Lo haces, Oliver. —Le di un puñetazo en el hombro y me reí. Luego me puse seria y un poquito emocional—. ¿Sabéis? Soy consciente de que vivimos en un apartamento demasiado pequeño para dos personas, ya no digo para tres. Y sé que siempre está desordenado, que necesita una mano de pintura desde hace por lo menos diez años y que no tenemos ni siquiera dos platos iguales. Pero, joder...

—Alerta: Charlie en modo intenso —se burló Moon.

—Déjala terminar. —Oliver la hizo callar mientras me miraba con curiosidad. Parecía que se hubieran cambiado los papeles por un momento.

—Ese piso es mi Tara. Sin tierra roja y sin poner a Dios por testigo de que no volveré a pasar hambre, pero con sus fotos de noches de fiesta clavadas con chinchetas en las paredes, su estantería con los libros de Taschen que nos compramos cuando aún no podíamos permitírnoslos, sus zapatos en el horno... Y con vosotros, joder.

No lloré, pero poco me faltó. No tenía ni idea de por qué me había puesto tan emocional de repente, pero no había dicho ni una sola mentira en mi discurso. Y debí de ser muy convincente, porque no hubo burlas cuando dejé de hablar. Puede que mis compañeros de piso, contra todo pronóstico, tuvieran su corazoncito. Y puede que a mí se me escapara una lagrimita cuando se abalanzaron sobre mí y nos fundimos en un abrazo a tres que no era habitual, pero sí sincero.

—Todo en línea al fin. —Oliver me devolvió mi móvil; mientras yo posaba como una mamarracha y Moon me fotografiaba, él se iba encargando de subir los productos a Vinted.

—¿Estás loco? —Abrí los ojos como platos al ver los precios que había asignado a algunas de mis prendas—.

¡Pagué por esa falda la mitad de lo que has pedido por ella!

—Primero, la compraste en rebajas en TK Maxx, así que lo que pagaste no es ni de lejos el precio real. —Oliver empezó a enumerar con los dedos y Moon y yo le hicimos burla a su espalda—. Y segundo, esa falda tenía ese precio *antes* de que se la pusiera Charlie May.

—Ha perdido la cabeza —me susurró Moon.

—¡¡Has subido capturas de mi cuenta de Instagram a los anuncios!!

—Obvio. Revaloriza el producto. ¿Quieres ganar pasta con esa ropa o no?

—¡Anda, pero si ya tengo mensajes! —Ignoré sus palabras y empecé a leer las ofertas—. Mierda, me han ofrecido cien libras por los Louboutin dorados.

—¿Y cuánto había pedido? —Oliver frunció el ceño—. Están muy usados, no creo que puedas sacar más por ellos.

—No es por el dinero. Jo... Es que me encantan.

—Dios mío... —Moon cabeceó—. No podemos pasar por lo mismo cada vez que ordenas el armario.

—Tú llevas seis años sin sufrirlo, Moon. Te pagaré el vuelo de ida y vuelta si regresas a Londres cada vez que le entren estas fiebres.

—Sabéis que sigo presente, ¿verdad? —protesté mientras leía los mensajes que me entraban en la app—. ¡Dios, estoy flipando!

—¿Cuánto te ofrecen y por qué prenda?

—Me ofrecen una cita el sábado por esta prenda llamada Charlotte Christina May.

—¿Perdona? —Moon intentó robarme el móvil.

—¿Vosotros sabíais que hay gente que intenta ligar a través de Vinted?

—Todo el mundo lo sabe, Charls. —Oliver puso los ojos en blanco.

Pues yo no. No tenía ni idea. Pero sí tenía una cita con un tal Ryan Williamson, de treinta y seis años y residente en Shepherd's Bush, para visitar el mercadillo de Portobello el sábado. No sé si es cierto eso de que la vida te da sorpresas, pero a mí desde luego me las había dado una app de compraventa de ropa.

Cita número	5
Fecha	17 de julio
Hora	10.30
Lugar	Portobello Road
Nombre	Ryan Williamson
Edad	36
Forma de contacto	Vinted

Creo que lo supe en el mismo instante en que apareció. Lo supe con tanta claridad que celebré internamente haber elegido un *outfit* tan ideal aunque arriesgado; pero no me alegré por la posibilidad de seducir a un chico guapo, sino porque la mirada que me echó de arriba abajo cuando nos encontramos en la estación de metro de Notting Hill Gate era la de un fanático de la moda; sabía reconocerlos a la legua.

—Cariño, si ese conjunto es de Escada, me desmayo aquí mismo —me soltó por todo saludo, con la mano en el pecho en un gesto afectado.

—Lo es.

—Pues tú eres mi nuevo ídolo.

—Lo encontré rebuscando en Deptford Market —bajé el tono de voz—. Cinco minutos de regateo, ciento diez libras.

—¡Sabía que era buena idea quedar en un mercadillo!

No nos lo pensamos demasiado antes de acercarnos a la zona de la calle donde se agrupaban los puestos de ropa de segunda mano. Yo recurrí a toda mi madurez y solo me compré un bolsito pequeño de color negro —la maligna de Moon habría dicho que tenía otros tres casi iguales, aunque yo veía sutiles diferencias entre ellos—, pero Ryan tuvo que parar cuando empezó a convertirse en un problema cargar todas sus adquisiciones con solo dos manos.

¿En qué momento de la cita me di cuenta de que era gay? Ya lo he dicho antes: en el mismo instante en que salí del metro. La duda era...

—¿Por qué me pediste una cita, Ryan?

La verdad era que me lo estaba pasando bien aquella mañana; hacía sol, había ropa a precios asequibles, Ryan era divertido... ¿Qué más podía pedir? Una pizquita de heterosexualidad, quizá.

—¿Bromeas? Viendo el arsenal de prendas que subiste a Vinted era obvio que serías mi compañera de compras perfecta.

—Ya...

—Charlotte, ¿hay algo...? —De repente, abrió los ojos como platos y cayó en la cuenta—. ¡Oh! ¿Pensabas...? ¿Pensabas que era una cita en plan...?

—Sí. Pensaba que era una cita *en plan.*

—¡Mierda, nena! Compré tus Armani Jeans del 2004, ¿eso no te hizo sospechar?

—Solo pensé que eras realmente delgado para ser un chico.

—Ay, cielo, necesitas actualizar tu maldito radar gay.

—Lo que necesito es un cóctel bien cargado.

—Conozco el local perfecto para eso.

Y sí, era verdad, lo conocía. Antes de la hora de comer ya nos habíamos bajado tres caipiriñas cada uno y yo empezaba a ver borroso todo lo que estuviera a más de tres palmos de distancia de mi cara. Como buenos estereotipos de apasionados por la moda, no comimos, lo cual no ayudó a la cuarta caipiriña a encontrar buen asiento.

Hablamos durante horas y me reí a carcajadas, que no era lo mismo que el sexo que esperaba, pero tampoco estaba mal. Me explicó los diferentes métodos de blanqueamiento anal a los que se estaba planteando someterse y yo le hablé del *microblading* que la mayoría de mis compañeras de la oficina se habían hecho en los últimos meses.

—¡Así que hay truco en esas cejas tan impresionantes que tienes!

—¡No! —Se me escapó un chillido que atrajo algunas miradas—. Estas son herencia paterna. Y te aseguro que no eran nada *cool* antes de que Cara Delevingne las pusiera de moda.

—Ya sabes lo que dicen de las cejas en esta hermosa década.

—No, ¿qué dicen?

—Que —bajó la voz a un susurro— nadie debería tener más pelo en el chocho que en las cejas.

Del ataque de risa que me dio, me caí redonda del taburete, aunque en esa ocasión —todo un avance en mis citas— no acabé en el hospital. Donde sí acabamos fue en su apartamento, que se encontraba a apenas un par de paradas de metro, después de que yo confesara que me sentía incapaz de llegar a Shoreditch sin: a) vomitar en un vagón de metro; b) dormirme en un vagón de metro; c) perderme en un vagón de metro.

Cuando me desperté en su sofá de dos plazas —algo escaso para mi metro setenta y tres—, sonaba *Vogue*, de

Madonna, en su apartamento, porque el sábado 17 de julio se había convertido ya oficialmente en el Día Mundial del Tópico.

—Si me preparas una sopa para la resaca, me caso contigo —le dije con la voz algo pastosa—. Fingiré no enterarme de lo que hagas los sábados por la noche en Heaven.

—Mueve tu culo de mi sofá. —Ryan me señaló la puerta—. He quedado para follar en veinticinco minutos.

—Mi vida es una mierda.

—No olvides llevarte tu autocompasión, querida.

Intercambiamos teléfonos, empezamos a seguirnos en Instagram y creamos un tablero en Pinterest para compartir *looks* que fuéramos encontrando en las redes. Había llegado más lejos con Ryan que con ninguna de mis cuatro citas anteriores. Triste, ¿no? Sí, a mí también debería parecérmelo, pero... me lo había pasado de miedo aquel sábado y no pensaba arrepentirme.

Puntuación de la cita	5 (el alcohol siempre ayuda a ser indulgente)
Norma incumplida	Que se emborrache conmigo y luego me haga sopa para la resaca

7

Si me iba a casa con aquella resaca —y quizá aún un poco de borrachera—, sabía que seguiría durmiendo, lo que me aseguraba un horrible insomnio durante la madrugada. Una de mis especialidades siempre ha sido cambiar los horarios de sueño el fin de semana y pasarme la mitad del tiempo convertida en una zombi. Recordé entonces que Oliver me había dicho que pasaría todo el sábado trabajando en su estudio, así que allí me fui.

Daba igual cuántas veces hubiera entrado en aquel edificio en los últimos dos años: nunca dejaba de alucinarme. Era una construcción típica de la zona de Chelsea, un edificio de estilo Regencia, con la fachada blanca, dos grandes columnas en la entrada y balcones de hierro forjado en la primera planta. Justo ahí, tras una de esas terrazas, estaba el despacho de Oliver. Al ser sábado, no había nadie en recepción y solo unos cuantos trabajadores se movían con discreción por los diferentes departamentos de la planta baja, así que enfilé las escaleras sin detenerme.

—Qué tranquilo está esto hoy, ¿no?

—Es sábado y está anocheciendo. —Levantó la mirada de su escritorio y me sonrió con una ceja levantada—. ¿Tu cita no te ha dejado quedarte a dormir?

—Mi cita era gay. O sea, sigue siéndolo; no he adquirido aún la capacidad de cambiar la sexualidad de nadie.

—Permiso para reírme.

—Como si lo necesitaras...

Sin embargo, no se rio tanto como yo esperaba. Supuse que se guardaba sus mejores pullas para cuando tuviera público.

—¿Quieres una copa? —Oliver señaló el minibar que escondía tras un panel de madera.

—Aún estoy medio borracha. Y bastante resacosa.

—Comprendo. —Oliver se levantó de su silla, abrió una pequeña alacena que le servía como *office* y puso agua a calentar—. Sopa de pollo precocinada de Tesco.

—¿Guardas sopa de pollo aquí? ¡Pero si la odias!

—Siempre he tenido la sensación de que, de todos los tugurios de todas las ciudades del mundo, algún día acabarías en el mío necesitando sopa de pollo para la resaca.

—Vale, Bogart. —Me reí—. ¿Por qué todos los chicos guapos, con buen gusto para la moda y con los que conecto sois gais?

Oliver se me quedó mirando durante un rato con una intensidad que no entendí. En su despacho sonaba *Je t'aime... moi non plus*, de Serge Gainsbourg, que si no es la canción más sensual de la historia de la música, yo ya no sé. Mi sopa de pollo humeaba en la mesita que había junto al *chester* color avellana de la oficina y Oliver estaba más guapo que nunca con el pelo alborotado y unos vaqueros rotos. Este último comentario no sé a qué viene, lo asumo.

—Me flipa esta canción.

—¿A mí me lo vas a contar? Te recuerdo que solo creo en Jane Birkin, Kate Moss y la Coca-Cola Light. —Oliver suspiró y se sentó a mi lado—. Y a pesar de lo que esta última frase pueda insinuar, Charlie..., no soy gay.

—¡Venga ya! —Me recosté hacia atrás con fuerza y un par de gotas de mi sopa me salpicaron la falda y chillé.

—Vamos a intentar no acabar este día en el hospital. Estoy seguro de que con un poco de esfuerzo podrás conseguirlo.

—¿Tienes mucho trabajo o puedo acampar aquí hasta que sea hora de irnos a dormir?

—Tengo mucho trabajo y puedes acampar aquí. Lo harías dijera lo que dijera, así que no pienso oponer resistencia.

—¿Sabes que nunca te respeto cuando dices que tienes mucho trabajo? —Ignoré su cara de odio—. ¡Presentas dos colecciones al año! Otoño-invierno y primavera-verano. Y ya está. Nosotros renovamos colección cada dos puñeteras semanas.

—Vosotros *copiáis* nuestros diseños. Renovar la colección significa que te pasas horas en Instagram plagián...

—¡Inspirándome!

—¿Vamos a abrir el debate entre alta costura y moda *low cost*? Porque, si mis cálculos no fallan, sería la vez número ochocientos veintitrés este año.

—Si lo prefieres, puedes aclararme eso de que no eres gay.

—En realidad, reconozco los méritos de las marcas *low cost* para acercar la moda a todo tipo de público. —Le di un puñetazo en el hombro y caímos medio recostados entre carcajadas—. Charlie, eres mi mejor amiga desde que teníamos dieciocho años. ¿De verdad tengo que definir mi sexualidad contigo a estas alturas?

Me quedé unos segundos pensando en las palabras de Oliver. Durante la época universitaria, lo había visto acostarse con hombres y mujeres; a veces, con ambos a la vez; a veces, conmigo; a veces, con Moon; a veces, con ambas a la vez. Los tres experimentamos todo lo que nos dio la gana durante aquellos cuatro años locos, pero, al graduarnos y empezar una vida algo más *estable*, yo no volví a acostarme con una mujer ni Moon con un hombre; pero Oliver... Siempre asumimos que era gay, tal vez bisexual, pero había pasado una fase de experimentación en la universidad. De hecho, no sabría mencionar el nombre de una sola mujer que hubiera formado parte de su vida en ningún aspecto afectivo, con las únicas excepciones de su madre, Moon y yo.

—¿Me vas a decir eso de que pasas de etiquetas? —le pregunté.

—Pues, básicamente..., sí.

—¿No está muy pasado de moda ese concepto? Creía que lo que se llevaba en esta época era visibilizar.

—Me la suda lo que esté de moda. ¿Quieres que sea bisexual? OK, supongo que es lo más justo, pero yo nunca me he sentido nada más que un tío al que le encanta follar por encima de cualquier otra cosa en el mundo y... ¿He sonado demasiado frívolo?

—Puede. —Lo que no me atreví a reconocer fue que oírlo decir eso me había enviado un latigazo a la entrepierna—. ¿Debo entender, entonces, que te tiraste a todas las mujeres de Gran Bretaña antes de los veinticinco y que, por lo tanto, las únicas opciones que te quedan ahora son repetir, abrazar el celibato, coger un avión para echar un polvo o dedicarte solo a los tíos?

—Bien visto. El celibato no es una opción, obviamente. Repetir nunca me ha gustado, da lugar a malentendidos; coger un avión para follar siempre tiene su punto, pero es caro y cansado; y los tíos...

—¿Sí?

—No sé, Charlie... El sexo es genial, pero a veces echo de menos...

—¿Qué?

—Nada, olvídalo.

—No, no, no. De eso nada. ¡Ibas a decir que echas de menos enamorarte!

—No sé si enamorarme, pero... quizá sí intercambiar algo más que fluidos.

—¿No te has vuelto a enamorar desde...?

—Desde que me fui a París. —Hizo una mueca que aún transmitía dolor; quizá ya no era una herida, pero sí tejido cicatricial sensible—. Hui de Londres y del amor al mismo tiempo y sé que fue una buena decisión, pero... han pasado seis años.

—¡Pues enamórate, Oli!

—Por Dios santo, Charlie, no me llames Oli. Y no digas tonterías. Está genial que tú creas que teniendo una lista interminable de citas acabarás enamorándote, pero... a mí no me funcionaría.

—No puedes saberlo si no pruebas.

—Puedo saberlo porque recuerdo lo que es estar enamorado y en los últimos seis años no ha aparecido nadie que me haya hecho sentir algo que se acerque siquiera a lo que sentí con esa persona.

—Guau.

—¿En qué momento nos hemos puesto tan intensos?

—A mí no me mires. He salido con un gay, me he comprado un bolso que ya tengo y me he emborrachado a plena luz del día.

—Yo he diseñado el vestido de noche que todas las mujeres querrán llevar el próximo verano, he preparado sopa de pollo a una amiga borracha y he hablado de mis sentimientos, lo cual va contra todos mis principios.

—Tampoco es que llevar el nivel de alcohol en sangre de mi tío Ed un sábado a las ocho de la tarde sea exactamente mi filosofía vital.

—¿En serio? —Oliver arqueó una ceja y a mí me dio un ataque de risa.

—Vale, puede que haya sido mi *modus vivendi*, pero... ¿no estábamos hablando de tu misterioso amor no superado?

—Vámonos a casa, Charlie. Tú tienes que actualizar tu cuaderno de citas y yo necesito un *whisky* doble y que Moon me dé un masaje en los pies.

—¿Vamos a quedarnos en casa un sábado por la noche? —le pregunté, a pesar de que sabía que aquella noche no me habría sacado de casa ni Brad Pitt llamando a la puerta montado a caballo en plan *Leyendas de pasión*; bueno, vale, quizá él sí.

—El mito de Oliver W y Charlie May ya solo vivirá en el recuerdo de quienes los conocieron en la plenitud de sus veintitantos.

—Dios bendiga a América.

—¿Eh?

—No sé, me parecía que pegaba con el tono.

—Anda... Vámonos a casa.

Cita número	6
Fecha	21 de julio
Hora	19.30
Lugar	Brick Lane
Nombre	Thomas Parsons
Edad	24
Forma de contacto	Tinder

—¿Tú no tenías una cita hoy? —me preguntó Moon, o eso creí entender, porque me hablaba con la boca llena de *nuggets* de pollo. Si no ponía freno a la situación en algún momento, esa niña iba a nacer en un McAuto.

—En un cuarto de hora. Y voy a ir así, tal cual, así que no tengo prisa.

El lunes había tonteado un rato con un chico monísimo en Tinder y habíamos quedado ese miércoles. No esperaba gran cosa de la cita —la euforia inicial empezaba a venírseme abajo con tanto fracaso—, así que el mismo vestido vaquero con bordados que había llevado a trabajar me parecía adecuado.

—Pero ¿dónde has quedado? ¿Vas a llegar a tiempo?

—En el pub de la esquina. Al chaval le apetece conocer el ambiente nocturno de Brick Lane.

—¿Chaval?

—Tiene veinticuatro.

—Un poco juvenil, ¿no?

—Con las cosas que te he visto hacer en este mismo apartamento, Moon, hay que ver lo convencional que te has vuelto.

—No creas que no me he dado cuenta. Estoy convencida de que es algo que se me está filtrando del líquido amniótico al cerebro.

A los diez minutos, me despedí de Moon con un beso y salí a las calles de Shoreditch, que estaban recalentadas después de un día de verano abrasador, al menos para el estándar estival londinense. Tenía un paseíto de menos de cinco minutos hasta el local donde había quedado con Thomas, así que no apuré el paso. Tampoco es que estuviera impaciente; para ser sincera, lo único que esperaba de aquella noche era echar un polvo que pusiera fin a la sequía sexual ya demasiado prolongada que llevaba.

Thomas estaba bien. Se notaba que les había añadido bastante imaginación —o sea, retoque a tope— a sus fotos de Tinder, pero bueno..., se le podía perdonar. Y tenía veinticuatro, lo cual lo convertía en algo joven a los ojos de mi mejor amiga, pero yo había tenido siempre muy clara mi opinión sobre el asunto de la diferencia de edad: si a mí a los diecisiete años me gustaban los tíos de veinticinco, ¿por qué no iban a seguir gustándome a los treinta los tíos de veinticinco? No es una cuestión de modas —a los diecisiete me flipaban los pantalones de tiro bajo y ahora no me pondría uno ni amenazada de muerte—, es que los tíos de veinticinco son como un Levi's 501. Pegan con todo, son atemporales y siempre sientan bien. Palabra de una experta en moda.

Al entrar en el pub, me encontré con dos sorpresas tan inesperadas que estuve a punto de volver corriendo a casa para anotarlas en el cuaderno de citas: Thomas ya estaba allí y no era un orco de Mordor. Tampoco era tan mono como había pretendido hacer creer en sus fotos, pero, dadas las circunstancias, aquella era, por el momento, mi mejor cita hasta la fecha.

—Hola, Charlotte, encantado.

—Lo mismo digo, Thomas.

—Llámame Tom.

Sonrisa (radiante) y un beso en la mejilla de esos que anticipan que, en unas horas, serán algo más que un saludo cariñoso. Bien. La cosa iba muy muy bien. Nos pedimos unas cervezas en la barra y buscamos acomodo en una mesa en la zona más oscura del local.

—Entonces..., ¿no eres de Londres? —Quise ser yo la que rompiera el hielo porque, si había algo que odiara de aquellas citas, eran los primeros minutos titubeantes. Bueno, teniendo en cuenta el historial que llevaba, odiaba unas cuantas cosas más.

—No, de Liverpool. Estoy aquí pasando unos días de vacaciones.

—Ah, qué bien. ¿Y has visto muchas cosas ya?

—He llegado esta misma tarde, así que... hoy veré solo lo que tú quieras enseñarme. —Fue un coqueteo algo burdo, pero no quise ponerme exigente porque, entre otras cosas, el chico me ponía—. Mañana ya haré los típicos planes turísticos.

—Pues me temo que yo no podré hacerte de guía. —Ya había aprendido que era mejor dejar despejadas desde el principio de la cita las vías de salida—. Pero te puedo recomendar muchos sitios geniales para comer, ir de compras o de copas...

—Tomaré nota, pero antes..., ¿te apetece que cenemos algo?

Compartimos unas verduras a la parrilla y una crepe de queso Stilton y la conversación fluyó. Tom había estudiado Empresariales cerca de su ciudad natal y se quejaba de los empleos basura que le ofrecían; barajaba la posibilidad de mudarse algún día a Londres en busca de mejores oportunidades. Le encantaban el fútbol —mal—, los animales —bien— y viajar —genial—. No había tenido nunca una relación de pareja importante (sin mochilas a la espalda, perfecto), pero no le importaría probar. ¿A que pintaba bien?

Al salir de cenar, me arriesgué a llevarlo al que era mi local favorito de la zona de Shoreditch. Era un bar algo cutre, pero pinchaban buena música, las bebidas tenían un precio decente para la media de la ciudad y se encontraba a dos pasos de mi casa, lo cual era de gran ayuda cuando el exceso de copas comprometía mi verticalidad.

Cuando entramos en el local, sonaba *I'm Not Your Toy,* de La Roux. Bailamos, nos sonreímos, tonteamos. A la segunda copa, nos comimos la boca y... me gustó. Mis hormonas estaban disparadas después de casi medio año sin gozar en compañía, pero quise prolongar el coqueteo un rato para que, cuando llegara el momento, estuviéramos efervescentes. Y funcionó. Era casi medianoche cuando salimos a la calle enzarzados en un beso de esos algo sucios, con mucha lengua, saliva y mordiscos.

—¿Vives muy lejos?

Mierda. No, no vivía muy lejos. Y tenía unas ganas locas de arrancarle a Tom los pantalones, con los dientes si hacía falta. Pero odiaba llevarme a tíos a casa. Siempre hacía todo lo posible por acabar en los apartamentos de ellos o, si surgía, en algún hotel cómodo y que no supusiera una ruina. No era por mis compañeros —Oliver no solía salir de su cuarto cuando estaba enfrascado en el trabajo y Moon se quedaba dormida con el atardecer—, sino por la mañana siguiente. No siempre me apetecía que se quedaran a dormir (no me apetecía casi nunca, en realidad) y me parecía más fácil huir del piso del chico en cuestión que tener que desalojar a alguien. Claro que... no era sencillo encontrar una excusa cuando, literalmente, veía mi portal desde la pared en la que me estaba frotando con Tom.

—Vivo aquí.

Abrí el portal y allí mismo, sin intentar alcanzar las escaleras, nos entregamos a un primer asalto a mano armada. Que nos dimos placer con las manos, vaya, por si la metáfora no se había entendido.

—Solo... una... cosa —susurré en medio de un gemido. No sé por qué ese me pareció el momento ideal para advertirle algo a Tom, pero no lo era. Aunque acabó siéndolo. Ahora lo entenderéis—. No...

—¿No puede esperar? —La voz de Tom fue un jadeo tan profundo que estuve a punto de callarme, pero seguí hablando.

—No me gusta mucho que... Bueno, preferiría que no te

quedaras a dormir. —Tom se apartó como si le hubiera dado calambre y me apresuré a explicarme—. Joder, siento haber sido tan brusca. Es solo que... comparto piso con otras dos personas y tenemos una norma bastante estricta sobre los acompañantes ocasionales. —Empezar una relación con una mentira, lo que recomienda cualquier buen manual sobre amores sanos—. Prefería dejarlo claro desde el comienzo.

—¿«Acompañantes ocasionales»?

—¿Te molesta? —le pregunté con el ceño fruncido. No sabía si él se había estado planteando que tras el sexo llegaría el anillo de compromiso, pero no esperaba yo ofender a un veinteañero con algo así.

—Bueno, no me gusta que me echen de una cama, como comprenderás.

—Aún no estamos siquiera en esa cama. —Me puse a la defensiva.

—¿Y cuál es el plan? Si te corres tú antes, ¿tengo que marcharme o puedo esperar a hacerlo yo? Si me quedo dormido por puro cansancio, porque me he levantado en Liverpool antes de que amaneciera, ¿me despertarás tirándome un cubo de agua por la cabeza?

—Espera, espera, espera... Me parece que se te está yendo un poco la olla. —Puse una mano en su pecho y lo aparté. O esa tarde me había puesto sin darme cuenta unas bragas absorbentes o toda excitación se había evaporado—. ¿Qué demonios te pasa?

—Contaba con dormir en tu apartamento esta noche, la verdad...

—¿Disculpa? —Elevé una ceja—. ¿No tienes hotel en Londres?

Se encogió de hombros y empecé a comprender. Bueno, más que empezar a comprender, me acordé de un artículo que había leído en la *Cosmo* unos meses atrás sobre las peores prácticas en las citas online que, en realidad, se debería haber titulado «También hay gilipollas en las apps».

—Tom, voy a hacerte una pregunta y te estaría muy agradecida si me dijeras la verdad... —Resoplé—. ¿Has utilizado Tinder para encontrar un lugar donde pasar la noche en Londres?

—Yo...

—O, lo que es lo mismo, ¿pensabas pagar una noche de alojamiento en Londres con un jodido polvo?

—Llevo tres veranos viajando por Europa con ese método.

Joder con la sinceridad. Qué innecesaria es a veces. O yo era una interrogadora de primera que lo había hecho derrumbarse o el chaval estaba hasta orgulloso de *su método.*

—Fuera.

—Espera, Charlotte, lo estábamos pasando bien...

—No sé cuál es tu presupuesto para pasar la noche, pero tienes un *bed and breakfast* en la avenida paralela a esta, un albergue de estudiantes cerca del metro y unas cuantas cajas de cartón en el callejón detrás del pub donde hemos cenado.

—Muy graciosa.

—¿Sabes, Tom? Ni siquiera sé por qué sigo hablando contigo. A la puta calle.

Me di la vuelta en cuanto cerró el portal —se me ocurrían pocas situaciones peores que encontrármelo durmiendo bajo las escaleras cuando bajara a trabajar a la mañana siguiente— e hice resonar los tacones bajos de mis sandalias en cada uno de los peldaños de madera del edificio.

Puntuación de la cita	2 (el magreo previo no estuvo mal)
Norma incumplida	Que tenga casa propia

8

—No lo entiendo, Charlie. —Moon devoraba helado de mantequilla de cacahuete con tal voracidad que hasta me daba miedo meter la cuchara para intentar llevarme algo—. Eres guapa, tienes estilo, tienes pasta, eres graciosa...

—¡¿Por qué no pudiste hacerme lesbiana, Dios?! —grité alzando la voz al cielo—. Nunca he conocido a un hombre que me diga todo eso. Si me replanteo mi sexualidad, ¿te pensarías tú dejar a Sophie?

—¿Te das cuenta de que mi hija, la futura hija que voy a tener con Sophie, te está escuchando decir esa sandez?

—Pues insonorízate el útero. —Me lancé en el sofá—. El caso es que yo tampoco lo entiendo. ¿Por qué parece que estoy haciendo un *casting* de capullos?

—Quizá todos los tíos lo son. No podría decírtelo, la última vez que me acosté con uno aún llevaba mechas. Y él también, por cierto.

—No todos lo son. ¡Mira a Lizzie! Conoce a George desde que eran niños, fueron los mejores amigos en la adolescencia y luego, cuando se enamoraron, él le envió una carta cada día durante el mes que pasamos veraneando en Bournemouth con nuestros padres. En cada una le decía un motivo por el que estaba enamorado de ella. ¡Y solo tenían catorce años! Cuando regresamos a Londres se hicieron novios... y hasta hoy. ¿Me puedes explicar por qué no puedo encontrar yo a un hombre así?

—En primer lugar, voy a dejar claro que el marido de tu hermana me parece un coñazo tan grande que estoy segura de que, si te casaras con él, estarías aburrida antes de que terminara la ceremonia. —Me dio la risa porque..., a ver, George era un buen tío, pero divertido, lo que se dice divertido..., pues no—. Y en segundo lugar, si tú te hubieras enamorado de un tío en la adolescencia, no habrías aguantado treinta y un días con sus treinta y una cartas esperando a ser su novia. Se la habrías chupado en el baño del instituto la primera vez que te sonriera.

—¡Eso no...! —Se me escapó una carcajada, algo que no es muy coherente cuando se supone que estás cabreada—. Bah, qué mierda iba a decir, claro que es cierto.

—¿A qué hora te recoge Oliver? —Moon se levantó cargando el peso de sus ocho meses de embarazo y de los seis litros de helado que se había comido desde la última visita al supermercado; iba a por el séptimo y último—. ¿Te da tiempo a que compartamos otro?

—Oliver me ha dicho que me trae un vestido *oversize*, así que... coge otra cuchara.

—No quedan limpias. Reutilizamos y así el de *brownie* aún sabrá un poco a mantequilla de cacahuete.

—Qué cerda eres.

—Y lo que te gusta.

Moon pulsó unas cuantas teclas en su portátil y envió una lista de reproducción de vídeo a nuestra tele, que llevaba desactualizada algo así como una década, pero al menos permitía esa función.

—¿Qué es esto?

—Una nueva *playlist* para prepararnos para salir de

fiesta. Creo que es la número ochocientos que me invento desde la primera vez que entré en este apartamento.

—¡Vente con nosotros a la fiesta, Moon! —le supliqué—. Oliver me va a dejar abandonada en cuanto lleguen los pijos con los que quiere hacer negocios.

—¿Va a usar esa risita engolada? ¿No la reserva solo para las *fashion weeks*?

—Sin duda, la va a usar.

—¿Y pretendes que lo presencie y me ponga de parto por vergüenza ajena?

—No, pretendo solidaridad, hermana.

—¿Puedo ir en chándal?

—Es una gala con *dress code* de noche.

—Entonces, ¿pijama?

—Me temo que no.

—Pues me quedo en casa. Además, ninguna fiesta del mundo de la moda tiene sentido si no puedes beber.

—En eso tienes toda la razón. —Me fijé en la pantalla de televisión, donde Bon Jovi cantaba *Someday I'll Be Saturday Night*; hablé con la boca llena—. ¿Sabes qué me pasa con Bon Jovi? Nunca tengo claro si me lo tiraría o si se me parece a la princesa de Kent.

—Probablemente ambas cosas.

—Probablemente ambas cosas.

Nos reímos tanto que puede que aún haya restos de helado de *brownie* sobre la mesa de centro.

—¿Alguna nueva cita en perspectiva?

—Aún huelo al gorrón de Tinder. Dame un poco de tregua.

—¡Dátela tú! Llevas... ¿Cuántas citas llevas ya?

—Seis.

—Joder, creí que eran más. Se me está haciendo eterna tu búsqueda del amor.

—¿Sabes? A veces pienso que esto del *dating* es como muy americano. No tengo claro que aquí funcione.

—En la vieja Inglaterra somos más de emborracharnos en el pub y conocer a tíos inadecuados a la antigua usanza.

—Dijo la lesbiana australiana.

Moon aún estaba pegándome con el cojín cuando llegó Oliver, armado con un portatrajes de su firma tan grande que, si lo lanzáramos al aire, bien podría solucionar el problema del agujero en la capa de ozono.

—¡Me voy a la ducha!

—Prometiste estar lista a las cinco y media, Charls... —protestó Oliver, aunque ya solo lo oí a medias desde el cuarto de baño—. Mueve ese culito goloso que tienes, anda.

Entre ducha, hidratación, secado de pelo y maquillaje se me fueron veinticinco minutos, lo cual a mí me pareció todo un récord personal, pero aun así Oliver aporreó la puerta unas sesenta veces. Al fin le abrí, «vestida» con mi mejor conjunto de ropa interior de La Perla: un sujetador *balconette* y un tanga brasileño de encaje negro.

—Si apareces así en Hyde Park, se le va a poner dura hasta a la estatua de Peter Pan —me espetó Oliver, el poeta, en cuanto me vio.

—El vestido —le exigí, mientras señalaba el portatrajes.

Oliver, de vez en cuando, nos regalaba a Moon y a mí (cuando Moon cabía en algo más pequeño que el portatrajes, quiero decir) algunos de los vestidos de sus colecciones. Eran auténticas obras de arte por las que mujeres de todo el mundo pagarían una fortuna, pero para mí eran... los vestidos de Oliver. Sabía cuánto esfuerzo, cuánto perfeccionismo había detrás de cada diseño y eso los convertía en especiales. También el hecho de que sentaran como un guante. Jamás se lo diría a él, pero nunca me sentía tan guapa como cuando me enfundaba en uno de sus maravillosos vestidos de gala.

—Espectacular —sentenció Moon—. No tanto como el Ben & Jerry's de mantequilla de cacahuete, pero quizá en segundo lugar.

—Pues claro que está espectacular. Yo diseñé ese vestido.

—Veo que vienes ya con el ego de diseñador estrella de la moda británica puesto.

—Es la única manera de sobrevivir entre esas víboras.

—¿Nos vamos?

—Siempre después de usted, señorita.

Qué pedante era cuando quería. Y qué bien combinaba esa pedantería chulesca con el esmoquin que se había plantado para la gala. Era la fiesta de presentación de una nueva firma de alto *standing* —¿cuántas llegaría a haber antes de que explotara la burbuja del lujo?— cuyo director creativo había trabajado con Oliver en París. A mí me interesaba dejarme caer por allí para hacer contactos, además de que mi ego se había mostrado muy agradecido con el hecho de que hubieran enviado a mi empresa una invitación para la fiesta a mi nombre.

La fiesta se celebraba en el Serpentine de Hyde Park; no dentro del lago, claro, sino en una carpa transparente habilitada junto a la orilla. La decoración era preciosa, con un montón de minibombillas que parecían flotar como luciérnagas; sonaba *jazz* y todo el mundo de la moda londinense parecía estar allí. Incluso se rumoreaba que el príncipe Carlos y Camila podían hacer su aparición en cualquier momento.

—¿Cuánto tiempo tenemos que quedarnos aquí antes de poder huir con dignidad para emborracharnos en casa? —le pregunté a Oliver después de rescatar dos copas de champán de una bandeja.

—Al menos hasta que toda esta gente se haya dado cuenta de que somos las dos personas más guapas y elegantes del lugar.

—Teniendo en cuenta que esto está lleno de modelos, supongo que me toca quedarme a dormir en Hyde Park.

—No digas tonterías. —Oliver esbozó su sonrisa más falsa y levantó un brazo—. ¡Caroline! ¡Cuantísimo tiempo sin verte!

—Por Dios bendito, Oliver, controla esa voz de Troy McClure un poco —le susurré, aunque creo que ya no me escuchó.

Abandonada, me di una vuelta en busca de caras conocidas. Muchas me sonaban, otras sabía de sobra a quiénes pertenecían, pero, ¡oh, sorpresa!, no me apetecía saludar a nadie. La moda era mi pasión, pero el mundillo... me costaba.

—¿Qué hace una chica como tú sola en una fiesta como esta?

Genial... Lo que me faltaba.

—Si yo fuera tú, despediría urgentemente a tu guionista...

A punto estuvo de atravesárseme la frase en la garganta cuando me di la vuelta y me encontré cara a cara con un espécimen masculino difícil de clasificar. De calificar no: era un 10. Y que conste que solo le puse nota mental porque supuse, después de su frase cutre de presentación, que habíamos vuelto a 1973.

—Alan Bird.

—Charlotte May.

Diez minutos después, estábamos morreándonos detrás de un árbol de Hyde Park. Malo ideando frases para ligar, bueno moviendo la lengua. La dialéctica está sobrevalorada.

—Tengo... —Se separó un segundo para mirarme y su gesto dejó claro que no le apetecía nada lo que estaba a punto de decir—. Tengo que irme. Voy a trabajar para la marca y me han pedido que esté visible durante la fiesta.

—¿A qué te dedicas?

—Soy modelo.

—Claro.

—Me tomaré eso como un halago. Y...

—¿Sí?

—¿Quizá te gustaría tomar algo el sábado?

—Quizá. —Le guiñé un ojo y me dirigí a la salida de la fiesta. Oliver se pasaría toda la noche hablando con gente que ni siquiera me caía bien y yo ya había sacado hasta una cita en la escasa media hora en que había hecho acto de presencia.

—¡Eh! ¿No vas a darme tu número?

—¡Búscame en Instagram! Soy Charlie May.

Cita número	7
Fecha	24 de julio
Hora	20.30
Lugar	Mayfair
Nombre	Alan Bird
Edad	28
Forma de contacto	En una fiesta

Tener una cita con un modelo impone. Impone, como mínimo, un par de horas delante del armario para evitar el mayor temor que tenía yo aquella tarde: que, al entrar en el restaurante, la gente se preguntara «¿Qué hace un tío como ese con *ella*?». Que conste que tengo una relación estupenda con mi autoestima y la mayoría de las mañanas le sonrío al reflejo que me devuelve el espejo, pero... también tengo dos ojos en la cara y sé que mi belleza no es convencional y que ni me acerco al prototipo de mujeres que suelen salir con modelos, que son habitualmente, valga la redundancia, modelos también.

Oliver me convenció para que estrenara un minivestido de *tweed* de mi marca que llevaba tres temporadas abandonado en el fondo del armario. Me calcé taconazo negro, me maquillé los ojos ahumados y me dejé la melena suelta, con ese aire natural que solo se consigue después de media hora de secador y plancha.

Alan me había citado en un restaurante muy pijo de Mayfair y allí me esperaba cuando llegué, unos minutos después de las ocho y media. Me recibió con un beso en la mejilla, rozando comisura, y las mariposas empezaron a revolotearme en el útero. No nos engañemos, aquello ni siquiera se parecía al amor, pero prometía un buen disfrute en cuanto consideráramos protocolario dar la cena por terminada y marcharnos a su apartamento, a un hotel o a donde surgiera.

—Estás guapísima, nena.

Como arañar una pizarra con las uñas, así me sonó ese «nena». En general, odiaba los apelativos cariñosos (cielo, cariño, corazón), pero es que «nena»... Por Dios, me recordaba al Danny Zuko de *Grease*, con su peine en el bolsillo de los vaqueros y ese aire de estudiante de instituto de treinta y dos años. Lo dejé correr. En serio, no soy una zorra intransigente —no del todo, al menos—, así que lo dejé correr.

—Gracias. Tú tampoco te has levantado con mala cara esta mañana.

Pretendía ser irónica, porque aquel hombre no tenía pinta de haber tenido mala cara ni en medio de un virus gastrointestinal. Pero creo que lo pilló a medias y no lo consideró el mejor piropo de su vida, por lo visto. Cuando llegó el camarero, él pidió un *filet mignon* con salsa de champiñones y yo me decanté por la ensalada de vieiras. Dejé que Alan seleccionara el vino porque lo único que sabía yo sobre el asunto era bebérmelo y no se me escapó el dato de que eligió una botella de más de cien libras.

Os ahorraré detalles sobre la conversación que tuvimos, que, prácticamente, se centró solo en el mundo de la moda y en la búsqueda de posibles conocidos comunes, que resultaron ser bastantes. Alan era imponente, un hombre de metro noventa, hombros anchos, cintura estrecha, pelo y ojos oscuros, y que sabía llevar un traje. Estaba deseando comprobar si también sabía quitárselo.

—¿Tienes planes para más tarde?

—No lo sé —coqueteé—. ¿Tengo planes para más tarde?

—Estamos en la misma onda, nena.

Chirrido sobre la pizarra número veintitrés en hora y media. Esperaba un orgasmo bien sonoro para acallar la distorsión.

—¿Vives cerca?

—Comparto piso en las afueras, pero tengo una habitación en el Hilton para los fines de semana.

Traducción: puedo permitirme una habitación en un hotel de lujo solo para follar. Un poco sórdido, pero válido e ideal para el propósito de esa noche.

Alan tuvo el detalle de invitar a la cena y se comportó como un perfecto caballero en el camino hacia el hotel. Y cuando digo «perfecto caballero» no es un piropo. Más bien daba la sensación de ser una especie de seductor profesional, con un guion aprendido de gestos y palabras que, suponía él, nos gusta oír a las chicas, por más que no conozca a una sola que reaccione a los «nena» con algo más halagador que una mueca. Si tenía dudas sobre su planificación al detalle, se despejaron en cuanto entramos en la habitación. Lo primero que vi fue una cubitera en la que se enfriaba una botella de Bollinger junto a un cuenco de fresas.

—Me apetece desnudar tu cuerpo capa a capa —me susurró.

Yo me centré en que aquel hombre parecía creado para el pecado y a mí me apetecía mucho pecar, pero lo que realmente me apetecía contestarle era que no llevaba ninguna capa, solo un minivestido del que no tardaría más de un segundo en deshacerse si le apetecía.

—Pues hazlo —respondí en cambio.

No hicieron falta más palabras —gracias a Dios— y poco tardamos en estar enredados entre las sábanas de hilo egipcio. Alan tuvo el detalle de lamerme centímetro a centímetro y, punto a su favor, de no llamar a eso preliminares. Yo participé también, porque quizá nunca en mi vida me había ido a la cama con un hombre tan atractivo y me apetecía tocarlo todo, como una niña en una tienda de chuches. Alan cogió un condón de su mesilla, se lo puso con destreza y mi sequía de casi medio año sin sexo llegó a su fin. Dios bendiga a los modelos con habitaciones de hotel en el centro.

Me corrí dos veces, al principio con la timidez del estreno y después ya sin pudor, entre gritos y gemidos que espolearon a Alan a acompañarme por el camino de la *petite mort*. Acabé tan agotada que sentí el sopor invadir mi cuerpo y no encontré fuerzas para recuperar mi ropa y marcharme a casa. A esas alturas ya tenía claro que Alan no iba a convertirse en el amor de mi vida, pero quizá una pequeña siesta diera lugar a un tercer asalto al despertar.

—¿Te quedas a dormir? —me preguntó él en un susurro.

—Solo un ratito —murmuré con la consciencia ya más perdida que presente.

Desperté un tiempo indeterminado después, pero intuí que no debía de ser muy tarde porque ni siquiera se me había pegado la máscara de pestañas. Observé a Alan dormido en la penumbra de la habitación, iluminada solo por la luz indirecta de un halógeno en el recibidor, y me di cuenta de que era muy probable que nunca consiguiera volver a acostarme con un tipo tan guapo. ¿Frívola? Sí, no me escondo. Y es que una ocasión de tal calibre merecía que mi mejor amiga, que a esas alturas apenas podía ya mover su enorme tripa de un lugar a otro, tuviera un testimonio directo.

Con toda la delicadeza de que fui capaz, recuperé mi bolsito del suelo, donde yacía abandonado desde el arrebato de pasión inicial, y cogí mi móvil. Abrí la aplicación de la cámara y carraspeé un par de veces para asegurarme de que Alan dormía profundamente. No hubo respuesta por su parte, así que me sentí segura para llevar a cabo mi misión. Busqué el encuadre desde el cual pareciera más sexi, enfoqué y...

¡FLASH!

Maldito fuera Oliver y maldita su estampa. En la fracción de segundo que tardó Alan en incorporarse sobresaltado —casi al borde del infarto—, recordé que le había prestado mi móvil para hacer unas fotos en el parque el día anterior y que había activado el flash automático.

—¿Qué cojones...?

Alan parpadeaba, con el pelo revuelto y cara de no tener ni idea de dónde había salido aquella luz repentina que lo había despertado. Escondí el móvil bajo la almohada como pude, pero no tuve suerte. En cuanto las neuronas se le recolocaron a Alan en el cerebro, entendió lo que había ocurrido.

—¿Me has hecho una foto mientras dormía?

—Emmmm... Yo... —¿Por qué no lo negué? Aún hoy me lo pregunto.

—En serio, Charlotte, ¿me has sacado una puta foto?

—Sí, lo siento... —Cogí mi teléfono y abrí la galería—. Pero mira, la voy a borrar ya, ¿vale?

Alan se levantó de la cama como una exhalación y yo... Bueno, yo no borré la foto porque, ya que me había metido en aquel lío y estaba pasando la vergüenza de mi vida, al menos conservar la prueba. No me juzguéis.

—Esto no entraba en el trato, Charlotte —me regañó y yo bajé la cabeza. ¿Qué otra cosa iba a hacer?—. No me ha importado que te quedaras un rato a dormir, aunque no lo hubiéramos hablado antes, pero pensé que había confianza.

—Y la hay, la hay. Solo... se me ha ido la olla un momento.

—Ya, pero para mí hay líneas rojas en mi trabajo.

—Claro, Alan, lo entiendo. —Me aclaré la voz y me dispuse a iniciar la huida de la manera más digna de que fuera capaz—. De todos modos, solo quiero aclarar que esto no tiene nada que ver con tu trabajo. La foto era... para *disfrute personal*, por decirlo de alguna manera. No pensaba utilizarla de forma pública, evidentemente, así que no veo de qué manera podría afectar a tu trabajo como modelo.

—No hablo de ese trabajo.

—¡Ah! ¿Tienes... otro trabajo?

Creo que ahí ya empecé a imaginármelo, pero mi cerebro se negaba a creérselo.

—¿Qué creías que era esto? —me espetó con desprecio—. ¿Amor?

—¿Perdona?

—Mira, Charlotte, es más de la una de la madrugada y no tengo ganas de charla. Págame y olvidemos lo que ha ocurrido.

—¿Que... te pague?

—Sí —me respondió después de un titubeo—. Miraste los servicios en la web que te pasé, ¿no?

En mi defensa diré que, por mi trabajo y mi popularidad en Instagram, me escribía mucha gente pidiéndome favores. Una de las situaciones más clásicas era que modelos y otros profesionales del sector me enviaran un portfolio o un *book* diciéndome que les echara un vistazo. Jamás lo hacía. Ni yo tenía la capacidad para encontrarles trabajo ni podía perder horas cada día en comprobar si la propuesta merecía o no la pena. Así que, cuando esa mañana Alan me envió el enlace, le dije que ya lo comentaríamos, que era mi forma —y la de medio mundo— de decir que no iba a hacerlo.

—La verdad es que no —respondí con la mirada fija en mis pies, que empezaban a necesitar una pedicura de forma urgente.

—Cena y dos horas en el hotel, setecientas libras. Cena y toda la noche en el hotel, mil doscientas libras. Estás a diez minutos de perder quinientas —me respondió con una mala leche que me encendió.

—Yo no sabía eso. Yo nunca...

—Te lo envié cuando quedamos.

—Pero, entonces, ¿lo de Hyde Park...?

—Lo de Hyde Park te lo regalo, nena.

Claro, joder, ahora entendía esa forma absurda de hablar, de comportarse como un seductor de mercadillo.

¡Era un puto! Un jodido gigoló, un *scort*, o como coño sea que hay que llamarlos ahora.

—No tengo setecientas libras aquí.

—Admito transferencia si me dejas una señal.

Iba contra todos mis principios pagar por sexo. Aborrecía a los hombres que lo hacían y ni siquiera sabría a dónde acudir si hubiera querido contratar ese «servicio». Siempre había defendido —incluso una vez en un artículo para la revista de la facultad, una eternidad atrás— que el cuerpo humano debía quedar fuera de las leyes del libre mercado. Pero, al mismo tiempo, me sentía como una de esas personas a las que odiábamos en mi empresa, que robaban ropa de nuestras tiendas con técnicas más o menos depuradas. Al parecer, sin que yo me hubiera enterado, Alan me había informado de las *condiciones* de nuestra cita y yo las había aprovechado, de eso no había duda. Si no llegaba a un acuerdo con él, sería como quien se larga sin pagar de un restaurante. Bueno, no exactamente, pero algo así. El caso es que abrí la cartera.

—Tengo... —Abrí el monedero y empecé a recontar; como mis tarjetas de crédito tenían una tendencia extraña a desmagnetizarse, solía llevar bastante efectivo—. Tengo quinientas cincuenta.

—Déjalas encima de la mesilla y vete.

Y, bueno..., eso hice. Quinientas cincuenta libras más pobre y un quinientos cincuenta por ciento más humillada de lo que había salido de casa. Es cierto que había incluido entre mis normas que el tipo tuviera un puntito hortera, pero lo de llamarme nena cada dos frases superaba ese *puntito*. Vale que también había anotado que fuera un poco sórdido, pero un prostituto quedaba fuera de mis intenciones. Y, en vista de las tarifas vigentes..., también de mi presupuesto.

Puntuación de la cita	5 (el fin de la sequía sexual lo merece, independientemente de las circunstancias)
Norma incumplida	Que tenga un puntito sórdido y hortera, pero que aun así me guste

9

—¿Puedo saber por qué estamos en una hamburguesería cuando tú —Moon me señaló— eres vegetariana y tú —fue el turno de Oliver— no comes carne?

—No como carne en Inglaterra porque suele ser horrible —se defendió Oliver, si es que se le puede llamar defensa a ese argumento de mierda—. Pero estas hamburguesas están increíbles.

—¿La vegetariana putera no tiene nada que decir?

—Solo he sido putera por error. Y... —Mastiqué antes de hablar—. Y nunca he sido vegetariana estricta; os recuerdo que hace un par de noches comimos *sushi* y no me criticaste por ello. Al parecer te importa más la vida de una ternera que la de un salmón.

—A todo el mundo le importa más la vida de una ternera que la de un salmón, ¿no? —preguntó Oliver, pero no recibió respuesta alguna.

—¿Sabéis lo que os pasa? Que, en el fondo, sois iguales que toda esa gente absurda del mundo de la moda a la que criticáis.

Hay que joderse. Estábamos en una hamburguesería en Islington de la que medio Londres hablaba en los últimos tiempos, porque Oliver y yo habíamos conspirado para sacar a Moon de casa. Le quedaba menos de un mes para dar a luz y no hacía caso ni siquiera del consejo de su médico sobre dar paseos largos cada día. Vivía aparcada en el sillón de una sola plaza con reposapiés de nuestro salón y sus únicos paseos —y no largos, precisamente— eran al frigorífico a por comida o a la puerta de entrada para abrirles a los repartidores de Uber Eats. Como sabíamos que la oferta de «las mejores hamburguesas de todo Londres» sería irresistible para ella, nos habíamos propuesto utilizarla para sacarla de la vida ermitaña.

—A ver, Moon —le dijo Oliver con los ojos en blanco—, exponnos esa teoría tuya tan fundamentada.

—¡Estáis aquí porque está de moda! Este local *cool* —miró a su alrededor con la nariz algo fruncida, aunque no había mostrado tantos remilgos antes de comerse una hamburguesa doble con beicon, *cheddar* y huevo—, con su música de Dua Lipa, sus colorcitos pastel y demás... Es moda.

—¿Estaba mala la hamburguesa? —le pregunté—. ¿O es que quieres otras tres y no te atreves a pedirlas?

—¡Enfadaos todo lo que queráis! —Se carcajeó y yo me uní, porque esa chica había tenido siempre una risa contagiosa y no pensaba resistirme—. Hace tres años, solo comíais *sushi*. Hace dos, os dio por el humus. El año pasado, que Dios me ayude a superarlo, fue el ramen.

—No olvides el poke.

—Pero...

—Tiene razón, Oliver —acallé a mi amigo cuando amagó con protestar—. Moon lo ha clavado, ya está. Igual a ti no te pasa, pero cuando llega alguien a la oficina hablando de un local de moda en el que sirven comida exótica *random* que jamás he oído nombrar, me paso la siguiente media hora pensando en a quién liar para ir a probarla.

—¡Pero yo no soy así! —se quejó él.

—No. —Me reí—. Eres el que acaba acompañándome a mí... y encantado, oye.

—Puede que incluso seas peor que ella —atacó Moon. Estaba tan acostumbrada a que los dos se aliaran contra mí que sentí una oscura satisfacción cuando hubo fuego amigo—. Cuéntame, Oliver, ¿cuántas dioptrías tienes?

Estuvo a punto de escapárseme un trozo de carne picada por la nariz. Oliver llevaba aquel día su *look* intelectual —él negaba que fuera algo planificado, pero a mí no me engañaba tan fácilmente—, que era, en realidad, el mismo de siempre (pantalón vaquero negro roto, camiseta negra), pero aderezado con un moñito alto en lugar de su melena suelta y unas gafas enormes de montura metálica.

—Yo soy mi marca, Moon. Estas gafas van a ser uno de los productos estrella de la próxima campaña, la primera vez que me meto en el mundo de la óptica de lujo. Me gusta probar mis accesorios de forma personal.

—Excusas de... ejem... mierda —carraspeó Moon.

—Antes de que preguntes, yo no tengo ninguna. —Sonreí y moví las orejas de manera que mis preciosas gafas de pasta rosa, más grandes aún que las de Oliver, se deslizaron por el puente de mi nariz—. Las gafas siempre me han parecido un complemento genial.

—Es fácil decirlo cuando la graduación de los cristales es cero. Me habría gustado veros a vosotros en el instituto con mis seis dioptrías en cada ojo. Vosotros adoráis las gafas y yo, la cirugía láser.

—Bueno, Moon —Oliver le echó un brazo por el hombro—, ahora que ya has dejado claro que eres una mujer íntegra y ajena a las modas y las tendencias, ¿podemos regresar a casa? Necesito acabar unos diseños para volver a ser persona.

—¿Muy agobiado con el cierre de campaña? —le pregunté cuando ya enfilábamos la puerta del local.

—A este nivel. —Oliver echó la mano al bolsillo trasero de sus pantalones y me enseñó un paquete arrugado de Marlboro Light. Por lo que yo sabía, había dejado de fumar al volver de París y solo recaía en dos circunstancias: cuando volvía a Francia y cuando estaba extremadamente estresado.

—¿Me das uno?

—¿Fumar también vuelve a estar de moda? —nos preguntó Moon, aunque su tono a esas alturas ya era de divertida resignación.

—Lo hicieron hasta las *celebrities* en la gala del Met, ¿no?

—¿Charlie?

Esa voz no pertenecía a ninguno de mis amigos. Me pilló el susto a mitad de calada y estallé en un ataque de tos que fue de todo menos sexi. Claro que la persona con la que acababa de toparme en una calle cualquiera de Londres ya me conocía lo suficiente como para que no fuera necesario impresionarlo.

—¡Anthony!

Dios mío de mi vida, Anthony Walton. Mi más recurrente error de los tres últimos años. Oí las risitas burlonas de Oliver y Moon detrás de mí con la misma intensidad con que sentí las miradas curiosas de los tres o cuatro adolescentes —o postadolescentes a los que ese prefijo les quedaba demasiado reciente— que acompañaban a Anthony.

La última vez que me había acostado con él había jurado que sería la última por la misma razón por la que había empezado aquella carrera de citas cuya meta esperaba que fuera el amor de mi vida: aquello no me llevaba a ninguna parte. Sin embargo, solo necesité aquel encuentro casual para saber que poco tardaría en acabar desnuda delante de él de nuevo. ¿Por qué? No tengo ni idea, pero desde que había conocido a Anthony esa dinámica nunca había cambiado.

—¿Te llamo luego? —me preguntó, sin un «¿qué tal te va?» previo. Ni falta que hacía.

—No tengo planes para esta noche.

Él asintió, yo me di la vuelta y... ya. Pim, pam, pum. Un descansito en mi búsqueda del amor. Una recaída en mis errores recurrentes. Tendría una noche de sexo solo ligeramente satisfactorio y seguiría con mi vida.

O eso creía en ese momento.

Cita número	8
Fecha	28 de julio
Hora	18.00
Lugar	Marylebone
Nombre	Anthony Walton
Edad	21
Forma de contacto	Exalumno

Anthony siempre había sido un chico normal. Ni muy alto, ni muy guapo ni dotado de un carisma especial, la verdad. Nos habíamos conocido —que Dios me perdone— cuando yo tenía veintisiete años y él acababa de cumplir los dieciocho. Fue durante un curso que impartí en un colegio privado de Westminster, uno de esos centros en los que todos los alumnos parecen haberse tragado a un *lord* del siglo XIX y en los que, cuando entras, sientes que puedes tener a menos de diez metros al imbécil que será primer ministro dentro de treinta años.

¿Que qué hacía yo allí? Pues resulta que la escuela se

había empeñado en modernizarse. Que uno puede pensar que la mejor forma que tiene un colegio de ese tipo de modernizarse es cambiar los chaqués y las pajaritas con los que los críos van a clase por un uniforme más *normal*, pero... esto es el West End, no me he inventado yo las normas. Así que la forma de darse un aire *millennial* por la que había optado la dirección había sido impartir cursos de «cosas modernas». El título del ciclo de conferencias era algo más sofisticado, pero juro que esas dos palabras fueron con las que se dirigió a mí el jefe de estudios cuando me explicó que quería que diera tres meses de clases sobre la influencia de las redes sociales en el mundo de la moda. Sí, lo sé, eso habría sido moderno en 2009, pero en Westminster casi todo el rato es 1873, así que llegábamos a tiempo.

Así conocí a Anthony, en aquel colegio de muros victorianos y olor a rancio. Se sentó en primera fila cada día de aquellos tres meses que pasé hablando de Instagram, Snapchat, Pinterest y demás chorradas que, la verdad, me interesaban tan poco a mí como a ellos. No nos engañemos, solo impartí aquel curso porque me había encaprichado de un bolso de Prada y el dinero que me ofrecieron por darlo coincidía exactamente con el importe del complemento. Anthony se convirtió, en algún momento indeterminado en el que supongo que sufrí una enajenación mental transitoria, en el segundo aliciente para acudir cada martes y cada jueves al salón de actos de aquel colegio.

Cuando tenía dieciséis años, tuve un rollete tonto con un tío de esos de escuela privada de clase alta. Nos lo montamos de todas las formas posibles en el polideportivo que compartían su escuela y la mía. De todas las formas posibles, menos desnudos. Creo que ahí nació mi fetiche por los niños ricos gilipollas vestidos con frac y pajarita de uniforme escolar. Esa es, al menos, la excusa que me puse a mí misma cuando acabé en el cuarto del proyector de aquel salón de actos, con la falda enrollada en la cintura y con Anthony empujando con toda su alma, que tampoco era mucha, la verdad. El chico le ponía ganas, pero... poco más. Era como si hubieran soltado al *terrier* de mi tía en medio de las carreras de galgos de Bedfordshire: apetecía decir «Qué mono», pero no podría ganarse la vida con ello.

Aquel *affaire* con Anthony fue algo de lo que me avergoncé algún tiempo, más que nada porque tres meses antes habría sido ilegal y porque ni siquiera podía decir que el furor adolescente había hecho que mereciera la pena. Cuando finalizó el curso, di también por concluida la aventura y se acabó. Solo que... no se acabó. Anthony y yo compartíamos la tendencia al postureo y eso había hecho que coincidiéramos varias veces en los últimos dos años en diferentes locales, desde los antros más *under* de Brick Lane hasta el té del Claridge's. Y siempre habíamos acabado de la misma manera: éramos fans de acabar el té de las cinco con el orgasmo de las seis, aunque a este último a veces solo asistía él.

Por descontado, después de nuestro encuentro en la puerta de la hamburguesería, quedamos para vernos en su recién estrenado piso de Marylebone; Anthony aún estudiaba en la universidad, pero sus papás ya le habían comprado una vivienda con vistas a Hyde Park. Qué mal repartido está el mundo. Tampoco es que pueda hacer una crítica decorativa del apartamento en cuestión porque entré, gocé y me fui.

—A veces me haces sentir como tu puto —me reprochó Anthony en cuanto recuperé mi ropa del suelo.

—Si eso fuera así, estaría dejando setecientas libras sobre la mesilla —dije con más conocimiento de causa del que estaba dispuesta a reconocer.

—¿Y si nos vemos un día para algo más que...? —Anthony me miró desde la cama, aún desnudo, y por primera vez lo vi vulnerable. Igual aquel jueguecito sexual que nos traíamos ya solo me daba morbo a mí y él sentía algo más.

—¿No te lo has pasado bien? —Me acerqué a la cama y dejé que me abrochara la cremallera del vestido. Lo hizo con los dientes.

—Muy bien. Pero... ya no me resulta suficiente.

No sé qué cable se me cruzó en ese momento, pero desde luego fue uno muy malo. Cualquiera que me conozca lo más mínimo pensaría que, ante una frase como esa, Charlotte Christina May saldría corriendo a toda la velocidad que le dieran sus piernas. Pero Anthony tenía la capacidad de despertarme ternura. Y un poco de compasión. Me parecía un niño encerrado en un cuerpo que le venía grande, un buen chico al que yo le gustaba a pesar de la diferencia insalvable de edad. Así que no me negué a verlo otro día.

—¿Qué propones?

—¿Te vienes el miércoles a ver el partido del Chelsea? —Le dio la risa cuando reparó en mi ceño fruncido—. Venga ya, Charlie, no te va a matar ver un partido. Es el primero de la pretemporada y no me lo quiero perder. Comemos palomitas, nos tomamos un montón de cervezas...

—¿Y luego dormimos sin tocarnos? ¿Nos hemos convertido en un matrimonio de sesenta años?

—Luego... —Se acercó reptando por la cama y me dio un lametón en el cuello que me puso la carne de gallina—. Ya sabes.

El prometido miércoles, ante el espejo de cuerpo entero de mi cuarto, me arrepentí de haber aceptado. Si el objetivo de mis treinta años era encontrar el amor, de poco me iba a servir darle esperanzas de algo que nunca iba a ocurrir a un chiquillo con el que solo tenía en común que nos daba morbo acostarnos un par de veces al año. Encima, en Londres había estallado una tormenta de verano y eso había estropeado el estupendo *outfit* que tenía pensado para ir a ver a Anthony. Saqué mi *trench* favorito como alternativa, pero, a pesar de la lluvia, hacía un calor sofocante y me agobió la idea de llevar varias capas. Y ahí es donde el cable que se me había cruzado el día anterior se rompió definitivamente, me cortocircuitó el cerebro y produjo un apagón neuronal de consecuencias imprevisibles.

Qué bonito era ese *trench*. Era un regalo de mi hermana Elizabeth, de la época en que ella aún tenía algo de gusto para la moda. Tenía un patrón clásico, cruzado, con cinturón y en color cámel; pero la gracia se la daban los puños y el cuello, por los que asomaba tejido *denim*, lo que daba la sensación de que la gabardina iba superpuesta a una cazadora vaquera. Sí, era muy bonito mi *trench*, pero quizá no lo suficiente como para que me pareciera una idea brillante ponérmelo como única prenda aquella tarde. Sí, única del todo, incluida la ropa interior.

A mí me pareció un plan sin fisuras. Por una parte, me solucionaba el asunto de vestirme para la lluvia y el calor al mismo tiempo. Y por otra, le dejaría muy claro a Anthony, en cuanto abriera la puerta y me ofreciera que dejara el abrigo en el recibidor, cuáles eran mis intenciones al ir a su casa, por si mi debilidad de nuestro anterior encuentro le había dado alguna esperanza infundada. Lo dicho: un plan sin fisuras. Ya, ya. ¡Ja!

Me cogí un Uber para llegar a Marylebone, porque no

me parecía que llevara el atuendo adecuado para el metro. Pulsé en el teclado junto al portal el código de acceso que Anthony me había enviado en un mensaje y me dirigí al ascensor. Frunci ya un poco el ceño cuando llamé al timbre porque me pareció oír un follón de voces dentro del piso, y lo fruncí mucho más cuando quien me abrió la puerta fue una mujer mayor que yo que olía a clase alta a distancia.

—¿Charlotte? —pronunció con un deje francés justo cuando yo estaba a punto de asegurarme de que no me había equivocado de piso.

—Yo... Sí...

—Encantada de conocerte, querida. Soy Rosemary, la madre de Anthony.

Tierra, trágame. Trágame y escúpeme en una isla desierta de las Maldivas, si no te causa demasiada molestia.

—¡Charlie! —Anthony apareció medio a la carrera por el pasillo. Parecía un potrillo recién salido del vientre materno.

—Anthony... —murmuré entre dientes—. ¿Qué coño es esto?

Él no me respondió (supongo que no se atrevió), pero me condujo hacia el salón de su apartamento. Lo seguí como por inercia y maldita sea la inercia, porque cuando llegué allí, aparte de un televisor de pantalla plana que tenía pinta de costar más que mi piso, me encontré con los padres de Anthony, con su hermano menor, con su hermana mayor, su marido y sus dos hijos pequeños, e incluso con un perro minúsculo al que le juré lealtad y amor eterno porque fue el único de todos los presentes que no me prestó la menor atención cuando aparecí.

—Anthony... —repetí mientras repartía sonrisas de compromiso que estoy segura de que parecían muecas grotescas a sus ojos.

—Te dije que quería más —me respondió con lo que parecía mucha convicción en la voz, aunque su mirada y un titubeo final traicionaron esa seguridad—. La verdad es que les dije a mis padres que se pasaran a ver un rato el partido porque quería presentarles a alguien, pero... se corrió la voz en la familia y han venido todos.

—Pues yo me marcho —dije mientras me daba la vuelta—. La voz será lo único que se corra hoy.

—¡Charlotte! —La madre de Anthony se acercó y me observó con un poco de extrañeza; supongo que esperaba a una chica de la edad de su hijo y yo nunca había aparentado menos edad de la que tenía—. ¿Me das tu abrigo y lo dejo en el cuarto de invitados?

—¡¡No!!

El grito resonó de tal manera en las paredes que hasta el padre de Anthony, que hasta ese momento estaba concentrado en los primeros minutos del partido, se dio la vuelta y me miró. Creo que fue la vergüenza que sentí al tener todos aquellos ojos fijos en mí la que hizo que me quedara. O el miedo a que alguien insistiera en que me sacara la gabardina, bajo la cual, recordemos, no había más que piel. Aún me arrepiento de no haber salido corriendo.

Tomamos asiento en los dos enormes sofás de cuero blanco del salón y Anthony me cogió de la mano. Ni siquiera me importó lo que aquello pudiera implicar, porque todos mis pensamientos estaban centrados en que: a) el padre de Anthony, que estaba justo enfrente de mí, no desviara la mirada del televisor, o tendría una visión de primera fila de mi ausencia de ropa interior; y b) que el *trench* me cubriera por completo el culo para evitar dejar un charquito de sudor sobre el cuero. Qué cómodo todo, ¿verdad?

—Charlotte, de verdad, deja que me lleve tu abrigo —insistió su madre cuando llevábamos allí sentados unos quince minutos (los quince minutos más eternos de mi vida) y el sudor me goteaba de cada poro de la piel—. Es increíble el calor que ha traído esta tormenta.

—Mira que te insistí en que buscaras un apartamento con aire acondicionado, Anthony —dijo su padre, pero en seguida se centró de nuevo en el partido—. ¡¡Uy!!

—¿Quién necesita aire acondicionado en Londres? —comentó Anthony con un encogimiento de hombros. La verdad es que no se lo veía incómodo y eso me hacía hervir la sangre (como si necesitara más fuentes de calor...).

—¿Tu novia? —preguntó su hermano en tono burlón.

Llevaba ya cuarenta y cinco minutos sufriendo aquella tortura —y arrepintiéndome *mucho* de haberme sentido actriz porno cuando me vestí— cuando el árbitro pitó el final del primer tiempo y la hermana de Anthony, que había permanecido callada hasta entonces, me echó una mano. Al cuello, pero mano al fin y al cabo.

—Charlotte, ¿me acompañas a la cocina a reponer cervezas?

—Cla-claro.

Tiré de mi *trench* con tanta fuerza al levantarme, para asegurarme de no dejar nada a la vista, que oí una costura de la espalda agrietarse un poco. Desfilé a paso ligero por el pasillo del apartamento hasta que encontré la cocina, porque en mi anterior visita no había tenido la oportunidad de ver nada más que el dormitorio. Cuando entré, Rosie, la hermana de Anthony, me esperaba apoyada en la encimera con los brazos cruzados.

—Tu cara me suena —me dijo—. ¿Tú no eres la *influencer* que dio un curso en el colegio de mi hermano?

—Emmmm... Me temo que sí.

—Comprendo. —Puso los ojos en blanco—. ¿Estabais juntos ya entonces? Porque creo recordar que hay leyes contra eso.

—¡No! ¡¡No, no, no!! ¡Claro que no! —negué con tanta vehemencia que podría haberme delatado, pero ella lo dejó correr—. Nos reencontramos hace unos días y...

—Y solo él piensa que eres su novia, ¿verdad?

—Pues... —La miré y me sentí un uno por ciento cómoda por primera vez desde que había salido de casa—. Pues sí. Era... Nosotros...

—Es algo esporádico y él se ha montado la película romántica.

—De nuevo, me temo que sí.

Ella asintió y yo miré al suelo. Estaba pasando más vergüenza que cuando mis padres me pillaron un porro de marihuana a los quince años y me obligaron a escribir una carta con las razones por las cuales había empezado a consumir drogas. En aquel momento había pensado que eso sería insuperable, pero ya veis... Los treinta me reservaban una enorme caja de sorpresas.

—Creo que es mejor que te vayas —me dijo seria, pero también con un brillo de comprensión en su mirada.

—Por supuesto que es mejor, pero...

—Yo te disculparé delante de mis padres. Y le daré a Anthony la colleja que merece.

—Muchísimas gracias, Rosie.

—Una última cosa. —No, por favor, no me hacían falta más *cosas*. Iba sobrada de *cosas*.

—Dime.

—No llevas nada debajo de ese *trench* tan ideal, ¿verdad?

—No me obligues a responder a eso.

—Vete, por favor.

—Ahora mismo.

Parecía imposible que saliera de una cita con la dignidad más maltrecha que de la anterior, ¿a que sí? Pues nunca subestiméis la capacidad de mi carrera de citas para pulverizar todos los récords. Estoy segura de que, cada vez que pensaba que las cosas no me podían salir peor, mi cerebro lo entendía como un *challenge accepted.*

Puntuación de la cita	0 absoluto
Norma incumplida	Que no me agobie si va demasiado rápido en la relación

10

—Me siento fatal —nos confesó Moon cuando las carcajadas cesaron. Si fracasaba en mi búsqueda del amor, como todo parecía indicar, al menos podría ganarme la vida como monologuista. Estoy segura de que mis dos compañeros de piso esperaban despiertos cada noche para enterarse de la humillante novedad de la cita del día.

—¿Gases otra vez? —pregunté con una ceja elevada y ganas de salir corriendo a comprar una máscara antigás.

—No, tía, que me siento culpable. Por vosotros. —Nos señaló a Oliver y a mí con el tenedor con el que engullía *noodles* de una caja de cartón.

—¿Eh? —Me puse seria de repente—. ¿Qué pasa, Moon?

—Pues... que estáis los dos de vacaciones y no os vais a ninguna parte por si en cualquier momento el alien decide salir de mi cuerpo.

—¡No es por eso! —mentí.

Tenía por delante una semana de vacaciones forzosas porque mi empresa había decidido hacer reformas en la sede de Bloomsbury y nos habían mandado unos días a casa. Me moría por coger un avión a cualquier lugar donde pudiera pasar el calorazo de julio al borde de una piscina con un mojito en la mano, pero no pensaba dejar sola a mi mejor amiga en el momento más importante de su vida. No era ni siquiera una opción.

—Sí que lo es, pero te honra mentirme a la cara de esa manera.

—A mí no me mires —se defendió Oliver mientras recopilaba sus objetos personales por toda la casa—. Yo me voy a pasar las vacaciones a mi apartamento. Pantalla de sesenta y cuatro pulgadas, cama de dos por dos metros, *jacuzzi* con techo de cristal... Créeme, Moon, no cambiaría ese plan ni por dos semanas en las Seychelles.

Escondí una sonrisa tierna porque sabía que Oliver también mentía. Cada vez que daba por cerrada una campaña, se permitía algunos días libres y siempre regresaba a París. Aunque decía que nunca se había arrepentido de volver a Londres, aún echaba de menos su ciudad favorita del mundo y se escapaba allí en cuanto podía. Pero yo sabía —y Moon probablemente también— que no iba a alejarse demasiado, sabiendo que nuestra amiga podía romper aguas en cualquier momento.

—Moon, ¿tú también lo odias por tener ese pisazo?

—Yo odio a cualquier ser humano que no tenga una sandía dentro del útero y al amor de su vida en la otra punta del mundo.

—Bien visto.

—¿Por qué no te vas con él? —me propuso.

—¿Qué?

—¡Joder, claro, Charlie! ¡Vente a pasar unos días a mi piso!

—Pero...

—Estaréis a veinte minutos de aquí si me pongo de parto. De hecho, estaréis en el barrio en el que voy a dar a luz. A todos nos vendrá bien un poco de espacio, llevamos meses oyéndonos los pedos.

—Qué frase tan preciosa para promocionar unas vacaciones, Moon. —Me reí.

—Charls, te lo voy a repetir: pantalla de sesenta y cuatro pulgadas, cama de dos por dos metros, *jacuzzi* con techo de cristal...

—Me parece que me voy a mi cuarto a hacer la maleta. —Me levanté y fui dando saltitos hasta mi armario; no tenía ni idea de cuántos días me quedaría en el piso de Chelsea de Oliver ni qué planes haríamos, así que le grité desde mi cuarto—. ¿Me vas a llevar a cenar a sitios monos?

—Estaré a tu completa disposición, Charlotte.

—¿Este o este? —Volví al salón con dos vestidos rojos que me encantaban; no quería llevarme un baúl de ropa, así que tendría que elegir uno de los dos y no me veía capaz de hacerlo por mí misma.

—Son iguales, Charlie, joder. —Moon puso los ojos en blanco—. ¿Por qué siempre estáis dudando entre prendas que al noventa y nueve por ciento de la población le parecen básicamente iguales?

—Oh, entiendo, Moon —se me adelantó Oliver y empecé a reírme porque sabía lo que vendría a continuación—. Tú crees que esto no tiene nada que ver contigo. Tú vas a tu armario y seleccionas, no sé, ese jersey azul deforme porque intentas decirle al mundo que te tomas demasiado en serio como para preocuparte por lo que te pondrás.

—Oliver... —le advirtió ella, aunque ya le estaba dando la risa también.

—... pero lo que no sabes es que ese jersey no es solo azul. No es turquesa ni es marino; en realidad, es cerúleo. Tampoco eres consciente del hecho de que, en 2002, Oscar de la Renta presentó una colección de vestidos cerúleos. Y luego creo que fue Yves Saint Laurent el que presentó chaquetas militares cerúleas. Y luego el azul cerúleo apareció en las colecciones de ocho diseñadores distintos, y después se filtró a los grandes almacenes, y luego fue a parar hasta una deprimente tienda de ropa a precios asequibles, donde tú, sin duda, lo rescataste de alguna cesta de ofertas. No obstante, ese azul representa millones de dólares y muchos puestos de trabajo, y resulta cómico que creas que elegiste algo que te exime de la industria de la moda cuando, de hecho, llevas un jersey que fue seleccionado para ti por personas como nosotros entre un montón de cosas.

Voy a reconocerlo: me puse cachonda. Tanto que empecé a aplaudir y hasta Moon olvidó que ese monólogo punzante iba dirigido a ella. Seamos sinceros: un tipo que puede recitar palabra por palabra un fragmento de *El diablo viste de Prada* sin despeinarse —y, de paso, sin perder un ápice de atractivo— merece, como mínimo, una ovación.

—El de la espalda al aire, Charls —me dijo a continuación sin necesidad de echarles un segundo vistazo—. Y tienes cinco minutos para cerrar esa maleta o me voy sin ti.

—Ahora que me has convencido... Te quemaré el timbre si no me llevas contigo.

Media hora después, entrábamos por la puerta de aquel ático de Chelsea que nunca dejaría de impresionarme. Cuando le dediqué un segundo pensamiento, también me impresionó un poco que Oliver y yo ni siquiera necesitáramos hablar antes de instalarnos en su dormitorio, a pesar de que aquel pisazo tenía al menos dos habitaciones de invitados, por no hablar de que el sofá del salón era más grande que las tres camas de nuestro apartamento compartido puestas en fila india.

—¿Plan para hoy? —le pregunté después de colocar

mi ropa en uno de los tres mil compartimentos de su vestidor.

—*Hamble* para mañana.

—Oliver, hay un número limitado de veces que se puede hacer ese chiste en la vida. Y tú lo superaste hace una década.

—Mi único plan para hoy —ignoró mi burla— es tirarme dos horas en el *jacuzzi*.

—¿Y aceptas compañía?

—Si no te conociera y supiera que bajo esa apariencia de Coco Chanel se esconde la personalidad de Ozzy Osbourne, se me habría puesto dura con la propuesta.

—Vaya por Dios, y yo que pensaba que mi personalidad *heavy* era justo lo que te despertaba la entrepierna...

—Si vamos a estar en bañador en un *jacuzzi* dentro de dos minutos, quizá deberíamos dejar de hacer bromas sexuales. Por evitarnos recaídas y tal... —Esbozó tal sonrisa canalla que me dio calambre entre los muslos. Si hubiera llevado el móvil en el bolsillo, quizá se habría puesto a cargar solo.

—Pues... tengo una mala noticia: no he traído bañador.

—Pues... le pido a Dios que lleves ropa interior recatadita.

Muy recatada no era, pero sirvió. Y si en algún momento dudé de que el plan de quedarse en casa iba a ser mejor que salir, estaba equivocada. Sonaba Diana Krall por el modernísimo equipo de sonido que Oliver había instalado en toda la casa, el agua del *jacuzzi* estaba a la temperatura perfecta, olía a los aceites esenciales —carísimos, por cierto— de su marca, el champán era bueno y estaba helado, y sobre nosotros se abría un techo de cristal que permitía ver las estrellas del cielo de Londres.

—Cuando quieras, puedes empezar a masajearme los

pies en agradecimiento por las mejores vacaciones que has tenido jamás.

—Estás demasiado acostumbrado a que la gente te masajee partes del cuerpo en esta bañera.

—¿Celosa?

—En absoluto. —Me reí—. Curiosa, más bien.

—Si me vas a preguntar cuántas personas han pasado por este hidromasaje, tendré que decirte que dieciséis mujeres y veintinueve hombres. Pero tengo contratada una empresa de limpieza excelente, así que puedo garantizarte que no pillarás clamidia.

—Qué asco, joder. Ni lo había pensado y ahora no voy a poder sacármelo de la cabeza.

—Mientras la clamidia esté solo en la cabeza no hay problema.

—¿Cuántas veces la has tenido?

—Solo una, lo juro.

—Después de aquella orgía cuando estábamos en la universidad, ¿no?

—Ah, no. Contando esa..., dos.

No es que las ETS sean el tema de conversación más divertido del mundo, pero el caso es que acabamos partiéndonos de risa. Me gustó reír como si el plan de vida que me había propuesto el día de mi cumpleaños no estuviera fracasando de una manera tan estrepitosa. Y al mismo tiempo odié no ser capaz de reír, llorar, hablar, hacer el ridículo o bañarme bajo las estrellas con cualquiera de esos hombres con los que había quedado de la manera en que lo hacía con Oliver.

—¿Qué me pasa, Oli?

—Que siempre eliges la manera incorrecta de dirigirte a mí, al parecer. —Puso los ojos en blanco—. ¿Qué te pasa con qué, Charls?

—¿Por qué me agobio tanto? ¿Por qué me paso la vida buscando el amor y luego, cuando al fin alguien se enamora de mí, salgo corriendo aterrorizada?

—Vamos a ver, por partes... —Resopló—. Tienes una capacidad única para convertir un baño relajante en una intervención, pero tú sabrás. —Le salpiqué una bola de espuma que acertó en su cara—. Charlie, en serio, saliste corriendo aterrorizada porque el chiquillo te presentó a toda su familia cuando solo habíais compartido cuatro polvos ocasionales. Y porque no llevabas bragas bajo el *trench*, eso también.

—Y porque su hermana me puso en la puta calle, no olvides esa parte.

—Pues eso, Charlie..., que no entiendo que eso pueda agobiarte. No entiendo muy bien que te hayas metido en esta búsqueda loca del hombre perfecto, pero mucho menos comprendo que te culpes de los errores de otros.

—Tampoco me parece bien ser autocomplaciente. No son ellos los únicos que han fallado. E incluso cuando lo han hecho, yo fui quien los eligió, ¿no?

—Sí, a la desesperada, que es la peor forma que se me ocurre de conocer al amor de tu vida.

—¿Cómo conociste tú al tuyo? —El champán se me debía de haber subido a la cabeza, porque había una lección que Moon y yo habíamos aprendido a sangre y fuego: del amor secreto y fracasado de Oliver en el pasado no se hablaba. Sin más explicaciones; no se mencionaba jamás y punto.

—Porque, a veces, el mundo funciona tan jodidamente bien que te coloca en el camino a la persona perfecta para ti. Y entonces da igual que dure diez años, toda la vida o una mirada, porque eso... Porque es suficiente.

—Guau. —No quise sonar frívola, pero mis cuerdas vocales fueron incapaces de emitir ningún otro sonido tras esa declaración tan contundente (y sorprendente) de Oliver.

—Vámonos a dormir, anda. Antes de que beba más champán y acabe contándote la historia completa.

—¡Eso me encantaría!

—No, créeme que no. —Fruncí el ceño, pero él soltó una de esas carcajadas que hacían vibrar su nuez y me contagié—. ¿Te vienes?

Oliver me dio una mano para salir de aquella bañera del tamaño de una piscina y lo seguí hasta su dormitorio. Hasta que me metí en la cama no me di cuenta de lo agotada que estaba, así que me dormí en seguida. No había pasado en aquel piso más de dos o tres noches en toda mi vida —casi siempre después de fiestas cuyo final nos pillaba por la zona y con el metro ya cerrado— y, sin embargo, sabía que estaba en casa.

Cita número	9
Fecha	3 de agosto
Hora	22.30
Lugar	Soho
Nombre	Simon Cooke
Edad	31
Forma de contacto	Antiguo compañero de estudios

Cuánta compasión debí de despertar en Oliver durante aquellos días que pasamos juntos en su piso que acabó pasándome el contacto de Simon Cooke, un compañero de facultad del que yo no había vuelto a saber nada en los ocho años que hacía que nos habíamos licenciado. Oliver había coincidido con él hacía poco tiempo en una reunión de trabajo.

—Siempre decías que era el tío más bueno de la Saint Martins, ¿no? Pues aprovecha —me dijo al mismo tiempo que dejaba sobre mi escritorio la tarjeta de Simon.

—Era prácticamente el único heterosexual del curso, pero... sí, además estaba muy bueno.

—Pues los años no lo han tratado mal —me reconoció—. Llámalo, hace un par de meses me dijo que se estaba divorciando, así que, con un poco de suerte, lo pillas libre.

—Qué bonito suena que habléis de personas como si fueran taxis —refunfuñó Moon desde el sofá.

Le hice caso a Oliver y le envié un wasap a Simon Cooke. Lo encontré muy dispuesto a que saliéramos una noche por ahí, según sus propias palabras, «a revivir viejos tiempos».

Esa noche llegó un día de agosto en que el calor era tan sofocante que me pasé una hora delante del armario tratando de elegir el *look* con menos tela posible sin correr el riesgo de que me detuvieran por escándalo público. Al final me decanté por un *short* de color gris combinado con un top muy atrevido blanco y azul, con unas mangas gigantescas y escote palabra de honor. Me recogí el pelo para evitar que mi nuca acabara pareciendo el Támesis y apenas me maquillé. Eran escasos, pero había momentos en que añoraba el invierno.

—¡Charlie! —Simon me esperaba en la puerta del club donde habíamos quedado, un clásico del Soho en el que habíamos tomado copas un millón de veces cuando estudiábamos en la Saint Martins—. Joder, estás igual que hace diez años. ¡Qué guapa!

Sonreí coqueta, porque nunca está de más que a una le alimenten el ego, y pensé que él no estaba en absoluto igual que una década atrás. El Simon Cooke de la facultad era un chico guapo, quizá no tan sexi como Oliver, pero con un atractivo que no nos pasaba inadvertido a ninguna de las personas que compartíamos aula con él. Ocho años después de la última vez que nos vimos, Simon se había convertido en EL HOMBRE. Mantenía todo el atractivo y había ganado diez años extra: arruguitas incipientes alrededor de los ojos cuando reía, un cuerpo mejor formado y una seguridad en sí mismo que podría haber arrollado a una chica menos decidida que yo.

—¿Sigues bebiendo vodka con arándanos? —me preguntó cuando logramos alcanzar la barra del local—. ¿O era con naranja?

—Buen intento, Simon. Era vodka con cualquier cosa en aquellos tiempos, ¿recuerdas?

—Algo me viene a la mente, sí.

Pedimos dos copas, nos sentamos en un par de taburetes que encontramos libres junto a una mesa alta y nos pusimos al día durante algo más de una hora. Simon me contó que se había especializado en *marketing* después de la Saint Martins y que pronto había dejado de lado el mundo de la moda para buscar mejores dividendos en otros sectores. Yo le hablé un poco de mi trabajo, pero, cuando empezó a sonar *Midnight City*, de M83, me condujo a la pista de baile.

No recuerdo ninguna de las canciones que sonaron a continuación porque pronto el plan dejó de centrarse en bailar para dirigirse más hacia el coqueteo. Y el toqueteo.

—¿Recuerdas la noche de la graduación...? —me susurró entre dientes junto al lóbulo de la oreja.

—Vagamente.

—Pues yo... hay partes que no he conseguido olvidar.

No mentí cuando dije que mi recuerdo de aquella noche era vago, pero sí sabía que en un determinado momento de la noche Simon y yo habíamos acabado compartiendo orgía. Así, sin paliativos, eso fue lo que ocurrió. Ni siquiera había sido lo más extremo que había hecho en aquellos años, pero daba la sensación de que a él le había dejado huella la experiencia.

Nos enrollamos como dos adolescentes mientras el estilo de música cambiaba a algo más pausado. Sus manos se movieron por mi cuerpo de un modo que me habría dado pudor si no nos rodeara la oscuridad. Sabía que él me estaba susurrando guarradas al oído, pero agradecí que la música las pusiera en *mute* porque prefería que se guardara algo para la cama, que estaba claro que iba a ser el siguiente paso aquella noche.

—¿Puedo presentarte a alguien? —me preguntó en una pausa que hicimos en nuestro baile sucio para ir a pedir dos copas más.

—Claro. ¿A quién? —Él miró hacia el otro extremo del mostrador y yo caí entonces en la cuenta—. ¡Ah! ¿Te refieres a... ahora?

—Sí. No se me ocurre un momento mejor.

Fruncí el ceño, pero acepté su mano tendida porque me pudo la curiosidad. Unos segundos después, nos plantamos frente a una mujer guapísima, algo más joven que yo en apariencia, con unos ojos azules enormes y un melenón rubio que le envidié un poco.

—Isadora, te presento a Charlotte May. —Se dirigió a ella y fue entonces cuando empecé a pensar si estaría bajo el efecto de alguna droga alucinógena; o si debería estarlo...—. Charlie, ella es Isadora, mi mujer.

—¿Tu...? —Un monosílabo fue lo único que pude emitir antes de reponerme de la impresión—. Oliver me comentó que...

—Ah, sí, bueno... Pasamos una mala racha hace algunos meses y hasta nos planteamos el divorcio, pero...

—¿Pero...? —Levanté una ceja y me pregunté por qué aún no había salido corriendo de aquel local.

—Pero ahora estamos... en otra fase.

—Pues... —Carraspeé—. Me parece que voy a dejar que disfrutéis de esa fase vosotros dos solos.

Afiancé mi bolsito bajo el brazo y enfilé el camino hacia la salida.

—Vamos, Charlie... —me dijo Simon con un tono de voz que a punto estuvo de provocarme la arcada—. Quizá tendría que habértelo dicho al principio de la noche, pero creí que el efecto sorpresa sería más... morboso.

—¿Haberme dicho... qué? —Me crucé de brazos y me preparé para escuchar la enorme mierda que estuviera a punto de soltar por la boca.

—A Isadora y a mí nos encantaría invitarte a una copa... en nuestra casa.

—Qué planazo —ironicé.

—Podría serlo —dijo muy convencido—. No recuerdo que tuvieras tantos prejuicios cuando estábamos en la universidad.

—¿Qué quieres decir con eso exactamente? —Hablábamos a gritos porque el volumen de la música no permitía otra cosa. Si alguien a nuestro alrededor estaba atento, tendría anécdota para contar al día siguiente.

—Cuando me escribiste, te juro que pensé que era una señal. ¿Isadora y yo pensando en experimentar y justo recibo noticias de la única chica a la que he conocido que sería perfecta para el plan?

—Jo, Simon... ¡Pero qué ilusión! —Me llevé las manos a la boca en un gesto teatral—. Llevo toda mi vida soñando con ser conocida como la chica liberal a la que cualquier pareja llamaría para un trío.

—Lo estás malinterpretando todo. De veras... No pensaba que los años te hubieran cambiado tanto.

—Y yo pensaba que tú habrías dejado de ser un gilipollas. Has tenido diez años para eso.

—Supongo, entonces, que esta cita se queda aquí.

—Isadora, un placer conocerte. No placer en el sentido que tenía en mente el imbécil de tu marido, pero... —Resoplé y le dirigí a él un movimiento desvaído con el mentón—. Simon.

Salí a las calles del Soho y esperé sentir el frescor en la cara que suele suponer abandonar un club. Pero no; aquella noche, el clima de Londres estaba más caliente que el imbécil de Simon Cooke. Solo había una cosa que lo superara en temperatura: mi cabreo, que bullía por la maldita incapacidad de Simon Cooke para comprender que ser una mujer sexualmente liberada no significaba estar disponible para solucionar la crisis de su aburrido matrimonio.

Puntuación de la cita	2 (el vodka con arándanos siempre es un +2)
Norma incumplida	Que respete mi pasado y no pretenda que sea una princesa virginal ni una amazona del sexo

11

No tenía ningunas ganas de irme a casa después de salir del local del Soho, a pesar de que al día siguiente trabajaba, así que envié un mensaje que en realidad era un SOS:

Charlie

Dime que estás por ahí tomando algo y que no molesto si me uno.

Oliver

En el Casa Blue de Brick Lane con Brian Ross. ¡Vente!

Cogí un taxi hacia mi barrio con el enfado diluyéndose en forma de ganas de continuar la noche. El Casa Blue era un local a un par de manzanas de nuestra casa del que huíamos como de la peste por las tardes, cuando se convertía en una especie de *sports bar* en el que se reunían los aficionados más *hooligans* de nuestro barrio; pero por las noches solía tener un calendario de DJ que incluso Moon aprobaba. A Oliver y a mí nos encantaba recalar allí las noches *de tranquis* y sentarnos en los sillones de terciopelo rojo a tomar cócteles mientras nos contábamos nuestras respectivas semanas.

Y Brian Ross me caía bien. Era el periodista que dirigía la agencia de comunicación con la que trabajaba la firma de Oliver y yo había coincidido con él en varios eventos y viajes de trabajo. Unos diez años mayor que nosotros, se había convertido en una de las poquísimas personas del entorno de la moda en las que Oliver confiaba, y yo solía fiarme de su criterio. Cuando llegué al Casa Blue, Brian se estaba despidiendo.

—¿Ya te marchas? —le pregunté después de saludarlo con un beso.

—Tengo una reunión importante mañana a primera hora. —Esbozó una mueca—. ¿Qué tal tu cita?

—Yo... —Miré a Oliver con desconcierto y él se echó a reír—. Si estoy aquí con vosotros apenas un rato después de medianoche, creo que la respuesta está clara.

—Oye, pues... —Brian me miró, carraspeó y se sonrojó un poco—. Yo me ofrezco en nombre del género masculino a compensarte si aceptas salir a cenar conmigo el sábado.

—Emmmm... —Su propuesta me sorprendió; habíamos coincidido varias veces y nunca habíamos coqueteado siquiera. Pero me caía bien y acepté—. ¡Vale! ¿Me escribes esta semana y concretamos?

—Genial. —Le hizo una especie de saludo militar a Oliver para despedirse de él y se marchó.

En el local sonaba *WAP*, de Cardi B, y el camarero se apresuró a traerme un *sex on the beach*, el cóctel que pedía siempre que me dejaba caer por Casa Blue.

—Bueno..., ¿y en qué ha consistido el desastre de hoy? —me preguntó un Oliver burlón al que se le notaba que no iba por la primera copa.

—Ya te contaré. Pero antes dime qué le has dicho a Brian para que se haya atrevido a pedirme una cita por primera vez en años.

—Te juro que nada. —Oliver levantó las manos en señal de inocencia y volvió a reírse—. Me ha preguntado dónde estabas, porque al parecer la gente piensa que somos siameses y vamos a todas partes juntos, y le he dicho que tenías una cita. Es cierto que ha mostrado bastante interés por saber si estabas soltera, pero no pensaba que se fuera a lanzar a pedirte una cita.

—Pues mira... Los deberes de la semana hechos antes de llegar a casa de la cita anterior. Acabaré por convertirme en una profesional en el arte de quedar con tíos desastrosos.

—Cuéntame qué ha pasado hoy, anda, alégrame el martes.

—Necesito otro de estos —levanté la copa ya casi vacía de mi cóctel y el camarero habitual lo entendió como una petición de recarga—, para animarme.

—Te invito a los que quieras si me cuentas la historia y luego me sacas a bailar.

—¿El cuerpo te pide salsa, Oliver W? —bromeé—. Porque te advierto que aquí tienes difícil conseguirla.

—El cuerpo me pide un montón de cosas. Venga, desembucha.

—Antes déjame que te haga una pregunta.

—Adelante.

—Si tuvieras una pareja estable y os apeteciera experimentar, ¿sería yo la chica a la que llamarías para hacer un trío?

—¿Estás de coña? No, por supuesto que no. Serías la última persona a la que querría en un escenario como ese.

—Joder... Venía molesta por eso y ahora me ofende que tú tengas tan claro lo contrario.

—No he entendido esa frase, pero tengo mis razones para decir lo que acabo de decir.

—Pues, venga, exponlas.

—Si estuviera realmente enamorado de otra mujer, no permitiría que tú te acercaras desnuda a ella. Y si no estuviera enamorado de ella...

—¿Qué?

—Si volviera a tenerte en mi cama, como en los tiempos locos de la Saint Martins, no estaría tan dispuesto a compartirte como antes.

—Qué confesión tan reveladora. —Me reí y di un buen trago a mi copa nueva porque se me había quedado un nudito atravesado en la garganta—. ¿Y si tu pareja fuera un hombre?

—Entonces habría menos problemas porque no estaría enamorado de él.

—¿Por qué?

—Porque yo no me enamoro de tíos. No soy muy de decir de esta agua no beberé, pero estoy casi seguro de que jamás pasará.

—Pero sí has estado enamorado de un hombre en el pasado...

—Charlie, te estás acercando peligrosamente a líneas rojas que nunca atravieso. —Esbozó una sonrisa resignada y miró su vaso de *whisky* como culpándolo de ablandarlo—. Moon y tú seguís convencidas de que estuve enamorado de Jago, ¿no?

—¿Acaso no fue él quien te rompió el corazón e hizo

que marcharte a París fuera más una necesidad que una cuestión laboral?

—No, no fue él, Charls. —Hizo un gesto hacia la barra para pedir otra bebida y zanjó la cuestión con la mirada fija en el tablero de madera de la mesa—. Era una mujer y eso es todo lo que voy a contarte sobre el asunto. Además, aún no he conseguido que me expliques qué diablos ha pasado con el imbécil de Simon.

—Todo iba bien. Nos habíamos morreado, toqueteado y calentado bastante. Y entonces decidió presentarme a su mujer, de la que no se ha divorciado, porque tenían ganas de experimentar y yo les parecía la persona ideal para hacer un trío.

—Joder... A veces pienso que te inventas las historias solo para hacerme feliz.

—¿Mi constante fracaso en el amor te divierte?

—Si buscas el amor en gilipollas como Simon Cooke, sin duda.

—Dijo el hombre que me pasó su contacto.

—Porque a ratos me da pena verte tan desesperada.

—No tengo esta noche la autoestima para aguantar chorradas, Oliver. Dame una tregua.

—¿Por lo que te ha pasado con Simon y su mujer?

—¿Y por qué, si no? —Me encogí de hombros—. Al parecer, doy una imagen que no se corresponde para nada con cómo me siento.

—¿Das una imagen? —Frunció el ceño—. No estarás planteándote cuestiones morales que no vienen absolutamente nada al caso, ¿no?

—No lo sé... Me planteo si con cincuenta años me habré convertido en una de esas tías patéticas que quieren seguir viviendo como si tuvieran veinte o si mutaré en una pija del West End de esas que han olvidado que un día se metieron coca en la tapa del váter de Fabric.

—Vamos a ver, que te estás liando... ¿Solo hay esas dos opciones?

—No se me ocurre una tercera.

—Pues a mí se me ocurren millones, debo de ser bastante más listo que tú.

—Muy gracioso.

—Charlie, tú vas a ser toda tu vida Charlotte May. No tienes por qué encajar en el molde de ningún estereotipo. Si con cincuenta años quieres seguir saliendo de fiesta, acostándote con tíos extraños y vistiendo como una mamarracha..., ¡hazlo, joder! Y no pienses que eso te convierte en patética ni mucho menos. Tú brillarías en medio de una pista de baile aunque tuvieras que llegar a ella con bastón.

—Gracias, un halago muy sorprendente. —Le sonreí—. Sobre lo de casarme y reformarme ya ni opinas, ¿no?

—Es que me deprimo solo de pensarlo. En los últimos tiempos me he encontrado al menos a tres tías con las que compartimos orgías hace diez años. Ahora están casadas, visten trajes de *tweed* y dicen frases como «Es que los jóvenes de hoy en día...». Si te unes a ese club, yo me vuelvo a París. O me piro a Australia con Moon.

—No podría culparte. Pero ¿en qué lugar me deja eso?

—¡En el que estás, Charlie! O en el que estabas antes de iniciar esta locura de citas sin sentido.

—¿Tan difícil te resulta creer que quiera enamorarme?

—Pues claro que no. Enamorarse es genial, y lo digo sin ironía alguna. Pero no tengo muy claro que tu método vaya a funcionar. Lo que sí sé es que tú, Charlotte Christina May, deberías seguir siendo la que eres independientemente de que te enamores o no, de que madures o no, de todo...

—¿La chica a la que las parejas llamarían para hacer un trío?

—No digas chorradas. La chica que podría seguir cerrando la Ministry of Sound o KOKO cada sábado porque lo ha hecho tantas veces que seguro que tiene las llaves. —Sonreí porque, a mi pesar, me gustó esa definición de mí misma—. Y que molaría lo mismo si decidiera que, a partir de ahora, los sábados prefiere quedarse en casa a ver Netflix y beber té.

—Creo que tienes una imagen distorsionada de mí.

—Charlie... —me miró un par de segundos fijamente antes de atreverse a hacerme una pregunta—, ¿tú te arrepientes de algo de lo que has hecho en estos años?

—¿Yo? ¡Pues claro que no!

—¿Entonces?

—No me gusta que la gente tenga una imagen estereotipada de mí, independientemente de que se corresponda o no con la realidad.

—¡Ah, bueno! ¿A mí me lo vas a contar, que llevo dos años viendo como la prensa de vez en cuando se inventa historias sórdidas sobre mí?

—Ya, pero...

—Si me vas a decir que en un tío se ven diferentes esas historias, ahórramelo.

—Pero es que es verdad. A ti eso te da una fama de tío canalla. A mí me da fama de...

—Ni lo digas. Estás por encima de todo eso, Charls. —Meneó la cabeza con resignación; le debía de parecer la persona más obtusa del mundo—. A ti te gusta salir, bailar, beber, follar y liarla todo lo que puedas. Eras así a los dieciocho y sigues siéndolo a los treinta. Y lo sabes. Si vas a cuestionarte todo eso solo porque Simon Cooke quiere follar contigo con una coartada legal ante su mujer, no eres la Charlie May de la que estoy orgulloso.

—Acábate ese *whisky* y sácame a bailar, Oliver W, que hoy me caes mucho mejor de lo habitual.

No reconocí la canción que sonaba, pero no hizo falta para que mis pies se movieran solos por la exigua pista de baile del local, que no era más que la zona del fondo, en la que se deslizaban sin demasiada gracia unas cuantas personas a las que el alcohol les había hecho efecto. Sonreí mientras bailaba. Sonreí porque todo lo que me había dicho Oliver yo ya lo sabía, pero la escenita del frustrado trío me había dejado algo vulnerable y me había venido bien escucharlo en otra voz. Pues claro que yo no estaba destinada a ser una de esas chicas que al cumplir los treinta consideran necesario olvidar su pasado y *reformarse*. Puede que quisiera enamorarme, eso seguía teniéndolo claro, pero jamás renunciaría a ser yo. Quizá por eso me costaba tanto conectar con alguien, porque el grupo de personas a las que quería, que me conocían y me comprendían era muy reducido. De hecho, se limitaba a una chica embarazada que vivía habitualmente en la otra punta del mundo y al hombre que tenía delante.

—¿Sabes qué, Oliver? —Era el alcohol el que hablaba; esa fue la excusa que me puse para no callar—. Tú y yo deberíamos enamorarnos.

—¿Has tenido otra epifanía? —se burló.

—¡Sí! Nos conocemos, nos soportamos y lo pasamos bien juntos. —Me acerqué a él más de lo que el baile requería y susurré en su oído—. Por lo que recuerdo, también en posición horizontal. ¡Enamorémonos!

—No creo que sea una buena idea. —Oliver dejó de bailar y me observó con unas pupilas que parecían recoger todo el brillo de las luces del local.

—¿Por qué?

—Porque podríamos, Charlie. Porque podríamos.

Cita número	10
Fecha	7 de agosto
Hora	20.00
Lugar	Piccadilly Circus
Nombre	Brian Ross
Edad	40
Forma de contacto	Amigo de Oliver

Brian me escribió el jueves para confirmarme que había movido hilos para conseguir una reserva en un solicitadísimo restaurante indio de la zona de Piccadilly Circus. Aquella cita empezaba bien: el punto de ser elegante y de tener clase estaba asegurado. O eso creía el jueves, al menos.

Quedamos el sábado a las ocho bajo el Eros que presidía la plaza más famosa de Londres, entre pantallas que eclipsaban el atardecer y turistas que buscaban inmortalizarse con una de las estatuas más feas que conozco, pero allá ellos con sus gustos. El calor nos había dado una breve tregua y me permití estrenar una falda larga estampada con grandes cuadros blancos y azules que combiné con una camisa blanca y un bolso *satchel* naranja que me encantaba.

Brian ya estaba allí cuando salí del metro. Llevaba un pantalón gris oscuro y una camisa de vestir que le añadía años. No era un hombre guapo, no de forma objetiva, pero era elegante de una forma bastante clásica y tenía cierto atractivo. Compartíamos visiones parecidas del mundo de la moda y nos lo habíamos pasado bien juntos en *after parties* de diferentes semanas de la moda del mundo. Pero, si he de ser sincera, nunca hasta el día que me lo encontré con Oliver en el Casa Blue me había planteado salir con él.

—Hace siglos que no coincidimos en un viaje, ¿no? —me preguntó después de que el *maître* nos acompañara a nuestra mesa.

—Es que apenas estoy saliendo de Londres en los últimos tiempos. Mi jefa da por hecho que con Instagram y Pinterest voy servida para inspirarme y me ha recortado un poco el presupuesto de viajes. Estuve en Estocolmo a finales de junio y me temo que hasta que empiece el calendario de semanas de la moda no volveré a moverme.

—¿Harás el *tour* completo?

—Nueva York, Londres, Milán y París. ¿Y tú?

—Nueva York lo cubrirá la sede americana de la agencia, así que me quedo sin cruzar el charco, pero estaré en las tres europeas.

—Te enviaré una foto desde el Empire State.

Seguimos hablando de un trabajo que para los dos era más pasión que profesión mientras nos servían un pollo *tandoori* delicioso y yo mojaba los *papadooms* en diferentes salsas picantes.

—Cuidado con la más oscura —advertí a Brian—, pica como el infierno.

—Tengo bastante resistencia al picante, no te preocupes.

Le sonreí y traté de infundirme motivación para el resto de la cita, pero no conseguía sacarme de la cabeza la conversación que había tenido con Oliver hacía unos días en el Casa Blue. No la parte de que él y yo podríamos enamorarnos; esa se había perdido en la bruma alcohólica de la noche. Pensaba en quién era yo y en cuántas renuncias me supondría enamorarme. Sabía el tipo de relación que podría llegar a tener con Brian. Por lo que conocía de él a través de Oliver y de alguna conversación que habíamos tenido en eventos en el pasado, Brian era un tío de relaciones serias. No había estado casado nunca, pero había convivido con tres mujeres con las que había pasado años. Si me atenía a las normas que me había autoimpuesto para encontrar al hombre perfecto, Brian cumplía muchas de ellas: era un tío elegante, teníamos buena sintonía, disponía de casa propia y una buena situación económica que nos permitiría viajar y vivir de la manera que más nos apeteciera, no cargaba con exparejas complicadas a sus espaldas, adoraba Londres... Pero no me ponía. Sé que es un comentario muy simplón, pero ¿hay acaso algo más importante? Probablemente, para quienes busquen la estabilidad por encima de cualquier otro sentimiento, lo que he dicho será una chorrada y Brian parecerá el hombre perfecto. Pero Brian no me atraía demasiado y, la verdad, tampoco me lo imaginaba disfrutando de la visión de su novia bailando con los ojos cerrados subida a la tarima de cualquier discoteca de moda en Londres. Y bailar con los ojos cerrados subida a una tarima era algo a lo que no estaba dispuesta a renunciar.

Había dos opciones lógicas una vez que había llegado a aquella conclusión: abrir un poco la mente y darle la oportunidad a Brian o ser sincera con él y decirle que no creía que tuviéramos un gran futuro. ¿Hice alguna de esas dos cosas? No, por supuesto que no, porque soy Charlotte May y mi rollo es cagarla.

—Retiro lo dicho sobre el picante —me comentó Brian casi sin voz—. Hasta me lloran los ojos.

Le agradecí que me lo dijera porque, después de la cita con Richard y su amago de ahogamiento, era bastante sensible a las lágrimas de mis compañeros de cena. También lo era, como cualquier ser humano normal, a los mocos, y en aquel momento vi que por la nariz de Brian empezaba a asomar uno. Por suerte, él también lo notó y se sacó del bolsillo un pañuelo para solucionar el problema. Que usara pañuelo de tela debería haber sido un punto a su favor, porque siempre he sido yo mucho de ese tipo de detalles *gentleman*, pero en él me pareció viejuno.

Sabía lo que me estaba pasando: se aproximaba un brote. Solo mi hermana, Moon y Oliver tenían la capacidad para detectar el temblorcillo que me entraba en el ojo cuando una situación me superaba y acababa estallando en un cabreo monumental o en un llanto histérico. Brian no tenía la culpa de nada, claro que no. Así como a todos mis anteriores compañeros de citas podía achacarles algún defecto (tremendos, en ocasiones), de Brian no podría criticar nada, pero... no me apetecía seguir allí. Conocía el funcionamiento de lo que mi gente llamaba mis brotes y sabía lo que vendría a continuación: rayarme hasta el infinito con algún detalle y centrar en eso todas mis frustraciones, que ese día estaban bien claras. Quería enamorarme y, aparentemente, no era capaz.

Brian volvió a sacar su pañuelo del bolsillo, se sonó y echó un vistazo a lo que había salido por sus narinas. El temblor en el ojo dejó de ser una sensación molesta para convertirse en un pequeño seísmo. Brian me sonrió, hizo un comentario sobre una pareja de famosos que estaba sentada en una mesa del reservado y a la que habíamos podido vislumbrar cuando entró, pero yo solo era capaz de seguir la evolución de su nariz. Otra vez un brillito allí. Otra vez el pañuelo. Otra vez Brian observando el contenido de su pañuelo.

—¿Te encuentras bien? —quise asegurarme, porque ser cruel con alguien que está sufriendo un colapso es algo que había decidido limitar a una sola ocasión en toda mi existencia.

—Sí, sí. Es solo que este picante... —Sonrió y echó otro (el enésimo) vistazo al contenido de su pañuelo.

—¿Tus mocos tienen algo de especial? —Brote en curso. Tsunami en el ojo izquierdo.

—¿Perdona?

—Es que no entiendo por qué coño no dejas de mirar el contenido del pañuelo cada puñetera vez que te suenas.

—Charlie..., ¿te encuentras bien?

—La verdad es... La verdad es que no.

—La comida india a veces puede ser...

—La comida no tiene nada que ver —le aclaré—. Es solo que no quiero estar aquí.

—Ah...

—Sí. *Ah.*

Supongo que estaréis pensando que soy una gilipollas de impresión, una borde y —sin duda— una persona que no merece encontrar el amor. Estoy de acuerdo al cien por cien en los tres puntos. Nunca me he considerado alguien gris y, aunque sea el mayor tópico del mundo, soy de esas personas a las que solo se puede amar u odiar. Yo misma me amaba el cincuenta por ciento del tiempo y me odiaba la otra mitad. Aquel día tocaba lo segundo. Por haberme empeñado en enamorarme y no ser capaz de conseguirlo, por estar comportándome como una imbécil con un tipo que me caía bien, por boicotearme sin darme cuenta siquiera.

—Lo siento, Charlie, pero... no tengo por qué aguantar este panorama.

Si es que era un tío genial, joder. Me habría dejado la conciencia mucho más tranquila si hubiera sido autocomplaciente y me hubiera dicho que no pasaba nada, porque entonces le habría perdido el respeto de inmediato y me hubiese dado igual estar pareciéndole una trastornada.

Pero no fue así y no me quedó más remedio que disculparme.

—Siento esto, ¿vale? —le dije sin atreverme a mirarlo a los ojos—. Tengo un carácter extraño y difícil, y solo tres personas en el mundo están capacitadas para soportarme.

—Me parece que conozco a una de ellas.

—Sí, eso creo.

Conseguí sonreírle en medio del sonrojo y le hice una seña al camarero para que me trajera la cuenta. Qué menos que hacerme cargo de una cena que había acabado en desastre por mi única y exclusiva culpa.

—¿Fingiremos que esta cita nunca ha ocurrido cuando nos encontremos en eventos por ahí? —le pregunté con la esperanza de que no se enturbiara para siempre el buen rollo que teníamos y con la vergüenza de saber que no era la primera vez que tenía que hacer esa petición.

—Cuenta con ello.

—Gracias —dije con vocecita, y me levanté para marcharme.

Necesitaba con urgencia regresar a aquel apartamento al que un día había llamado mi Tara, donde me esperaban las pocas personas que me toleraban cuando me volvía insoportable. Sin ellos, quizá habría enloquecido del todo antes de cumplir los treinta.

Puntuación de la cita	5 (la cena estaba deliciosa y Brian es un encanto)
Norma incumplida	Que me soporte cuando «broto»

12

—Pero ¿por qué lloras, Charls? —me preguntó Oliver en un susurro.

Había llegado a casa en plena fase de vergüenza extrema por mi brote y me había echado a llorar en cuanto había visto a Oliver en el sofá escuchando R.E.M. No es que hubiera ninguna lógica en la causa-efecto, más allá de que R.E.M. siempre me ha parecido de lo más deprimente. Moon se había acostado hacía ya un buen rato y también me pareció muy triste tener que llorar en voz baja en mi propia casa por miedo a despertarla, así que el llanto se acrecentó.

—Porque soy ridícula, Oliver.

—Pero eso ya lo sabíamos, ¿no?

—Si ahora dices que es parte de mi encanto, te juro que te pego.

—No, claro que no lo es. Es parte de lo que cuesta soportar de ti, pero tienes suficientes virtudes como para que unas cosas compensen otras. No me digas que buscas la perfección, porque... *spoiler*: eso no existe. Ni siquiera sería divertido.

—¿Tienes sueño? —le pregunté ya más calmada. Conocía las subidas y bajadas de la montaña rusa en que se convertían mis emociones cuando entraba en barrena.

—Cero. Pero no vas a conseguir liarme para salir.

—¿Desde cuándo huyes de salir los sábados por la noche, Oliver W?

—Desde que la persona con la que salía el noventa y cinco por ciento de los sábados se embarcó en una carrera de citas que la ha dejado sin huecos en la agenda.

—Ooooh —se me escapó en voz demasiado alta y los ronquidos de Moon se interrumpieron un segundo, aunque en seguida se reanudaron—. Venga, vámonos a la azotea.

—¿La azotea aún existe? —Oliver elevó las cejas.

—No. Ahora este edificio es descapotable. —Le puse los ojos en blanco al tiempo que cogía una manta del respaldo del sofá. La noche era cálida, pero en Londres nunca se sabe cuándo eso puede torcerse.

Hacía ya más de un año que vivíamos en nuestro edificio cuando, no recuerdo cómo, Oliver, Moon y yo descubrimos que una puerta metálica de la última planta daba acceso a unas escaleras de caracol por las cuales se podía acceder a la azotea. No era una de esas terrazas ideales que salen en las películas, desde las cuales se puede divisar el *skyline* de Nueva York. Desde la nuestra, solo se veía el muro de ladrillo del edificio de enfrente y, a la derecha, un terreno que llevaba décadas desocupado y que se había convertido en el vertedero de basura no oficial del barrio.

—¿Qué sentido tiene estar aquí si ya no fumamos? —me preguntó Oliver después de examinar con cara de asco una de las sillas que llevaban allí abandonadas desde tiempos inmemoriales.

—¿Respirar aire fresco? ¿Hablar en tono normal sin miedo a despertar a la morsa preñada?

—¡Le voy a decir que la has llamado así!

—Que ni se te pase por la cabeza.

Oliver me lanzó una de las latas de cerveza que se había metido en los bolsillos del pantalón y yo sonreí. El brote había pasado; igual que los percibía cuando se aproximaban, sabía detectar a la perfección el momento en que dejaba de estar insoportable conmigo misma y con los demás. Le di un sorbo a mi cerveza y miré a Oliver.

—¿Sabes que eres la única persona del mundo que me soporta cuando broto? —Suspiré—. Lizzie y Moon se lo ven venir y huyen, pero tú... Debes de ser un temerario.

—¿Has dudado alguna vez que lo sea?

—No. —Se me escapó una carcajada breve.

—Pero supongo que una de mis virtudes es que soy muy tolerante con las taras mentales de los demás porque también tengo unas cuantas propias.

—¿Por ejemplo?

—Por ejemplo —exhaló un suspiro lento—, tener un pisazo en Chelsea con todas las comodidades y seguir viviendo aquí contigo porque, en el fondo, soy un nostálgico que sufre un extraño síndrome de Peter Pan y no quiere desprenderse del todo del lugar donde pasó los mejores años de su vida.

—Pensaba que habían sido los peores... —le dije en voz muy baja, aunque ya no hubiera riesgo de despertar a Moon ni tampoco un oído cerca que pudiera escuchar nuestra conversación. Simplemente, recordar el último año de Oliver en Londres antes de su periplo parisino me cambió el tono de voz de forma instintiva.

Oliver se había criado en una zona problemática de Londres, en un bloque de viviendas sociales en donde había aprendido a sobrevivir teniendo los puños más rápidos que los matones del barrio. Odiaba cuando los medios escribían semblanzas de él al estilo «rebelde sin causa»; yo no tenía muy claro que fuera un rebelde, pero lo que solo sabíamos unas cuantas personas era que causas le sobraban. Nunca había conocido a su padre —ni siquiera sabía quién era ni se había mostrado interesado en averiguarlo, al menos desde que yo lo conocía— y era hijo único. Su familia eran su madre y él; fue ella quien le enseñó a coser y unos cuantos conceptos de patronaje que acabaron dando con sus huesos en la Central Saint Martins. En aquella escuela nos reunimos personas de orígenes muy diversos que nos habíamos aproximado al mundo de la moda por razones diferentes, pero dudo que hubiera una causa más triste que la de Oliver: su madre había pasado tantas temporadas enferma cuando él era adolescente que había tenido que aprender a la fuerza a coser para hacerse cargo de los pedidos que a ella le hacían como costurera y que eran la única fuente de ingresos del hogar familiar.

La debilidad de Oliver, quizá la única que le he conocido con capacidad para derribarlo, era su madre. Moon y yo la conocimos poco después de empezar la carrera; había sido ella la que le había insistido a Oliver para que buscara una habitación en la que vivir que pudiera permitirse con lo que ganaba en trabajos ocasionales. En seguida quiso conocernos a Moon y a mí, e ir a comer con Mary Walker al menos una vez por semana se convirtió en una bonita costumbre.

Con el paso de los años, vimos como su salud se resentía cada vez más. Nunca supimos si Oliver también lo notaba, porque evitaba hablar de ello, pero estoy segura de que sí. Él pasaba mucho tiempo con ella y hubo momentos en que era un milagro, uno solo al alcance de Oliver, que pudiera compaginar las clases en la Saint Martins con acompañar a su madre en el hospital en sus cada vez más frecuentes ingresos.

Hacía dos años que habíamos acabado los estudios cuando Mary murió. Oliver no nos había querido decir a Moon y a mí que su situación era crítica porque, por primera vez desde que nos habíamos independizado, las dos habíamos conseguido ahorrar dinero y juntar días libres para pegarnos unas vacaciones por todo lo alto. Llevábamos seis días en Jamaica, disfrutando del sol en pleno febrero, cuando Oliver nos llamó para decirnos que su madre había muerto. Moon ya debía de ser por entonces toda una experta en planificación, porque ella sola tuvo que hacerse cargo de cambiar nuestros billetes, cancelar las dos noches de hotel que nos quedaban y organizar el traslado al aeropuerto. Yo lo único que fui capaz de hacer fue mantenerme al teléfono con Oliver, jurándole que estaríamos a su lado antes de que se diera cuenta.

Lloré durante todo el vuelo de regreso a Londres, no solo por el cariño que había desarrollado hacia Mary durante los seis años que hacía que la conocía, que también, sino, y sobre todo, por el dolor de Oliver, que se me filtraba en la piel incluso a distancia, como por ósmosis diferida. Llevaba meses ocurriéndome. Durante los años locos de la Saint Martins todo parecía felicidad y despreocupación, pero desde que habíamos entrado en el mercado laboral y nos habíamos «hecho mayores» Oliver se había apagado. Moon y yo sabíamos que la enfermedad de su madre era la causa principal, pero también que lo mantenía atrapado en Londres en un momento en que el cuerpo le pedía huir. Nos lo había confesado a Moon y a mí aquella noche en que se nos había ido la mano con el vodka; fue la primera vez que nos habló de su amor perdido. Necesitaba alejarse, pero no lo haría mientras su madre lo necesitara, lo cual era una forma eufemística de decir que no se marcharía de la ciudad hasta que ella muriera.

Aquella noche llegué al tanatorio sin ser consciente de que ni me había cambiado de ropa. Aparecí en una noche invernal de ventisca, en medio de personas vestidas de luto, con bermudas de flores hawaianas, la parte de arriba de un bikini de crochet y una toalla gigante con la silueta de Bob Marley que Moon se había comprado de recuerdo y que, con nuestras maletas facturadas, fue lo único que encontré para protegerme de los seis grados bajo cero con los que nos recibió mi ciudad natal. A Oliver se le escapó una sonrisa al verme aparecer con esa pinta, una que pareció dolerle y aliviarlo a la vez, y solo por eso mereció la pena la hipotermia que estuve a punto de sufrir.

Oliver podía parecer oscuro si no lo conocías bien, pero Moon y yo sabíamos que no era más que una pose, la mayoría de las veces inconsciente. Las casi veinticuatro horas al día que habíamos pasado juntos en los anteriores seis años nos habían demostrado que en realidad era irónico, divertido y el amigo más leal que podríamos soñar. Verlo tan desolado después de perder a su madre, sabiendo además que tenía el corazón roto por un amor que había salido mal, hizo que doliera menos verlo marcharse a París. Se iba persiguiendo un sueño profesional inalcanzable para la mayoría y, aunque lloré sangre el día que hizo las maletas y se marchó de nuestro apartamento, jamás habría movido un dedo para retenerlo en una ciudad que sabía que le dolía en la piel. Por eso me había extrañado tanto oírlo hablar de los mejores años de su vida.

—Fueron los mejores, Charls. ¿Cómo puedes dudarlo? —Se mordió el labio inferior en un gesto que en otro momento podría haberme parecido sensual, porque lo era, pero que entonces me pareció más la mueca de un niño que no encontraba las palabras para expresarse—. Hubo momentos horribles y, sí, tuve que irme porque no podía más, pero lo que vivimos ahí abajo aquellos seis años, incluso con todo lo malo, fue... fue magia.

—Sí que lo fue.

—¿Vas a seguir con tu carrera de citas locas? ¿O te vas a coger la baja por enfermedad mental transitoria? —bromeó, y supe que hasta ahí había llegado la parte intensa de la noche.

—Llevo días tonteando con un tío por Tinder. Treinta y muchos, no está mal, se define en su biografía como «un romántico»...

—No sé si me suena bien o me aterra.

—Me ha propuesto que lo acompañe a la inauguración de la exposición de un amigo el jueves. Quizá acepte.

—Negaré haber dicho esto, pero... a ratos te envidio, Charlie.

—¿Porque uno de los sueños de tu vida es hacer el ridículo delante de todos los tíos de Londres?

—Porque mantienes la esperanza. —Levantó la vista y me miró a los ojos—. De enamorarte. De que... De que ahí fuera haya una persona perfecta para ti aunque ni siquiera la conozcas.

Me encogí de hombros; no tenía yo muy fresca esa esperanza, la verdad. Oliver me ofreció una mano y, en silencio, regresamos al apartamento. Antes de meterme en la cama, confirmé la hora de la cita del jueves con Martin, el siguiente candidato a ocupante fijo de mi corazón. Solo me quedaba desear que la suerte me acompañara.

Cita número	11
Fecha	12 de agosto
Hora	18.30
Lugar	Southbank
Nombre	Martin Lane
Edad	38
Forma de contacto	Tinder

Me pasé el trayecto entero en metro convencida de que aquella cita sería un cara o cruz. La gente que me conocía me consideraba una moderna, pero yo me sentía incapaz de juzgar las posibilidades de éxito de una cita solo a través del contacto virtual; llamadme analógica, yo qué sé. El caso es que Martin me tenía intrigada. O inquieta, sería mejor decir. Desde la noche en que le había confirmado que lo acompañaría a la exposición habíamos hablado tanto a través del chat de Tinder que era un milagro que no me hubieran despedido del trabajo. Y me gustaba. Parecía un tipo culto, divertido y, a juzgar por sus fotos, no estaba mal.

¿Por qué decía entonces que la cita me parecía un cara o cruz? Porque se me hacía un poco empalagoso. Al principio lo sospeché por algunos detalles, pero poco a poco se fue confirmando. La última prueba que obraba en mis manos cuando salí del metro en la estación de Waterloo era un mensaje de WhatsApp lleno de corazones para recordarme cuánto le apetecía quedar, acompañado del *sticker* de un gatito, también rodeado de corazones. No quise juzgarlo demasiado duramente, porque yo era la que buscaba el amor, ¿no? Pues tendría que pagar algún peaje romántico, digo yo. Creo.

El tema estaba claro: si Martin me gustaba tanto como parecía anunciar nuestro intercambio de mensajes previo, quizá estaría incluso encantada con el romance que exhalaba el chico; si no había química, tendría que salir huyendo. A lo mejor por eso me había calzado unos mocasines de charol, para que unos tacones no se interpusieran en mi posible huida. Oliver y Moon me habían mirado con el ceño fruncido cuando salí de casa porque, después de media hora sin ser capaz de elegir qué ponerme, había decidido customizar un pañuelo de seda que no había estrenado y lo había convertido en vestido con un par de nudos en el hombro y mucho descaro.

Habíamos quedado en una galería de arte muy moderna de Southbank y hacia allí me dirigí, bajo el sol de agosto de un Londres que me daba la sensación de que estaba deseando dar la bienvenida al otoño. La primera impresión que tuve al ver a Martin fue que tenía una sonrisa bonita, con la que me dio la bienvenida y me indicó la entrada a la galería.

—Mi amigo es un artista emergente. Mucha vanguardia, no sé si es tu estilo —me comentó prudente al acceder al local.

—Pues me veo más aquí que en la National Gallery, la verdad.

La exposición era interesante, pero nada que no hubiera visto un millón de veces en diferentes galerías. Me gustaba el arte contemporáneo, pero hacía tiempo que no encontraba nada que me sorprendiera. Tal vez lo que más me gustó fue un montaje de volúmenes a gran escala que ironizaba con el romanticismo en la era *millennial*. La historia de mi vida, vaya. Cogí una copa de champán de una mesita auxiliar mientras de fondo sonaba una canción de Rita Ora que conocía vagamente. Sorprendí a Martin mirándome con curiosidad y, a continuación, él me sorprendió a mí con su pregunta.

—¿Hacia dónde esperas que conduzca esto que tenemos? —«Emmm, no sé. A saber tu segundo nombre antes de tener que definir la relación, quizá». Eso es lo que debí haber respondido, pero soy imbécil y salí por la tangente.

—Pues... no lo sé aún, ¿no? —Sonrisa coqueta—. Dejemos que fluya.

—Ya... —respondió nada convencido—. Es que yo no busco rollos esporádicos, ¿sabes?

Eso debería de haber sido una buena noticia, teniendo en cuenta que yo había empezado aquel *proyecto* de búsqueda del amor justo huyendo de los polvos sin sentido.

—Ajá.

—He estado casado y tuve además una relación larga antes. —Mi alerta de «posibles mochilas pesadas» se activó, pero... ojalá hubiera sido ese el problema—. Y eso es lo que me gusta. Quizá te parezca que voy demasiado rápido; solo llevamos unos días hablando y media hora de cita, pero... yo ya siento cosas.

—Ajá. —Sí, se me había calado el cerebro y solo era capaz de emitir ese sonido.

—Creo que podría llegar a quererte, Charlotte.

Me largué. Para qué aburriros con los motivos. Si no han quedado claros con esa conversación... Usar el verbo querer en una primera cita debería estar penado por la ley. Ni siquiera me despedí; me limité a dejar mi copa de champán sobre una bandeja, di media vuelta con absoluta dignidad y salí por la puerta, ya con el móvil en la mano para bloquear a Martin antes de que me diera lástima. Había fallado en mi predicción: aunque me había parecido un tío con el que podría conectar, no era suficiente para compensar el empalago romántico.

Once citas, once fracasos. Y no me rendía, oye.

Puntuación de la cita	2 (la exposición era mona y el champán estaba riquísimo)
Norma incumplida	Que cuando me diga que me quiere sea de verdad

13

Volví hasta la estación de Waterloo caminando a buen ritmo. No tanto por miedo a que Martin me alcanzara —calculaba que tardaría lo suficiente en darse cuenta de que no había salido a fumar o a tomar el aire como para que eso no ocurriera— como por el impulso del propio cabreo por mi constante fracaso en el mundo de las citas.

No eran ni las ocho de la tarde y al día siguiente tenía que madrugar, pero me iba a casa con ganas de tomarme algo y olvidarme de la fallida declaración de amor de Martin. Quizá por eso mis ojos recalaron en el grupo de personas que desafiaban la brisa fresca que subía desde el Támesis en la puerta de un pub muy *cool* en el que había tomado unas copas con mis compañeros de la oficina después de la última cena de equipo. Y lo que vi allí... Lo que vi allí me frio las neuronas.

—¿Lizzie?

Si mis ojos no se habían vuelto locos del todo —y no podría culparlos si lo hubieran hecho—, la mujer espectacular que se reía a carcajadas apoyada en una columna metálica a la entrada del local era mi hermana Elizabeth. Vestida con un minivestido de lamé plateado que yo le había regalado unos cinco años atrás y con el que jamás la había visto. Con los ojos ahumados en negro y los labios rojos. Con un cigarrillo en la mano. Un puto cigarrillo en la mano, aunque hacía al menos quince años, desde que estábamos en el instituto, que no la veía fumar. Y con un tío espectacular —jodidamente es-pec-ta-cu-lar— agarrándola por la cintura.

—¡¡Charlie!! —El saludo fue algo etílico, pero en absoluto avergonzado.

—¿Lizzie? —volví a preguntar porque, en serio, eso no podía estar ocurriendo. Mi hermana estaba más cerca de ordenarse como novicia que de desmelenarse. O eso creía yo.

—¡¿Qué estás haciendo aquí?! —me preguntó como si lo extraño fuera que yo vagara por Londres una noche de entre semana con un minivestido en vez de que lo hiciera ella.

—Vengo de una exposición en Southbank, iba hacia el metro. Pero... Pero... Pero... —De nuevo, mi cerebro se calaba ante algo que no sabía verbalizar.

—Niall, guapo, ¿me esperas dentro? Voy a charlar un rato con mi hermana. —Él le hizo caso y se despidieron con un pico. Con un puñetero pico en los labios.

—¿Qué está pasando, Lizzie?

—Ah, ¿lo dices por...? —Señaló con el pulgar hacia el interior del bar, dio una última calada a su cigarrillo y lo tiró con un gesto algo macarra a la alcantarilla que teníamos delante—. ¡Hoy es mi «jueves libre»!

—¿Tu...?

—Es algo que pactamos George y yo después de que nacieran los niños. Un jueves cada uno salimos solos y... ¡a vivir!

—¿Me estás diciendo a tu manera algo cursi pero muy sorprendente que tenéis una relación abierta? —indagué, porque, en serio, no sabía si lo estaba pillando bien.

—¡Solo los jueves! —Se carcajeó y yo casi me cago encima; sin eufemismos.

—¿Estás drogada, Lizzie? —Era la única explicación que se me ocurría a esas alturas.

—¡No! Aún no, tía, no son ni las nueve. Pero creo que Niall tiene buena coca, ¿quieres?

—Tengo que irme.

No he sido puritana en la vida, ¿vale? Creo que es el último adjetivo que me aplicaría cualquiera de las personas que me conocen bien, pero... Lizzie. Elizabeth Katherine Barnett-May. La secretaria de la asociación de padres y madres de la guardería de sus hijos. La fundadora del club de lectura de novela victoriana de su vecindario. La presidenta vitalicia de su comunidad de vecinos, que cada Boxing Day organizaba un pequeño aperitivo en el portal para confraternizar. Esa era la mujer que tenía delante, encendiéndose otro cigarrillo, vestida como... ¡yo! y deseando acabar la conversación conmigo para encontrarse con su guapísimo rollete de los «jueves libres», que «tiene buena coca». Que Dios me asistiera.

Me marché de la misma manera en que lo había hecho de la galería de arte. Dando media vuelta y sin despedirme. Tampoco es que a Lizzie le importara mucho; si a mí me estuviera esperando un Niall dentro del bar con una noche de fiesta en perspectiva..., tampoco habría salido corriendo detrás de mi hermana pequeña, para qué engañarnos.

Me negué a volver a casa en metro. Podía soportar tener treinta años y no haber conocido el amor verdadero. Podía soportar el registro de once citas fracasadas plasmado en mi cuaderno. Podía soportar las burlas de mis amigos por dar siempre con el hombre equivocado, incluso la lástima de mi familia por «quedarme para vestir santos».

Pero no podía ser la aburrida de las hermanas May. No podía, en serio, era inconcebible. Me merecía un taxi en el que ahogar las penas; si hubiera estado cerca de las vías del metro, quizá la tentación de dar un saltito hacia delante habría sido más fuerte que yo.

Cuando llegué a casa, ni me planteé que Oliver y Moon podían estar durmiendo, trabajando o manteniendo sexo a través de Skype —a ambos los había pillado en esa tesitura al menos cinco veces desde que compartíamos piso—. Aporreé sus puertas, una con cada mano, con una cadencia cercana a la esquizofrenia.

—Pero ¿qué quieres? —me preguntó Oliver con el ceño fruncido y la pantalla de su ordenador mostrando una serie en pausa—. ¿Te has vuelto loca ya del todo?

—¿Charlie? —Moon me abrió la puerta con los ojos entrecerrados; tenía el sueño tan profundo que seguro que no la había despertado por muy fuertes que hubieran sido mis golpes. Debía de estar a punto, así que no sentí pena por sacarla de la cama—. ¿Qué pasa?

—Al salón. Los dos.

—Iba a decirte que no, pero estoy expectante por ver qué desastre de cita ha provocado esto —comentó Moon.

Fui a la cocina a por tres cervezas —Moon le puso cara de odio a la suya sin alcohol—, me senté en el suelo y solté la bomba.

—Me he encontrado a mi hermana Elizabeth de fiesta, con un minivestido, fumando y magreándose con un tío bueno.

—¿A Lizzie? —preguntó Moon con el ceño fruncido.

—¿Tengo otra hermana Elizabeth?

—No lo sé —reconoció Oliver—, me parece tan plausible como que a la que te has encontrado sea la Lizzie a la que conozco yo.

—¡¿Es que ya no existe el amor verdadero?! —bramé, porque no se podía definir de otra manera el chillido que salió de mi garganta. Oliver y Moon se miraron con algo parecido a la inquietud reflejado en sus pupilas—. ¿Ya no queda una sola pareja casada tradicional o qué pasa?

—¿Tus padres? —preguntó Oliver con prudencia.

—A saber... —Preferí no seguir por esa línea de pensamiento—. Pero me gustaría que fuera una pareja posterior a la era Thatcher.

—¿Guillermo y Kate? —probó de nuevo.

—A mí ella me tiene pinta de viciosa —comentó Moon, y Oliver y yo la miramos con los ojos como platos—. ¿Qué pasa? ¿Que no puede ser amor verdadero si no es una relación tradicional? —Me dio un ataque de pereza solo de pensar en que mi amiga iba a soltar un mitin. Uno que yo había soltado mil veces; pero los treinta me habían vuelto una carca, al parecer.

—Te hemos oído todos mantener en este mismo salón... —lo intentó Oliver.

—Que sí, que sí... Que creo en el poliamor, en las relaciones abiertas y en toda esa mierda, no me pinchéis.

—¿Entonces?

—Habéis oído que hablo de Lizzie, ¿no? —Los miré como si fueran imbéciles—. Si Lizzie puede tener una relación abierta, yo ya no sé...

—Yo lo veo igual de verosímil que el hecho de que tú andes buscando un anillo de brillantes y una boda en la abadía de Westminster —me replicó Oliver.

—Muy gracioso... —Le eché la lengua porque aquella noche las palabras no me acompañaban para expresar todo lo que pretendía.

—¡Lo digo en serio! ¿Por qué siempre asumimos que

la vía natural es que una persona sexualmente liberal «siente la cabeza», pero no respetamos lo contrario?

—No sé si te sigo —le reconocí. Se me habían subido a la cabeza el champán, la cerveza y las emociones de la noche.

—Pues que, si le contaras a Lizzie que estás buscando un novio con el que asentarte, quizá fliparía lo mismo que has flipado tú esta noche.

—Puede —reconocí.

—Y no pretendo ser yo quien te acabe de joder la noche, Charlie, pero... George y Lizzie parecen ser felices así, ¿no? ¿Eres igual de feliz tú en tu carrera de citas?

—Vete a la mierda.

—No, en serio, no lo digo por mal. —Miré a Oliver y me creí sus palabras—. Pero es que nunca me esperé de ti que buscaras la felicidad de una manera tan... tradicional, digamos.

—No tienes ninguna fe en que encuentre el amor, ¿verdad, Oliver?

—Yo qué sé... —Chasqueó la lengua de forma audible y se levantó a por más cerveza—. A lo mejor soy un cabrón egoísta y me da pavor que lo encuentres.

—¿En serio? —le pregunté en un susurro, y no solo porque nuestra querida Moon hubiera caído en los brazos de Morfeo durante nuestra conversación.

—Puede que me dé miedo que dejes de ser la Charlie que conozco.

—Eso suena terriblemente egoísta.

—Es que lo es, ya te lo he dicho.

—Y tampoco entiendo por qué das por hecho que, si encuentro a alguien a quien quiera y que me quiera, dejaré de ser la persona que conoces.

—¿Cómo hemos acabado hablando de esto en vez del

hecho de que Lizzie está ahora mismo follando como la leona que no sabíamos que era?

—No tengo ni idea.

Hablábamos en susurros y yo seguía sin saber por qué. Oliver se había sentado a mi lado y, de repente, fui consciente del roce de mi muslo desnudo contra su pantalón vaquero. No me atreví a levantar la mirada porque sabía que él tendría los ojos fijos en mis labios; no sé por qué, pero de una manera instintiva lo sabía.

—Jrrrrrr...

Un ronquido de Moon rompió el encanto. Fue tan estruendoso que se despertó a sí misma y, sin reparar siquiera en nosotros, desplazó su embarazo de ya nueve meses y el resto de su cuerpo hasta su dormitorio. Oliver y yo estallamos en una carcajada y también nos dimos las buenas noches.

Cita número	12
Fecha	16 de agosto
Hora	12.00
Lugar	Regent Park
Nombre	Kevin Burgess
Edad	33
Forma de contacto	Me abordó en el parque

Me tomé con calma el tema de las citas durante más de una semana. No entré ni una sola vez en Tinder ni mucho menos hice algo por recuperar el contacto con los pocos conocidos que quedaban en espera en mi cuaderno. Me dediqué a trabajar y a cuidar de Moon en los que ya eran los últimos días de su embarazo.

Un lunes de mediados de agosto salí temprano de trabajar y aproveché que había una luz perfecta para ir a hacerme unas fotos a Regent Park. Oliver estaba de viaje de trabajo en Milán, ultimando unos detalles para la semana de la moda, para la que quedaba algo más de un mes, así que no tenía a mi fotógrafo habitual para lo que él llamaba «fotos de postureo». Rebusqué entre los objetos que guardábamos en la oficina hasta dar con un trípode con control remoto y me acerqué dando un paseo hasta el parque. Llevaba en una bolsa de rafia enorme los seis o siete *outfits* con los que pretendía fotografiarme y una lista en un pósit con las poses que había visto en otras cuentas que seguía y que me apetecía imitar. Lo de buscarme la vida para cambiarme de ropa era algo en lo que tenía una experiencia demostrable.

Estaba ya probándome el último *look*, unos *shorts* de seda absolutamente preciosos en color verde botella combinados con una camisa de cuadros en los mismos tonos y unas gafas de sol rosa palo, cuando conocí a Kevin. Había apoyado el trípode en el césped y posaba frente a un árbol cuando me asaltó. Sí, en el caso de Kevin ese sería el verbo más adecuado.

—¿Necesitas ayuda?

Era una pregunta a la que me enfrentaba casi siempre que hacía una sesión de fotos en un lugar público. No sé si la gente me tomaba por una turista despistada o por una loca obsesionada con las redes sociales, pero solían ofrecerse a hacerme las fotos. Yo prefería encargarme sola de ello porque tenía más experiencia y porque las fotos, aunque intentara que no se notara, estaban muy planificadas.

Estaba ya preparando el «Gracias, pero no» cuando alcé la vista y me encontré con un tío guapo. Pelo muy corto, ojos verdes, cuerpo musculado... No era exactamente mi tipo, pero no estaba yo para hacerle ascos a alguien que me atraía a primera vista, cuando lo habitual era que no lo consiguieran ni en el vigésimo vistazo que les echaba.

—No, muchas gracias, ya he terminado. —Recogí mi móvil y el trípode y los guardé en mi bolso—. Además, ya casi no hay buena luz, así que...

—Así que sería un momento ideal para dejar que te invite a un café. —Me pareció una aproximación algo cutre, pero... qué diablos, no me apetecía nada irme a casa aún—. ¿Aceptas?

—Acepto.

Me propuso ir a tomar algo a un bar de Camden donde solía haber música en directo, incluso entre semana, y aprovechamos el paseo hasta allí para presentarnos y darnos un par de datos sobre nuestras vidas. Kevin tenía treinta y tres años, trabajaba como técnico de sonido en una productora de vídeo y estaba soltero. Le gustaba la música y compartía apartamento en lo que él mismo denominó «la zona chunga de Camden».

Me gustó el local al que me llevó y eso me puso de buen humor. Sobre un escenario al fondo, una banda de chicos muy jóvenes perpetraba versiones muy mejorables de los Arctic Monkeys, pero no me molestó. Kevin se acercó a la barra a pedir dos cervezas y yo me senté en un taburete junto a una mesa alta mientras me deleitaba con la visión del culo perfecto de Kevin enfundado en su pantalón vaquero.

Charlamos durante una media hora y conectamos. Me descubrí un par de veces riendo a carcajadas y en dos o tres coqueteos muy bien sincronizados me planteé que los baños públicos de Regent Park quizá no fueran el último lugar donde me desnudaría esa tarde. Lo único que no acababa de comprender era por qué seguía Kevin con la cazadora puesta a pesar de que el sudor le perlaba la frente. Por un momento, hasta pensé que se estaría marcando una jugada del estilo de la mía el día en que aparecí semidesnuda en casa de Anthony y no me saqué —obviamente— el *trench*.

Pero en algún momento entró en razón y —respiro relajado— debajo de su *bomber* verde solo había una camiseta negra de manga larga. Sonreí cuando me fijé en su muñeca izquierda, donde brillaba una pulsera de actividad muy moderna.

—Así que eres un fanático del *fitness*, ¿no?

—Me gusta, sí —reconoció—. ¿Por qué lo dices?

Señalé con la barbilla su pulsera, pero él debió de interpretar que halagaba sus brazos bien torneados y dibujó una sonrisa como de tío encantado de conocerse. En ese momento vi que se iluminaba un piloto rojo en la pulsera y, al mismo tiempo, que todo el color desaparecía de la cara de Kevin.

—Tenemos que irnos —me dijo, pero ni me miró. Cogió su cazadora, estuvo a punto de derribar el taburete y me insistió—. Yo me marcho, ven si quieres.

No fue una frase muy halagadora, pero estaba demasiado distraída intentando comprenderla.

—Pero ¿qué pasa?

—Me ha vibrado la pulsera. —Quizá ahí ya debería haber empezado a pillarlo, pero juro que lo primero que pensé fue que estaba tan obsesionado con el ejercicio físico que no pensaba ignorar la advertencia de su pulsera de actividad de ponerse en movimiento. Qué mona soy cuando me pongo ingenua—. En serio, Charlotte, tenemos que salir de aquí cuanto antes.

—Sigo sin entenderlo.

—¡Significa que mi exmujer está en la zona! Tengo que pirarme de aquí o me meteré en problemas.

Juro que me dio un vahído al entenderlo todo de golpe.

—¿Eso es... un monitor de localización?

—Sí —me explicó mientras caminaba apresurado por la acera y yo, a saber por qué, lo seguía.

—¿Para mantenerte alejado de tu exmujer?

—Tengo una orden de alejamiento —reconoció, no sé si porque le daba igual o porque estaba tan obsesionado con conseguir que su pulsera dejara de vibrar que no le importaba el derroche de sinceridad.

—Vale, yo me quedo aquí. —«Aquí» era una esquina llena de gente, cerca del metro y con dos policías vigilando el tráfico a mano, por lo que pudiera pasar.

—Pues vale, encantado de conocerte.

Salió pitando calle arriba y yo tuve que apoyarme un segundo en el portal de un edificio para coger aire y tratar de disminuir mi ritmo cardíaco. Cualquiera que no me conociera demasiado podría pensar que el día de mi cumpleaños, cuando establecí junto a mis dos mejores amigos los requisitos que debía cumplir mi hombre perfecto, Moon había exagerado al añadir «Que no sea un delincuente». ¡Ja! No es que fuera necesario, es que debería haber un tutor legal que me asesorara antes de elegir a alguien incluso para algo tan nimio como ir a tomar unas cervezas.

Me estremecí al pensar el problema en el que me podía haber metido. Decidí volver a casa y, de paso, al punto anterior a esa tarde: mantenerme unos días alejada de Tinder, de conocidos ocasionales y, especialmente, de hombres que me «abordaran» en lugares públicos.

Puntuación de la cita	0 (absoluto)
Norma incumplida	Que no sea un delincuente

14

Llegué a mediados de agosto expectante por el mes de trabajo que tenía por delante. A principios de septiembre empezaban las cuatro semanas de la moda más importantes del mundo y yo tenía agendado un calendario de viajes que daba vértigo: volaría a Nueva York, regresaría a casa unos días para asistir a la de Londres, después me iría a Milán y acabaría septiembre en París. Moon ya había salido de cuentas y yo cada día cruzaba los dedos para que diera a luz cuanto antes porque, si no, Oliver y yo tendríamos que marcharnos a todos esos viajes antes de que ella pudiera regresar a Australia con su niña. Oliver vivía encerrado en su estudio ultimando cada mínimo detalle —y en el caso de alguien tan perfeccionista como Oliver, eso es mucho decir— de los desfiles en los que presentaría su colección para la siguiente primavera-verano. Y yo solo quería encontrar planes para aprovechar el final del verano, pero, con mis dos mejores amigos incapacitados y la carrera de citas en pausa, me quedaban pocas opciones.

Y esa era la razón por la que me encontraba, una mañana de domingo, en la catedral de St Paul en un recital de órgano. Esos eran los planazos a los que me arrastraba mi señora madre como respuesta a mi propuesta de buscar un sitio mono para tomar el *brunch.*

—Te estás quedando dormida, hija —me susurró entre un Händel y un Bach. O algo así, yo qué sé.

—Si estuviéramos en el *brunch* de Balthazar, tendría café suficiente para que eso no pasara.

—Tu padre nunca quiere acompañarme a lo que él llama «esas cosas culturales» y tu hermana está liadísima con los niños. —«Y con los jueves de desenfreno», me dieron ganas de responderle, pero me contuve porque estábamos en suelo sagrado—. No creo que te cueste un gran esfuerzo hacer feliz a tu pobre madre un par de horas un domingo.

Gracias a Dios —me encargué de agradecérselo allí, en su casa—, una señora muy emperifollada nos chistó desde la fila de delante y puso fin al habitual melodrama maternal. La música siguió durante un tiempo que se me hizo eterno, así que aproveché para echarle un vistazo a mi móvil y un mensaje que no esperaba me salvó el día.

Oliver

¿Dónde estás? No aguanto más en el estudio y necesito respirar.

Charlie

Atrapada en un concierto en St Paul con madre. Cualquier plan que me propongas será aceptado.

Oliver

¿A qué hora acaba?

Charlie

En media hora o así. Si dura más, no estoy segura de poder soportarlo.

Oliver

Deja el drama. Te veo en un rato en la puerta.

Afronté el resto del concierto con otro humor sabiendo que podría arrastrar a alguien al *brunch* y que mi domingo no se convertiría en una sucesión de capítulos de *Keeping Up with the Kardashians* y helado de mantequilla de cacahuete junto a una Moon roncante.

Cuando el concierto acabó, Oliver me estaba esperando apoyado junto a las verjas de hierro forjado de acceso. Me daba un poco de pereza enfrentarme al momento de decirle a mi madre que me iba a saltar la comida dominical en su casa —a la que, por otra parte, no iba casi nunca—, pero olvidé la debilidad que tenía ella por mi mejor amigo; si sabía que me iba a comer con él, no le importaría nada que fuera una desarraigada.

—Por Dios, Oliver, ¿cómo puedes estar más guapo cada vez que te veo? —le preguntó ella coqueta, porque eso era lo que hacía mi madre cuando se encontraba con Oliver: coquetear.

—Es un don que tengo, Katherine.

Puse los ojos en blanco y desconecté de su peloteo mutuo hasta que llegó el momento de despedirme de mi madre y buscar con Oliver un local en el que nos pusieran delante una sobredosis de azúcar y unos cuantos cócteles para digerirlo.

—Vamos al metro —me pidió Oliver y yo fruncí el ceño—. Quiero enseñarte algo.

No discutí porque, en cualquier caso, él siempre se salía con la suya. Bajamos las escaleras mientras sonaba de fondo una música suave que en seguida cogió ritmo. Oliver tiró de mi brazo para que nos detuviéramos antes de llegar al andén de la línea roja que nos llevaría a nuestro barrio. Una chica rubia que parecía muy joven, vestida con unos *shorts* vaqueros y una camiseta negra de tirantes, tocaba la guitarra y cantaba *Just a Girl*, de No Doubt, con un talento que envidiaría la mismísima Gwen Stefani.

—Por aquí cerca está la oficina de mis asesores y siempre que vengo me quedo flipado con esta chica —me dijo Oliver mientras dejaba cinco libras sobre la funda de su guitarra—. He pensado que una tía que no se ha perdido ni un festival de Glastonbury y que ya tenía fotos delante de la noria de Coachella cuando nadie sabía ni lo que era agradecería un cambio de estilo después del concierto en la catedral.

—Pues me ha encantado. —Le sonreí—. ¿Vamos a comer por nuestra zona?

—Vale. Tengo que pasar por casa a recoger unos documentos y luego volveré al estudio. Mi publicista me ha hecho el favor de sacar un hueco en domingo para ver unos asuntos y tengo que reunirme con él en Chelsea a media tarde.

Nos perdimos durante un buen rato por el mercado de Brick Lane antes de buscar una mesa en uno de nuestros locales favoritos de la zona. Compartimos unos gofres con aguacate y unas mimosas antes de subir a casa. Moon nos aseguró que se encontraba perfectamente y que la niña no tenía pinta de hacer aparición por el momento, así que Oliver me propuso que lo acompañara al estudio, pues sabía que me apasionaba la vorágine previa a la presentación de colecciones.

Pasaban unos minutos de las cuatro cuando entramos en el edificio y yo me hacía mucho pis; al final, las mimosas habían sido más de un par y por poco no hice charquito en el metro. Oliver se me adelantó escaleras arriba mientras yo me aliviaba en aquellos cuartos de baño del tamaño de nuestro salón y en los que siempre se podían encontrar toallas calientes, productos de cosmética Oliver W y todo tipo de pijaditas que a mí me hacían feliz. Cuando al fin pisé la moqueta granate que cubría la escalera de acceso a la planta de arriba, me crucé con una mujer pelirroja cuya cara había visto miles de veces en las portadas de los tabloides.

—¿Esa con la que acabo de encontrarme es la princesa Beatriz? —le pregunté a Oliver con los ojos como platos; a veces me costaba conjugar al Oliver que vivía conmigo en una leonera de Shoreditch con el diseñador estrella de la moda británica.

—Sí —me respondió sin levantar la mirada de una carpeta cuyos documentos revisaba.

—¿Y qué... qué quería?

—Un vestido.

—¡¿Y se lo vas a hacer?!

—No. Me ha pedido expresamente que le diseñara un vestido para ir guapa a una boda y le he respondido que lo sentía, pero que burkas no hacemos.

—Mientes —le pregunté con el corazón en la garganta, porque los dos éramos unos cabrones mordaces a solas, pero en público fomentábamos la falsedad. Y también porque me imaginaba al servicio de seguridad de Buckingham entrando en el estudio y pegándonos un tiro.

—Ojalá. Me ha hecho gracia y lo he soltado.

—Dios mío...

No me había recuperado aún de la impresión cuando llamó a la puerta un tipo guapísimo vestido con un traje de tres piezas que contrastaba bastante con los vaqueros rotos y la camiseta de Oliver.

—Charlie, deja que te presente. —Oliver se levantó y saludó al recién llegado con palmadas en la espalda, así como un poco a lo macho—. Este es Colin, mi publicista. Charlie May, mi mejor amiga.

Se me calentó un poco el corazón al oír a Oliver presentarme de esa manera... y se me calentó algo más la entrepierna al echarle un segundo vistazo a Colin. Era guapo y elegante, eso no se podía poner en duda, y me cayó bien casi de inmediato. Pensaba largarme a cotillear los talleres en los que los maestros de costura redoblaban horas durante esos días, pero acabé quedándome con ellos, que iban a discutir algunos asuntos pendientes sobre la estrategia de comunicación de la firma de Oliver de cara a las importantes semanas que se aproximaban. Incluso aporté un par de ideas que fueron bien recibidas. Y, por supuesto, coqueteé alto y claro con Colin todo lo que me dio la gana.

Cuando el publicista se marchó, Oliver abrió el mueble bar de su despacho, sacó dos cervezas y se me quedó mirando con una expresión a medio camino entre la curiosidad y el humor.

—Te ha gustado —afirmó. Sería absurdo que, con lo bien que me conocía, hubiera preguntado.

—¿Es hetero?

—Demasiado para mi gusto, si quieres que te diga la verdad. —Resopló y dudó antes de hacerme la siguiente pregunta—. ¿Quieres que te dé su teléfono?

—Mmmmm... —Me lo pensé porque, aunque no se lo confesaría en voz alta a quien había sido el menos fan de mi proyecto amoroso, vivía tranquilísima desde que me había olvidado de las citas y los rollos. Pero al final acepté, no sé si por cabezona o porque, si de verdad el amor no existía, necesitaba más pruebas empíricas—. Qué raro que tú precisamente te ofrezcas a concertarme una cita, ¿no?

—Te advierto que Colin incumple como un cincuenta por ciento de las normas esas que tienes escritas en el cuaderno.

—Uy, ¿me estás organizando una cita trampa?

—No, no, para nada. Colin es buen tío. No sé si lo acabo de ver contigo, pero... —Oliver dio un trago a su cerveza—. Es igual. Digamos que su teléfono es mi ofrenda de paz.

—¿Estábamos en guerra? —Fruncí el ceño.

—No, pero no estoy especialmente orgulloso de haberte dado tanta caña. Me cuesta entender que te hayas obsesionado con encontrar el amor, pero... —Me miró con una intensidad que era fuego, porque Oliver no conoce las medias tintas—. Prometimos apoyarnos siempre sin juzgar, ¿no?

—Sí. —No tenía ni idea de cuándo nos habíamos hecho esa promesa, pero podría haberla firmado con sangre.

—Si tu sueño es encontrar el amor, Charlie..., yo haré todo lo posible por ayudarte.

Y dicho eso, me pasó la tarjeta de Colin. Dos horas después volvimos a casa. Yo tenía una cita concertada con un tío guapísimo que me había caído fenomenal, pero me sentía triste y melancólica de una forma inexplicable.

Cita número	13
Fecha	19 de agosto
Hora	21.00
Lugar	The Shard
Nombre	Colin Hewitt
Edad	34
Forma de contacto	Amigo de Oliver

Porque quería mucho a Oliver y confiaba en él, porque si no..., estaría tentada a pensar que, efectivamente, me había preparado una cita trampa. Y eso que todo empezó bien. Muy muy bien.

Colin me propuso cenar en el restaurante Aqua de The Shard y me gustó la propuesta. Solo había estado allí en un evento de trabajo una eternidad atrás y las vistas de Londres robaban el aliento. Si de día me habían gustado, por la noche eran quizá más espectaculares: millones de bombillas iluminaban la ciudad mientras cenábamos y el entorno era ideal.

Colin estaba guapísimo con un traje gris antracita y una camisa blanca sin corbata. Yo había optado por un vestido largo rojo con un escote en pico muy pronunciado. Sonaba música francesa contemporánea por el hilo musical y la comida estaba deliciosa. Hablamos de varios temas en los que coincidíamos de pleno: a Colin le encantaba viajar por el mundo, aunque se consideraba un «aventurero de asfalto», lo que venía a significar que prefería escaparse unos días a una capital europea que descubrir los encantos de la sabana; era el socio principal de su propia empresa de publicidad, que tocaba varios sectores, pero se había centrado tanto en la cuenta de Oliver que había llegado a conocer bien el mundo de la moda y, aunque había algunos aspectos que le costaba entender, lo respetaba y le atraía; compartíamos gustos musicales e incluso reconoció con algo de vergüenza que se había enganchado a varios *realities* de la MTV. Todo parecía ir bien, ¿verdad? Está claro que iba *demasiado* bien.

—Aunque, bueno, lo que más me gusta en el mundo es pasar tiempo con mis hijos.

Meeeec, meeeec, meeeec, alerta roja.

—Ah... —balbuceé—. ¿*Hijos*? ¿Así, en plural?

—Sí, tengo tres. —Meeeeeeeeeeeeeeeeeec—. Tuve una niña siendo muy joven, con mi novia de la universidad. Se llama Margot, tiene trece años ya. Luego tuve una relación larga y tuvimos un niño: Freddie, cinco años. Y el año pasado fui padre de nuevo fruto de una... bueno, de una relación esporádica. Se llama Tom y aún no ha cumplido el año.

La madre que lo parió. A Colin, no a Tom. Ni a Freddie. Ni a Margot.

Cuando Oliver me advirtió de que Colin incumplía varias de mis normas, no pensé que fuera de una manera tan... radical. De hecho, hubo un momento en que a Colin se le cayó un pedazo de zanahoria de la ensalada y tuve miedo a que le rozara las pelotas y, con semejante fertilidad, le creciera un huerto en la entrepierna.

—Caray. Cuántos. —Es todo lo que fui capaz de decir.

—Sí, bueno... ¡Pues a mí no me parecen suficientes!

Meeeeeeeeeeeeeeeeeec. Meeeeeeeeeeeeeeeeeec.

—¿No... te lo parecen?

—Al fin y al cabo, todos viven con sus madres. —Me miró con cierta timidez y no me pareció el momento apropiado para salir corriendo, que era lo que me pedía el cuerpo en segundo lugar. Lo primero era asesinar a Oliver—. Lo que me gustaría en el futuro es formar una familia más... tradicional. Tener a mis hijos en casa, con una mujer a la que quiera... En fin. Igual una primera cita no es el mejor momento para tener esta conversación, ¿verdad?

Me sonrió como si lo inadecuado fuera el momento elegido para la conversación, no la conversación en sí. Con el paso de las semanas y los fracasos, había asumido que no existía un hombre que cumpliera todas mis normas, así que, teniendo en cuenta que Colin me estaba gustando bastante, estaba dispuesta incluso a pasar por alto lo de que tuviera hijos. Incluso aunque fueran tres. Pero que soñara con tener más... Eso, si nos fuera bien, ya implicaría mi útero, así que no. Definitivamente no.

Estaba pensando en la estrategia idónea de huida cuando el sonido de mi teléfono móvil me salvó del mal trago. Fruncí el ceño y hasta se me aceleró el ritmo cardíaco. Hacía años que solo mi madre me llamaba por teléfono y jamás lo hacía a horas intempestivas. Y quien nunca nunca nunca hacía una llamada sin mensaje previo para avisar era Moon. Si me estaba llamando en aquel momento..., solo podía significar una cosa.

Puntuación de la cita	5 (todo iba muy bien antes de sus revelaciones paternales)
Norma incumplida	Que no sea padre y que tenga tan claro como yo que no quiere serlo

15

—Déjame que la coja otro poquito —le pedí a Moon, que aferraba a su hija entre los brazos como si no quisiera separarse jamás de ella.

El parto había sido rápido y «fácil», en palabras de la matrona, aunque Moon había respondido que «fácil mis cojones», así que yo prefería no pronunciarme. La niña estaba perfecta, espabiladísima y, aunque quizá no fuera objetiva mi opinión, era preciosa. Con los enormes ojos azules de Moon y una sombra de pelo negro también muy parecido al de su madre. Si no tuviera a alguien cerca que me supervisara, podría comérmela a bocados.

—¿No eras tú a la que no le gustaban los niños? —me preguntó la madre primeriza con la voz teñida de burla.

—Y no me gustan. Pero a esta la quiero —dije con tono de loca mientras acurrucaba más al bebé contra mi pecho—. Esta es mía.

—No sé yo si Sophie estará muy de acuerdo en eso, pero...

—¡Hola! —Oliver entró por la puerta, pero solo lo reconocimos por su voz, ya que todo su cuerpo estaba oculto tras un enorme ramo de flores, otro de globos y un oso de peluche que, mucho me temía, acabaría viviendo en nuestro apartamento; si Moon pretendía llevárselo a Australia, tendría que pagarle asiento.

—Veo que toda la modernez se os escapa en cuanto hay bebés de por medio —se burló Moon.

—Déjate de chorradas y suelta ya el nombre, Moon —le pidió por enésima vez Oliver.

—Sun. —Moon volvió a coger en brazos a su niña y le acarició el entrecejo con una ternura que a punto estuvo de llenarme de lágrimas los ojos. Había llorado más de emoción en las últimas veinticuatro horas que en toda mi vida—. Hace meses decidimos Sophie y yo que se llamaría Sun, pero no he querido decíroslo para que no me metierais dudas en la cabeza diciendo que es un nombre hortera.

—Es un nombre hortera —afirmó Oliver sin cortarse un pelo—. Pero la niña es preciosa, así que supongo que sobrevivirá al trauma.

—¡Cállate! —le grité.

Sun hizo un gorgorito de protesta y Moon se bajó el camisón para darle de mamar. Ni Oliver ni yo apartamos la mirada —no es que ella tuviera pudor; cualquiera de nosotros podría reconocer sus tetas en medio de una playa nudista tailandesa de tantas veces como las había enseñado en la época de la universidad— y fue como ver una aurora boreal en pleno agosto en Londres. Yo había estado al lado de mi hermana cuando había tenido a los mellizos, pero de alguna manera siempre había imaginado a Lizzie convertida en madre y no me parecían tan ajenas las rutinas posteriores al parto. Con Moon, en cambio, todo me resultaba fascinante. Por mucho que su vida se hubiera transformado en los últimos seis años, lo había hecho al otro lado del planeta, así que, en mi mente, seguía siendo la chica alocada, siempre con sus auriculares enormes frente a una mesa de mezclas, que jamás decía que no a una noche de fiesta y con la que había visto amanecer más veces que con nadie. Observarla ahora tan convencida, tan metida en su papel de madre, era una de las metamorfosis más hermosas que la vida me regalaría.

—Id a tomar un café, que quiero hacer un FaceTime con Sophie mientras le doy de mamar —nos pidió Moon.

—¿Vamos?

Asentí y bajé con Oliver a la planta baja de la maternidad, pero él me convenció de que fuéramos a una cafetería muy mona que había enfrente. Me pedí un café bien cargado, porque ya ni recordaba las horas que llevaba sin dormir, y le sonreí a Oliver con la ternura que me impregnaba cada poro de la piel desde hacía veintiséis horas.

—Dime que no te estás pensando lo de no querer ser madre... —me espetó con una ceja arqueada mientras daba un sorbo a su batido de chocolate.

—Dime que no vas a seguir fingiendo que no te emociona la maternidad de Moon. Te vi derramar un lagrimón anoche cuando subimos del paritorio.

—Para nada. Estoy emocionado y muy feliz por ella. Y la niña es preciosa.

—Pues lo mismo digo. Y no, no me hace replantearme nada, y mucho menos después de esa cita que me organizaste con un multipadre.

—¡Ja! ¡¿Cómo te fue con Colin?!

—Estupendamente. Si en algún momento decido convertir mi útero en un albergue, no dudaré en llamarlo.

—Es un tío de puta madre, pero quizá debería aprender un par de cosas sobre anticonceptivos.

—O un par de pares. —Nos reímos y cambié de tema—. Es increíble lo que está viviendo Moon. Me da pena que no esté aquí Sophie, pero también me entristece que ella vaya a marcharse en cuanto los médicos le den el OK para volar con la niña. No es la vida que quiero para mí, pero porque solo tengo una.

—¿Cómo? —Oliver frunció el ceño—. Perdona, estoy espeso. Entre el nacimiento de la niña y el estrés de la oficina, no recuerdo la última vez que dormí en una cama.

—Que si tuviéramos varias vidas, en alguna me gustaría ser madre. Pero teniendo solo una..., tengo claro que prefiero no meterme en la vorágine de la maternidad.

—Pues yo, ni aunque tuviera doscientas.

—Créeme, lo sé. —Me reí—. Por suerte para tus inexistentes futuros descendientes.

—Muy graciosa. —Oliver se acabó su bebida y se le escapó un bostezo—. ¿Cuándo te vas a Nueva York?

—El día antes de que empiece la *fashion week*. Voy a plantarme en los desfiles del primer día con todo el *jet lag*.

—No llames *jet lag* a que siempre te emborrachas cuando viajas en primera, haz el favor.

—Dijo el abstemio.

—Yo me voy el domingo que viene. Tengo que organizar mil cosas allí antes de los desfiles.

—¿Nervioso?

—Aterrado —reconoció—. Tengo la sensación de que he diseñado la mejor colección de mi carrera, pero me da pavor que esa idea esté solo dentro de mi cabeza y que, en realidad, la recepción sea espantosa.

—No lo va a ser y lo sabes. Muero por que llegue tu desfile y por verlo todo sobre la pasarela. Me habrás guardado entradas de *front row*, ¿no?

—Al lado de la mismísima Anna Wintour.

—Llevaré puesta la armadura.

—¿Y cómo va tu carrera de citas? —me preguntó con una sonrisa—. Multipadres aparte.

—Estoy tonteando con un chico de Surrey en Tinder desde hace días, pero con Moon y Sun en casa no voy a tener demasiado tiempo para pensar en eso.

—Yo volveré al piso el último fin de semana antes de marcharme a Nueva York. Te puedo dar una tregua.

—Pues... Podemos organizar cena de despedida el viernes y el sábado quizá quede con este chico.

—Vale, pero entrégate al sexo salvaje con prudencia. Yo me tengo que ir a primera hora de la mañana del domingo, así que te toca retomar el papel de niñera.

—Sería casi un milagro que tuviera sexo, ni te cuento lo que sería que me quedara a dormir.

—¿Volvemos? —me propuso Oliver cuando le di el último sorbo a mi café—. No quiero perder demasiado tiempo para estar con ellas.

—Claro.

Volvimos al hospital y, solo unas horas después, Moon y Sun recibieron el alta. Empezaba una nueva aventura en nuestro piso, una que quizá jamás habríamos sido capaces de concebir cuando éramos solo unos estudiantes compartiendo locuras. Una que, por desgracia para mí, duraría poco tiempo, porque Moon ya había reservado el vuelo antes incluso de abandonar la clínica. Me encantaba que fuera feliz en su vida en las antípodas, deseaba que se reuniera con Sophie tanto como ellas..., pero me dejaba un regusto nostálgico saber que ese limbo de pocos meses en el que habíamos vuelto a ser tres se acababa. Desde que había cumplido los treinta, tenía la sensación de estar asistiendo al fin de una era.

Cita número	14
Fecha	28 de agosto
Hora	20.30
Lugar	Mayfair
Nombre	Graham Buckley
Edad	32
Forma de contacto	Tinder

Conseguí convencer a Graham para ir a cenar a Sketch, un restaurante de la zona de Mayfair del cual la única referencia que tenía era que estaba muy de moda en Instagram. Era un local precioso, decorado por completo en tonos rosa pastel y... bueno, muy *instagrameable.* Una vez más, lo pido: no me juzguéis.

El chico era mono. Nos encontramos en la estación de metro de Oxford Circus porque, según me confesó Graham, no se sentía muy capaz de callejear por Londres solo. Aunque vivía a poco más de sesenta kilómetros de la capital, pocas veces salía de su pequeña ciudad en Surrey. Cuando nos encontramos en lo alto de las escaleras del metro, me asusté un poco al verlo bañado en sudor; bien es cierto que el metro de Londres en agosto no es el lugar más fresco posible, pero me planteé que tuviera un problema grave de sudoración —y también me arrepentí de no haber mencionado ese tipo de situaciones en mi lista de normas—, porque aquello no era normal.

—Hola, Charlotte, ¿qué tal? Encantado de conocerte. —Graham se dirigió a la chica que estaba a mi lado y que, por cierto, se parecía a mí tanto como Beyoncé. Extendió una mano ante ella y cometí el error de intervenir.

—Emmmm, Graham... Me temo que es a mí a quien buscas.

—Dios mío... —Se dio una palmada en la frente con tanta fuerza que vi como las gotas de sudor se esparcían con un sonido similar a «splash»—. Hola, Charlotte, ¿qué tal? Encantado de conocerte.

—Lo... Lo mismo digo. ¿Vamos?

Quise motivarme para la cita convenciéndome de que el hecho de que estuviera nervioso era una buena señal. Significaba que estaba ansioso por conocerme y eso pintaba bien, ¿no? En fin...

Graham miraba a un lado y a otro mientras caminábamos. No es que yo estuviera impaciente por captar su atención, pero era realmente exagerada la manera en que me ignoraba para prestar atención a absolutamente cualquier otro estímulo presente en la zona de Oxford Street.

—¿Te encuentras bien, Graham? —le pregunté poco antes de entrar en el restaurante; prefería asegurarme de que este no llevara una pulsera de localización ni tuviera tres hijos esperándolo en casa ni ninguna otra de las locuras habituales antes de verme atrapada en un local cerrado.

—Es solo que... Bueno, no me siento del todo seguro en Londres.

—Pues puedes estar tranquilo. Por lo que sé, en Sketch nunca se ha cometido un delito.

El *maître* nos condujo a una mesa esquinera preciosa, con sillones acolchados —de color rosa, por supuesto—, y una música suave sonaba de fondo. La canción en aquel momento era *Big Big World*. Me gustó porque recordé que la escuchaba a todas horas con Lizzie cuando éramos pequeñas. Nos dejamos llevar por las sugerencias de la casa y pedimos la cena.

—No... No deberías estar tan segura de ello.

—¿De qué? —Fruncí el ceño, porque no tenía la menor idea de qué me estaba hablando.

—De que aquí no podría pasarte nada. Eran restaurantes tan finos como este los que atacaron los terroristas en París hace unos años.

—Emmmm... Ya.

¿Qué podía decir ante ese argumento? Un compañero de cita que, antes del primer plato, ya nos había visualizado como víctimas del terrorismo internacional era un escenario para el que nadie me había preparado.

—Disculpa que haya sacado el tema. Supongo que tú no percibes Londres como un lugar amenazador.

—La verdad es que no. He nacido y me he criado aquí. Bueno..., en realidad no me he movido de aquí en toda mi vida.

—¿Y cómo lo soportas? —me preguntó en un ataque de sinceridad absolutamente innecesario.

—Pues... porque me encanta. Es una ciudad increíble en la que cada día hay una cosa nueva que hacer, un nuevo...

—¿Cosas como ser asesinada?

—Graham, ¿no estás un poco paranoico?

—Yo no... —Se quedó unos segundos en silencio y, a continuación, asintió—. Tienes razón. Creo que echar un vistazo a las tasas de criminalidad de Londres en los últimos años no me ha predispuesto bien para venir a la ciudad.

—¿Por qué no vienes nunca por aquí?

—Soy un chico de campo. —Se encogió de hombros y me pareció tierno; quizá los nervios le estaban jugando una mala pasada y yo no quería pasarme de exigente—. Londres siempre me ha parecido algo amenazante.

Su siguiente argumento se quedó a medias porque falló al pinchar un tomate *cherry* de la ensalada y salió rebotando hasta mi regazo. El tomate, no Graham. Eso sí habría sido demasiado.

—Dios mío, perdona, Charlotte. Lo siento muchísimo.

—No te preocupes. —Le sonreí porque no me había dejado mancha siquiera, pero necesitaba unos segundos para resetear la cita en mi cerebro—. Voy un momento al baño.

El tocador del local era tan mono como me había imaginado y aproveché que aquella noche me veía ideal con mi conjunto de falda blanca con abertura y camiseta de tirantes a juego para hacerme unas cuantas fotos para las *stories* de los siguientes días. Cuando regresé a la mesa, Graham estaba repitiéndose en voz muy baja «Puedo hacer esto, puedo hacer esto...». Esperanzador, ¿verdad?

—Bueno, y... ¿a qué te dedicas? —le pregunté para romper un poco el hielo.

—Trabajo en una empresa de informática.

—Ah, qué bien. —Por decir algo—. ¿Allí, en Surrey?

—Teletrabajo, en realidad. Salgo poco de casa.

—Ya.

Graham se concentró en su plato de comida y yo en el mío. La cita no fluía y me pregunté por qué me habría hecho *match* en Tinder si no daba la sensación de sentirse atraído por mí ni lo más mínimo y, desde luego, la idea de acercarse a Londres parecía ser su peor pesadilla. Pero ese es uno de los grandes misterios de Tinder, supongo. Si algo aprendí de esa app es que la mitad de los *match* se dan por aburrimiento.

—En realidad, esta es una zona muy segura de Londres —le dije para tranquilizarlo de cara al futuro. Al futuro próximo, ese en el cual saldríamos del restaurante y él tendría que apañárselas para volver a su hotel, o a dondequiera que se dirigiera, en el peligrosísimo barrio de Mayfair, en el cual el último delito databa de la época victoriana, más o menos.

—No creo demasiado en eso de las zonas seguras. Mucho menos deberías hacerlo tú, siendo una mujer.

—¿Qué quieres decir?

—Hay miles de psicópatas sueltos. Y tú eres muy guapa.

—Gracias. Supongo.

—Tienes la típica cara que no me extrañaría encontrarme algún día en un cartel de «Desaparecida».

—Vale, hasta aquí hemos llegado. —De forma providencial, el camarero pasaba cerca en ese momento y aproveché para pedirle la cuenta—. Tengo que irme. Intentaré no ser asesinada de camino a casa.

Si Graham respondió algo, yo ya no lo oí. Yo, que tanto había odiado el término «paseo de la vergüenza» cuando estaba en la universidad y se suponía que así debería llamarse a las salidas por la mañana de pisos de desconocidos, me veía a los treinta años repitiendo paseos de la vergüenza tras cada cita. Y sin los orgasmos previos, lo cual era un hándicap añadido. Gracias a Dios que tenía por delante un mes largo de semanas de la moda, bien lejos de la posibilidad de meterme en líos. O eso pensaba entonces.

Puntuación de la cita	2 (llevaba mucho tiempo queriendo ir a ese restaurante rosa)
Norma incumplida	Que adore Londres tanto como yo

16

Llegué al final de la New York Fashion Week con tanto cansancio físico y mental acumulado que me sorprendió no quedarme dormida en el hombro de Anna Wintour durante el espectacular desfile de Oliver W. Moon y Sun se habían marchado dos días antes de que yo volara a Manhattan y había llorado tanto en Heathrow que esa noche, ante la ausencia de Oliver, pedí asilo emocional en casa de mi hermana Elizabeth y pasé la madrugada lloriqueando en su sofá. Solo cuando recibí la foto de Moon, ya en Melbourne, junto a Sophie y Sun, se me desató un poco el nudo de la garganta que me provocaba su añoranza. Si ella era feliz, yo también lo sería; era una promesa nunca pronunciada en voz alta pero irrompible.

En Nueva York todo fue sobre ruedas. Me encantaba esa ciudad y, después de los últimos recortes presupuestarios para viajes de mi empresa, solo me permitían viajar allí para las dos semanas de la moda femenina que se celebraban anualmente. Disfruté de los desfiles, de las fiestas posteriores e incluso se me ocurrieron varias ideas brillantes sobre tendencias que fueron muy bien recibidas por mis compañeros del equipo de Diseño. Pero durante toda la semana... yo solo pensaba en el desfile de Oliver.

Era el primer año de Oliver W sobre las tablas de la

semana de la moda primavera-verano de Nueva York. El año anterior, a pesar de tener su puesto asegurado ya en Europa, no había recibido invitación para cruzar el charco ni en la colección de primavera-verano ni en la de otoño-invierno, así que la que tenía entre manos sería la que marcara el futuro de su firma en Estados Unidos. Le habían reservado hueco en la última jornada, lo cual era una buena noticia de antemano. Sin embargo, yo no pude respirar hondo hasta que vi al público rendido a sus pies cuando salió a saludar al final del desfile, con el *...Ready for It?*, de Taylor Swift, sonando de fondo. Oliver había triunfado y, hablando como experta en moda, no como amiga, lo cierto es que no se veía techo en su trayectoria ascendente.

Después del éxito en Nueva York, era de prever que en Londres también triunfaría, dado que era el niño mimado de la industria británica. Apenas nos vimos durante la semana de desfiles en nuestra ciudad; Oliver pasó los seis días encerrado en su edificio de Chelsea y yo tuve que asistir a tantos eventos que temí seriamente por el futuro de mi hígado. Su desfile cerraba la semana de la moda y yo volví a ocupar mi asiento de *front row*, lo vi recibir de nuevo una ovación unánime y me emocioné al pensar en aquel chico de veinte años apasionado por la moda que seguro que soñaba con algo así, aunque no lo dijera en voz alta.

—¿Se me concederá el honor de un baile con el hombre del momento o tengo que ponerme a la cola? —le susurré al oído cuando al fin lo alcancé en medio de la multitud. Estábamos en la *flagship* de su marca, en New Bond Street, muy cambiada aquella noche, pues se había convertido en la sede de la fiesta con la que empleados, modelos, prensa e invitados VIP celebrábamos el éxito de la colección.

—¡Charlie! Joder, llevo toda la noche buscándote. ¿Me consigues una copa? Esta gente espera que hable sin parar con la garganta seca.

—Es tu puta fiesta, Oliver, y yo no soy tu camarera. —A pesar de mis palabras, le sonreí—. ¿Contento?

—Lo estaré más cuando consiga largarme de esta fiesta de peloteo a quemar la noche de Londres contigo.

—¿Y qué te lo impide?

Me miró durante unos segundos con el ceño fruncido y, a continuación, una sonrisa radiante se extendió por su cara. Yo pensé que había momentos en que ver sonreír a Oliver, cuando estaba realmente feliz, era motivo suficiente para levantarse de la cama por las mañanas.

—Espérame junto a la puerta del almacén de cosmética de la primera planta.

Le hice caso y, menos de cinco minutos después, salíamos a un callejón perdido en algún lugar entre New Bond Street y Savile Row. El aire de la noche era fresco y Londres nos esperaba. Al día siguiente, la prensa comentaría como una anécdota divertida que el niño malo de la moda londinense se había escabullido de su propia fiesta.

Creo que ese fue mi primer momento feliz desde que Moon y Sun se habían marchado de Londres.

Además, Oliver y yo estábamos guapísimos, perdonad la falta de modestia: él, con un pantalón vaquero negro tan roto que se veía más piel que tela y una camisa blanca desabrochada hasta medio pecho; yo, con un *little black dress* de su firma que, aunque pudiera parecer un básico de fondo de armario, se veía a la legua que era especial. Diferente. Como nosotros.

—Y... ¿a dónde vamos? —le pregunté; las luces de Regent Street brillaban al fondo.

—No tengo ni puta idea. —Me reí—. Si te digo la verdad, ahora mismo lo único que me apetece es vagar por Londres. Que nos dé el amanecer si hace falta.

—¿A qué hora vuelas a Milán mañana?

—A última. ¿Tú?

—También. Puede que compartamos avión.

—Tenemos horas por delante —me dijo con una sonrisa en la voz que capté sin necesidad de girar la cabeza.

—Sí.

E hicimos lo que a Oliver le apetecía, que para eso era la estrella del día. Además, a mí me había dado un vuelco de emoción en la tripa al pensar en dedicar la noche solo a eso, a caminar sin rumbo, uno junto al otro, hablando de todas esas cosas que nos encantaba comentar o compartiendo un silencio cómodo. Di gracias a mi buen sentido de la moda por haberme hecho seleccionar aquella tarde los zapatos más llevaderos de mi vestidor.

—¿Has hablado con Moon hoy? —me preguntó—. Yo no tengo perdón, llevo días tan ensimismado que me limito a mirar las fotos que envía al grupo de WhatsApp y a responder con emoticonos.

—Están genial. Somos nosotros los que estamos jodidos. —Me miró y esbozamos ambos una sonrisa triste—. A ratos me cuesta creer que Sun vaya a crecer a más de quince mil kilómetros de sus padrinos.

—Eres consciente de que nadie nos ha dado ese título oficial, ¿no?

—Tampoco nadie nos lo ha quitado.

—Viajaremos a verlas de vez en cuando, Charls, no te agobies. Y quizá algún día Moon decida volver a Londres, quién sabe.

—No lo veo muy probable.

—Más improbable era que volviera yo y... ya ves.

—Venga ya, Oliver. Eres más londinense que el palacio de Buckingham.

—Eso es lo que te gusta pensar a ti, Charlotte. Pero deberías ir asumiendo que, en realidad, tengo alma parisina. En dos semanas estarás en la Ciudad de la Luz y entenderás que esto es solo un triste sucedáneo de capital.

—¡Mientes! —Empecé a reírme a carcajadas.

A Oliver le encantaba adoptar su pose antibritánica, sobre todo cuando tenía un viaje a París en perspectiva, pero yo sabía que no era más que eso: una pose.

—Solo hay tres iconos del Reino Unido que respeto: Burberry, Harry Potter y la princesa Diana.

—Deberías empezar a reconocer que también te encanta Kate Middleton.

—Más bien le encanto yo a ella. Diecisiete modelos míos ha lucido ya desde que lancé la firma.

—¿Ves? Hasta la realeza ha caído rendida a tus pies. ¿Cómo puedes dudar de que has nacido en la mejor ciudad del mundo?

—Porque la mejor ciudad del mundo es París, no sé cuántas veces tengo que repetírtelo.

—Estás loco. Somos el país de Shakespeare, de Churchill, de los Beatles... Sean Connery, Harry Potter, el pie derecho de Beckham. Y también el izquierdo.

—Charlotte Christina May, eso lo has copiado de *Love Actually*. Eres una persona muy cutre.

—¡Tenemos el humor inglés! —Ya apenas era capaz de contener las carcajadas por lo absurdo de nuestra conversación.

—¡Y ese es precisamente el problema!

—¡Venga ya...! Monty Python, Mr. Bean, Benny Hill...

—¿Pero tú te estás escuchando, Charlie? Ni siquiera has visto jamás un solo espectáculo de ninguno de ellos.

Con la tontería —nunca mejor dicho—, ya habíamos cruzado Piccadilly Circus y Trafalgar Square y nos habíamos topado con el río. Comenzamos a caminar por la orilla de Embankment, dejando atrás el Big Ben y las luces del London Eye en la otra orilla.

—¿Pensarás que estoy loco si te digo que me apetece que volvamos caminando a casa?

—Llevo pensando que estás loco más de diez años —le dije—. ¿Duermes en mi piso esta noche, entonces?

—Mañana tendré que pasar por el estudio antes de volar a Milán, pero... esta noche necesito una tregua.

—Sabes que hay casi cinco kilómetros hasta Shoreditch, ¿no?

—¿Tus zapatos son cómodos?

—Como zapatillas.

—Pues vamos.

Recorrimos en silencio la orilla del río durante un buen rato, hasta que nos vimos obligados a girar hacia el norte para no acabar en algún punto del condado de Kent. Vimos a lo lejos la cúpula iluminada de St Paul y la altura desorbitada del Monument. Recorrimos calles que conocíamos de memoria y otras por las que nos parecía imposible no haber pasado nunca. Compramos un par de latas de cerveza en un *off licence* abierto toda la noche y las bebimos a pequeños sorbos mientras caminábamos. Hablamos poco, apenas de algún detalle o cotilleo sobre lo ocurrido en la *fashion week* los días anteriores, pero sonreímos mucho. Y yo sabía lo que esa sonrisa significaba; o lo que quería que significara.

—¿Debo suponer por este paseo nocturno que ya te has enamorado de Londres y que no piensas volver a largarte? —le pregunté cruzando los dedos para que dijera que sí.

—Sigo pensando que París es la ciudad más bonita del mundo —me respondió y yo le saqué la lengua en señal de burla—. Pero también puedo asegurarte que nunca volveré a marcharme de aquí. No, al menos, de forma definitiva.

—Más te vale, Oliver Walker. —Él no se dio cuenta, pero tuve que tragar fuerte un nudo de emoción para conseguir pronunciar esas palabras.

Seguimos caminando, con las sonrisas de una noche perfecta dibujadas en la cara y el cansancio de las piernas anestesiado por la belleza de la ciudad, por el éxito de Oliver, por la felicidad que sabíamos que sentía nuestra mejor amiga al otro lado del mundo. Por la vida, en definitiva, que nos sonreía. Sobre todo a mí, que saboreaba la promesa que acababa de arrancarle a Oliver de quedarse en Londres para siempre. Despedirme de Moon había sido terrible, sobre todo porque sabía que no regresaría nunca, y me aterraba que me pasara lo mismo con él. Ya lo había vivido una vez. Y aún no tenía claro cómo logré seguir respirando...

El día que Oliver se marchó a París brillaba un sol radiante en Londres y mi compañero de piso estaba de un humor terrible. Lo primero era toda una novedad; lo segundo, en los últimos tiempos, no. Hacía dos meses que Mary, la madre de Oliver, había muerto y solo tres semanas que Moon se había largado a las antípodas sin mirar atrás. Aquel mediodía, que en Melbourne era ya madrugada, debutaba como DJ en su nueva aventura australiana y Oliver y yo estábamos plantados delante de mi ordenador portátil para seguir aquella sesión en streaming *y darle nuestro apoyo en la distancia.*

—¿No te parece como de loca total que haya dejado su trabajo en la escuela de arte, haya vendido todos sus lienzos y se haya marchado a la aventura con las cuatro libras que ha sacado? —le pregunté, aunque había mucho de admiración en mis palabras. Ya por entonces intuía que yo no me movería de Londres más que de forma ocasional; tenía las raíces bien aferradas a mi ciudad—. Por no hablar de que lleva pinchando... ¿cuánto? ¿Seis meses?

—¿Y cuándo ha hecho Moon algo que no sea de loca total? —me respondió Oliver, como si fuera lo más obvio del mundo.

Mientras yo ajustaba la imagen y el sonido de aquella videollamada que esperaba que al menos nos permitiera ver un ratito de la sesión de Moon, Oliver se levantó a «preparar el ambiente», según él mismo dijo. Trajo de la cocina una botella de Jäger y dos vasos de chupito, corrió los estores opacos del salón y abrió de par en par las ventanas para que pudiéramos fumar sin que el humo se quedara impregnado en cada superficie.

—¿Qué haces? —le pregunté con el ceño fruncido.

—No pienso aguantar una sesión de música electrónica con el sol pegándonos en la cara. —El salón se había quedado en penumbra y solo nos iluminaban las luces estroboscópicas que salían de la pantalla de mi ordenador—. Hay que adaptarse al medio.

Cuando lo dijo me pareció una locura, pero... el caso es que funcionó. Cuando la cara de Moon, enmarcada por unos enormes auriculares de color verde, apareció en la pantalla, sentí un pinchazo de añoranza en el estómago. Esa chica había sido mi amiga del alma durante los últimos seis años, la única persona a la que había visto cada día sin excepción, la custodia de todos mis secretos y la persona con la que más me había reído en toda mi vida. Por aquella época aún confiaba en que su aventura australiana fuera solo una locura temporal y que no tardara demasiado en volver a ocupar el cuarto contiguo al mío en nuestro piso de Shoreditch.

—¿Chupito? —preguntó Oliver y yo solo asentí.

Se retrepó en el respaldo del sofá para fumar lo más cerca posible de la ventana y lo imité. Levantamos nuestros vasos en un brindis mudo y esbozamos una sonrisa triste. No estaban siendo buenos tiempos.

Por suerte, a medida que la sesión de Moon fue avanzando, Oliver y yo nos fuimos animando. Podíamos estar los dos muertos de melancolía, por diferentes razones, pero éramos un poco como el perro de Pávlov: sonaba la música y nosotros bailábamos. Sin más.

Era ya media tarde en Londres cuando Moon se despidió de un público más numeroso de lo que esperábamos en una discoteca de las afueras de Melbourne. En nuestro lado del mundo empezaba a anochecer y, a esas alturas, Oliver y yo nos habíamos bajado más de media botella de Jäger y un paquete de Marlboro Light. De hecho, fumábamos ya tirados en el sofá, porque existía el riesgo de que nos despeñáramos ventana abajo.

—Estoy un poco confusa —le dije con la boca pastosa—. ¿Esto de haber visto la sesión de Moon mientras nos emborrachábamos convalida por salir esta noche? Porque tengo un vestidito ideal que me encantaría estrenar.

—¿Ahora lo dices? —Oliver esbozó una sonrisa que me pareció forzada—. Y pensar que has asistido al debut de tu mejor amiga en las pistas de baile con un pijama de vieja.

—Es vintage. *—Le saqué la lengua porque no me daba la fluidez para discutir—. ¿No salimos, entonces?*

—No. —Oliver no fue capaz de mantenerme la mirada mientras respondía y eso me extrañó. Se limitó a encenderse otro cigarrillo, apurar de un trago otro chupito y dejar la mirada perdida en la noche londinense.

—Hey, Oliver... —Me acerqué a él y lo obligué a volverse hacia mí—. ¿Qué pasa?

—Tengo algo que contarte, Charlie. —Al fin me miró y el

pozo de desolación que encontré en sus pupilas me engulló—. Siéntate, anda.

—Me estás asustando.

—Me han ofrecido un trabajo. —Sonrió, pero de nuevo su rictus era triste—. Me han ofrecido... un trabajo de puta madre.

—Pero ¿qué dices? —Me incorporé de un saltito en el sofá y empecé a hacer aspavientos de celebración—. ¿Y por qué tienes esa cara de disgusto? ¿Estás nervioso? ¿Miedo escénico? ¿Temes convertirte en una celebridad de la moda británica y no saber si elegir el Rolls o el Bentley para ir a la oficina?

—Dios mío, la diarrea verbal... —Le di un puñetazo en el brazo, pero me alegré de haberle provocado una carcajada—. Es en el departamento de Dirección Creativa.

—¿Qué me estás contando? —El área de Dirección Creativa de una firma era la máxima aspiración de un diseñador y que una oferta de ese tipo le llegara a un Oliver que apenas pasaba de los veinticinco era una prueba más de que su talento no tenía límites—. ¿Dónde? ¿Para quién?

—Es de segundo director creativo, no te emociones.

—No, claro, vaya mierda —ironicé con los ojos en blanco.

—Es en Givenchy.

—¡Joder! ¡¡Givenchy!! —Me emocioné con la celebración hasta que caí en la cuenta de que...—. Pero ¿Givenchy no está...?

—En París. —Oliver me miró con prudencia y con los ojos brillantes. La mano que sujetaba su cigarrillo tembló ligeramente cuando soltó su sentencia—. Me voy a París, Charls.

Tardé demasiado en responder. Si fuera una buena amiga, una exenta por completo de egoísmo, lo habría abrazado, habría corrido al frigorífico a rescatar alguna de las botellas de champán de cuatro libras que comprábamos cuando había descuentos en el Tesco y hasta habría hecho un bailecito por todo el salón. Pero fui incapaz incluso de fingirlo. Y sé que Oliver me lo agradeció, por-

que él me conocía bien; los dos lo hacíamos y sabíamos que aquella noticia era tan impresionante como agridulce.

—Felicidades —le dije con la voz tomada por el llanto, pero con la esperanza de que él supiera que estaba muy orgullosa de él. No me sentía capaz de verbalizarlo sin que las lágrimas se me desbordaran—. En serio, Oliver, es una oportunidad increíble.

—Lo sé.

—¿Y por qué no estás eufórico?

—Porque llevo meses pensando que lo que necesito para curarme la cabeza… o el corazón es marcharme de Londres y, ahora que lo tengo al alcance de la mano, me da terror. Y pena. También mucha pena.

—¿Cuándo te vas? —le pregunté deseando que me respondiera que «dentro de seis o siete meses». No sé, cualquier cosa que me permitiera prepararme para su ausencia. Pero ni siquiera lo estaba para su respuesta.

—Esta noche.

—¿Qué? —Me levanté de un salto del sofá y lo miré con odio—. ¿Cómo que esta noche?

—Tengo las maletas hechas desde hace un par de días. Cojo el Eurostar nocturno en unas cuatro horas.

—Pero…

No fui capaz de decir nada más. Tampoco estallé en un llanto histérico, que supongo que era lo que Oliver esperaba de mí. Me quedé como paralizada, en silencio, sentada en el sofá en el que tantas veces habíamos sido tres y en el que, en unas horas, ya solo quedaría yo. Los lagrimones me caían despacio, como si ellos también se estuvieran tomando su tiempo para asimilar la noticia.

—¿Por qué no me lo dijiste antes?

—No quería repetir la agonía de la marcha de Moon. Ni despedidas eternas, ni una última cena juntos, ni una última fiesta juntos ni nada de eso.

—Te vas a París con una despedida a la francesa. Muy propio de ti.

Sonreímos por esa chorrada porque, si no nos aferrábamos a algo, Dios sabe qué drama montaríamos. Como la hora de su tren se acercaba, lo acompañé a su cuarto a recoger sus últimas pertenencias. Me quedé sentada en su cama pensando en cuánto tiempo tardaría en irse de allí el olor a Oliver, que no era algo que pudiera definir con palabras, pero que reconocería en cualquier lugar.

—¿Vas a alquilar nuestras habitaciones? —me preguntó.

—Ya no soy una estudiante vaga. Ahora puedo mantenerme con mi sueldo.

—Siempre y cuando dejes de comprar zapatos como si fueran chicles.

—Siempre y cuando deje de comprar zapatos como si fueran chicles. —Me reí, pero no duró mucho el humor—. No podría, Oliver. Nunca sería lo mismo.

—No. Nunca lo será.

Aunque me empeñé en acompañarlo a la estación de Waterloo, él no lo permitió. No le hice caso mientras alegaba que las despedidas en aeropuertos y estaciones de tren eran demasiado melodramáticas, pero me convenció cuando me dijo que nosotros, el Oliver y la Charlie que componían ese nosotros, solo podíamos decirnos adiós en ese apartamento que había sido testigo de nuestros mejores momentos.

—No vas a deshacerte de mí tan fácilmente, eh —susurró contra mi pelo mientras yo me abrazaba a él como un koala—. Pienso llamarte todos los días y estaré esperando tu visita a París desde mañana mismo.

—Te tomo la palabra.

Conseguí contener el llanto mientras lo veía cargarse al hombro su bolsa de viaje y arrastrar la maleta por nuestro rellano. Me mantuve firme hasta que lo perdí de vista escaleras abajo. Luego cerré la puerta. Y hasta ahí llegué. Empecé a llorar en el mismo momento en que la cerradura encajaba en su lugar. Me arrastré hasta el sofá y lloré durante setenta y nueve horas seguidas. No las conté yo, lo hizo Moon, que estaba al tanto de los planes de Oliver y era la encargada de algo así como el «protocolo antisuicidio» de Charlie May.

La vida me sonreía en aquel momento. Llevaba casi dos años trabajando en la misma empresa en la que seguía seis años después. Estaba bien considerada por mis superiores y había logrado ya dos ascensos. Acababa de empezar a salir en serio con Chris Porter después de años de tonteo y guarreo. Me había pasado semanas convencida de que había estado más enamorada de él de lo que me había atrevido nunca a reconocerme a mí misma. Y, sin embargo, en el momento en el que Oliver se marchó, habría puesto un billete solo de ida a Marte en la mano de Chris sin que se me alterara el pulso a cambio de que alguien devolviera a mi sofá a mi mejor amigo, ese que siempre había significado algo más.

Cuando abrimos la puerta de casa, sentimos a la vez una sensación de extrañeza y otra de familiaridad. Durante los dos últimos años, Oliver y yo habíamos vivido solos en ese piso, pero en poco más de tres meses Moon había dejado su impronta de tal manera que los dos la añoramos al entrar; Sun lo había conseguido en solo diez días.

—¿Puedo...? —empezó a preguntarme Oliver, pero se interrumpió a mitad de frase.

—¿Qué?

—Nada, déjalo.

Supe lo que había querido preguntarme y decidí convertirlo en un deseo mío. Porque lo era, entre otras cosas.

—¿Te apetece dormir conmigo esta noche?

Él me respondió con una sonrisa, mientras ya se deshacía de su ropa y se acurrucaba bajo mis sábanas con un bóxer suelto por toda prenda y su melena larga alborotada sobre la almohada. Me hice un hueco a su lado y le di un beso en el hombro antes de quedarme dormida. Si alguien podía enseñarme una mejor definición de la palabra «hogar», estaría encantada de escucharla.

Cita número	15
Fecha	23 de septiembre
Hora	19.45
Lugar	Navigli
Nombre	Neil Baxter
Edad	36
Forma de contacto	En la semana de la moda de Milán

La semana de la moda de Milán siempre había sido mi favorita de las *big 4* a las que viajaba cada año. Nueva York era deslumbrante, quizá demasiado; en ocasiones me resultaba abrumadora. A París le ocurría algo parecido: toneladas de glamur y mucho postureo, más incluso del que me rodeaba de forma habitual. Londres era jugar en casa, así que conocía todas las caras y los lugares; siempre me lo pasaba fenomenal, pero no me aportaba nada diferente. Sin embargo, la de Milán era más acogedora, más sencilla, y además la ciudad me gustaba tanto que no dedicaba ni un segundo libre a descansar o perder el tiempo porque disfrutaba empapándome del arte y la elegancia que rebosaba en cada esquina.

Acababa de llegar a la ciudad cuando me presentaron a Neil Baxter. Se veía a kilómetros que era un niño pijo de esos que han estudiado en Eton y que jamás han tenido que revisar el *Gumtree* en busca de un alquiler asequible en una zona de mala muerte de Londres. Solo necesité hablar con él diez minutos para confirmar todas mis sospechas: pertenecía a una familia de apellidos compuestos, había estudiado Derecho en Oxford y formaba parte del consejo de administración de un puñado de empresas de diferentes sectores; entre ellas, el conglomerado de lujo al cual pertenecía la marca que desfilaba aquella tarde en Milán. Pero el «detalle» que más me llamó la atención durante aquella primera charla que compartimos, cóctel en mano, fue que me ponía muchísimo. No era guapo, no lo era en absoluto, pero tenía ese atractivo de algunos feos. Lo que Lizzie y yo siempre hemos llamado «un Benedict Cumberbatch de manual». Tampoco era tímido, así que salí de aquella fiesta posterior al desfile con una cita fijada para la noche siguiente.

Me propuso cenar en una pizzería tradicional en la zona de los Navigli. Hacía años que no recalaba en aquel barrio de Milán y me gustó volver a visitar sus canales y empaparme de su ambiente nocturno. Me vestí con un *look* que me pareció muy *chic*: falda larga de flores y una camiseta de tirantes de aires marineros. Frente a un plato de *fetuccini* con albahaca y tomates *cherry* que jamás podría acabarme, Neil desplegó todo un arsenal de seducción que, si le salía de forma natural, podría dar clases sobre ello en la universidad.

—La verdad es que no tengo ni idea de moda, pero de momento lo que estoy viendo me gusta.

—Pues ese traje no parece que lo hayas comprado en el Marks & Spencer.

—Me gusta vestir bien, pero te aseguro que de moda femenina sí que no sé nada.

—¿Ni siquiera para hacer regalos caros a tus novias? Porque tienes toda la pinta de ser de esos...

—En realidad —Neil se fingió avergonzado, pero se rio—, de esas cosas suele encargarse mi secretaria.

Cómo me gustaban los canallas y cuánto me merecía mis reiterados fracasos sentimentales. A Neil se le notaba a leguas que no era de los que se enamoraban; probablemente tenía una buena cantidad de muescas en su cabecero y una nómina de corazones rotos a sus espaldas. No es que yo fuera una incauta que soñara con cambiarlo, pero a esas alturas de mi maratón de búsqueda del amor había perdido ya algo de vista mis objetivos y Neil me pareció el compañero de cita ideal. Si lo único que sacaba en limpio de aquella cena era un polvo contra la pared de su suite de hotel, bienvenido fuera. Si a nuestro regreso a Londres volvíamos a vernos..., que fuera lo que Dios quisiera.

—Entonces, después de Milán, ¿te vas a París? —me preguntó.

—Sí. Y después ya vuelvo a Londres para una temporada. O eso espero.

—¿No te gusta viajar?

—¡Al contrario! Me encanta. Pero el calendario de semanas de la moda siempre me deja agotada y con ganas de encerrarme unos días en la tranquilidad de mi casa. —Lo miré y sembré un par de semillas para un futuro plausible; de veras me estaba gustando aquel tío—. ¿Tú también estarás en París?

—Solo el primer día, para hacer acto de presencia. Después tengo un viaje personal... —Se le iluminó aquella mirada que me tenía medio atrapada y me lanzó una propuesta que era precipitada, pero que me hizo ilusión—. ¡Hey! Podrías acompañarme al volver de París.

«Que viajemos juntos a sitios *cool*» era uno de los puntos de mi cuaderno de citas, aquel que tenía tan abandonado que ni lo había metido en la maleta para el viaje a Milán. Por más que en aquel momento estuviera deseando volver a mi casa, me emocioné ante la idea de irme de viaje con un tío, por muy poco que lo conociera y por mucho que él tuviera pinta de llevarse a una chica diferente a cada viaje de ocio. Pero es que yo nunca había viajado con un novio; las pocas relaciones que había tenido no habían sido lo suficientemente estables como para que diéramos ese paso. Y con Neil..., bueno, no tenía aspecto de ir a proponerme un viaje cutre, la verdad.

—Claro que tendrías que mantenerlo en secreto... —me dijo, y a mí, en vez de dispararseme una alarma interior, me dio morbo. Así me va la vida.

—¿Y a dónde es ese viaje tan misterioso que me propones? —Sonreí coqueta porque me imaginé que sería algo parecido a una escapada a Ámsterdam, con experiencia con hongos alucinógenos incluida..., y yo eso ya lo había hecho a los veintiuno con Oliver y Moon.

—Un grupo de viejos amigos del colegio nos reunimos una vez al año para saltarnos un poquito las normas que nos han impuesto nuestros queridos políticos. —Me guiñó un ojo y empecé a asustarme, porque no tenía ninguna duda de que Neil y yo no compartíamos ideología, la verdad—. Hay un par de fincas en el norte que hacen la vista gorda con...

—¿Con...? —pregunté con mucha más curiosidad que ganas ya.

—Con la caza del zorro.

La madre que me parió. ¿Es posible que fuera la única medio vegetariana del planeta a la que un hombre consideró adecuado invitar a la caza del zorro? Si no lo era, yo me sentía así. Muy sola en mi surrealismo.

—Yo... No creas que estoy demasiado a favor de eso —le dije.

Podría haberme marcado un mitin al más puro estilo Moon, pero... ¿para qué? No es que Neil me pareciera un tipo muy dispuesto a cambiar de ideas.

—No vayas a pensar que solo somos unos descerebrados pegando tiros, ¿eh? —Se carcajeó y de repente me pareció una caricatura de sí mismo. Mi capacidad para pasar de la atracción al rechazo era épica—. Tenemos incluso una sociedad científica y aprovechamos los días de caza para debatir y demás. No me digas que no te parece un planazo: todo el día en el campo, regresar al castillo, una buena charla alrededor de la chimenea con un escocés en la mano...

Me dio la risa porque al oír «un escocés en la mano» me imaginé sujetando una versión en miniatura del tío bueno de *Outlander*. Mi cerebro tiene una forma muy básica de funcionar, como he demostrado sobradas veces.

—Ah, que el plan incluye un castillo... —Él sonrió bastante encantado de conocerse, sobre todo porque no percibió que en mi tono ya solo había sarcasmo—. ¿Y de qué va la sociedad científica en cuestión? ¿Debatís sobre por qué los zorros deberían desaparecer de la faz de la Tierra?

—¡No! No seas borde, Charlie. —Se rio de una forma tan fingida que hasta golpeó la mesa con la palma de la mano, lo cual llamó la atención del camarero, así que aproveché para pedir la cuenta. Aquella cena ya no podía dar más de sí. O eso pensaba—. Es que no es una teoría muy popular la que defendemos y con lo poco receptiva que te veo...

—A mí mientras no me digas que creéis que la Tierra es plana...

Silencio.

Joder.

Silencio.

—Veo que la NASA te tiene bien aleccionada. —Fue lo único que me dijo, con la decepción tan pintada en la cara que supe que la cena había terminado. Aleluya.

—¿Compartimos taxi?

No nos dirigimos la palabra en todo el trayecto entre los Navigli y la zona de la Estación Central, donde estaban nuestros respectivos hoteles —por suerte, no hubo que añadir a la incomodidad del trayecto en taxi otro en ascensor—. Yo me distraje con mi móvil, pero no cotilleé en Instagram ni le envié un mensaje a Moon para que se echara unas buenas risas con mi último siniestro total. Busqué información sobre terraplanistas en Google para refocilarme un poco en la mierda de cita que acababa de tener. Según el artículo que tenía delante, menos de un uno por ciento de la población creía que la Tierra era plana; y entre los encuestados que contaban con un título universitario y una edad de entre treinta y cuarenta años, el porcentaje bajaba de forma radical. ¿Qué posibilidades había de que me topara con uno? No es una pregunta retórica, de veras quería averiguarlo. Más que nada, por encontrar en el cálculo de probabilidades algún consuelo al hecho de que cada una de mis citas se convirtiera en un esperpento mayor que el anterior.

Puntuación de la cita	3 (la pasta estaba realmente rica)
Norma incumplida	Que viajemos juntos a sitios cool

17

El desfile de Oliver en Milán volvió a ir bien. Yo ocupé mi ya habitual asiento en el *front row* con la *influencer* Poppypink a un lado y el modelo Taylor Gardner al otro. Oliver se había empeñado en que el cierre de sus desfiles lo protagonizara lo que él llamaba «un icono» y la elegida para el de Milán fue Olivia Brooks, que había sido la modelo más cotizada del mundo una década atrás y que apenas se dejaba ver desde entonces en eventos públicos. Pero Oliver es Oliver y con un par de llamadas insistentes logró contar con su presencia para el broche final y yo me llevé la alegría de compartir asiento con su marido, Taylor, que es probablemente el hombre más guapo que he visto en mi vida.

Oliver me había advertido antes del desfile que solo haría acto de presencia en la fiesta posterior al desfile a última hora porque debía ultimar unos detalles para el viaje a París, y que me necesitaba allí. «Allí» eran los cuarteles generales de Oliver W durante la semana de la moda de Milán, que había instalado en la planta superior de la inmensa tienda que la firma había abierto un año atrás en la mismísima Via Montenapoleone. Así que hacia *allí* me dirigí después del desfile, no sin antes lanzarle una mirada coquetona a Taylor Gardner que él ignoró porque el muy idiota solo tenía ojos para su mujer. No me juzguéis, en más de medio año solo había tenido sexo con Anthony —y de milagro no había invitado a su madre al evento— y con un prostituto de lujo.

Cuando llegué al taller de Oliver, solo estaban él y su muy eficiente ayudante Howie.

—¡Charlie! —Oliver me envolvió en un abrazo inesperado que despertó una mirada recelosa de Howie, de quien Moon y yo siempre sospechamos que estaba enamorado de Oliver hasta el tuétano.

—¿Y esta efusividad? —le pregunté extrañada.

—Euforia posdesfile, ya sabes. —Me cogió de la mano y me dirigió hacia la parte central del taller—. Perdona este desorden, tenemos ya casi todo embalado para que lo envíen mañana a París, pero hay algo que quería enseñarte.

—Pues tú dirás.

—A ver... —Oliver se pasó la mano por la nuca, un gesto que solo hacía cuando estaba realmente nervioso—. Ya sabes que para mí París es especial; no solo la semana de la moda, sino la ciudad en general.

—Claro.

—Y por eso me he estado guardando la que creo que es mi mejor pieza para cerrar por todo lo alto el desfile de allí.

—¡¿Y me la vas a enseñar a mí en primicia?! —Di un saltito y unas cuantas palmadas por la emoción.

Oliver nunca me había ocultado sus diseños, confiaba en mí lo suficiente para saber que jamás «me inspiraría» en su obra para mi trabajo, mucho menos antes de que la presentara de forma oficial.

—Voy a hacer algo más que enseñártela. —Me guiñó un ojo y a mí me revoloteó la emoción en el pecho—. Howie, trae el vestido.

Su ayudante se perdió un segundo en el almacén y en

seguida reapareció empujando un burro con una única prenda colgada de una percha. Solo necesité echarle un vistazo para darme cuenta de que era un vestido único, singular, que quizá tendría más sentido colgado en una sala del Victoria & Albert Museum que sobre una pasarela. Seguía la línea minimalista que era marca de la casa de Oliver W, pero le había dado una vuelta de tuerca con un color dorado envejecido que le confería un aire barroco. Líneas puras y barroquismo en un solo diseño, sin que nada chirriase: eso había logrado Oliver.

—Oliver, es... Es increíble.

—Debería reservarlo para alguna futura semana de la alta costura, porque eso es lo que es, pero... quiero que deslumbre en París.

—Lo hará.

—Lo harás. —Fruncí el ceño ante su comentario—. Venga, pruébatelo.

—Pero ¡¿tú estás loco?! Me muero de miedo a cargármelo. Además, no tengo yo precisamente las medidas de una modelo. Reventaría las costuras.

—Está hecho a tu medida, a no ser que esta semana te hayas pasado con la pasta a la carbonara. Un metro setenta y siete de altura, ochenta y dos de pecho, sesenta y uno de cintura, ochenta y cinco de cadera.

—Empieza a darme miedo que te sepas mis medidas con tanta precisión. —Rebobiné sus palabras y me quedé paralizada—. ¿Qué significa que está hecho a mi medida? ¿*Por qué* está hecho a mi medida?

—Porque tú vas a sacarlo en la pasarela de París.

Creo que hasta me mareé un poco cuando lo dijo. Pensé que estaba loco y se lo dije, intenté que Howie apoyara mis argumentos, pero él habría sacrificado a su primogénito por Oliver, así que no tuve suerte.

—¡Que no, Oliver! ¡Que yo no soy modelo! ¿Estás tomando drogas o qué?

—Lo diseñé para ti. No quiero que lo lleve nadie más.

—¿Te han fallado todas las superestrellas para el broche final del desfile?

—No me insultes. Podría conseguir a Naomi Campbell ahora mismo solo con hacer una llamada.

—¡Pues llama a Naomi Campbell!

—Howie, quémalo. —Oliver se dirigió a su ayudante, que lo miraba como si le hubieran salido tres cabezas.

—¿Q-qué?

—Haz que lo destruyan. Si no lo lleva Charlie, no lo llevará nadie.

—¡¡Has enloquecido!! —le grité—. ¿Cuántas horas llevas sin dormir? Howie, ¿cuántos días lleva sin dormir?

—¿Puedes al menos probarte el mejor vestido que he diseñado jamás antes de que desaparezca para siempre?

—¡Dios! ¡Eres imposible! ¡¡Está bien!!

Me quedé en bragas allí, delante de ambos, mientras me ayudaban a subirme aquella pieza que sí, efectivamente, estaba hecha a mi medida exacta. El cabrón de Oliver puso en el equipo de música *Quelqu'un m'a dit*, supongo que para alterarme el estado mental porque bien sabía él que tenía una devoción nada secreta por Carla Bruni.

—Ya me lo he probado. ¿Contento? —Cuando al fin cada costura estuvo en el lugar exacto para el que habían sido diseñadas, me giré y, entonces, me vi en el enorme espejo de cuerpo entero del taller—. Dios mío...

—Bonito, ¿verdad? —Los ojos de Oliver brillaban de emoción y por un momento envidié esa capacidad creativa que él siempre había tenido y que le proporcionaba experiencias como esa, que yo nunca viviría en mi trabajo.

—Quiero desfilar con él. —Me di la vuelta hacia Oliver, suplicando con la mirada que no hubiera cambiado de idea por todas mis reticencias anteriores—. Por favor, Oliver, déjame desfilar con este vestido.

—Howie, llévatelo para que lo empaqueten bien para París. —Oliver me echó un brazo por el hombro y estalló en una carcajada—. Yo me voy a llevar a esta loca a tomar una pizza.

Torturé a Oliver a preguntas en el breve trayecto entre su tienda y la pequeña *trattoria* a donde fuimos a cenar. Había visto algo así como un millón de desfiles a lo largo de mi vida, pero jamás me había imaginado subida en la pasarela. Oliver me convenció de que era precisamente la naturalidad de alguien que no era modelo profesional lo que buscaba como golpe de efecto para el cierre de su *show*, pero yo no las tenía todas conmigo.

—Vas a estar fantástica, Charlie. Lo único que hace falta para deslumbrar en una pasarela es tener seguridad en una misma y llevar un vestido que te siente como un guante. Y ambas cosas están más que aseguradas en tu caso.

—Me parece a mí que me ves con unos ojos demasiado optimistas.

—¿Cuándo llegas a París? —me preguntó—. Yo me voy mañana a primera hora.

—Yo tengo que pasar por Londres antes. Vuelvo mañana a mediodía, duermo en Londres y me voy casi de madrugada a París para llegar a la primera jornada.

—¿Y... dónde tienes previsto quedarte en París?

—Tengo los documentos en el correo. Un hotel por la zona de Ópera, creo.

—¿Por qué...? —se interrumpió.

—¿Qué?

—¿Por qué no te vienes conmigo, Charls?

—¿A dónde?

—He reservado la suite Coco Chanel del Ritz para toda la semana... y también para la siguiente.

—Joder con el multimillonario.

—Lo considero una inversión. Cuestión de imagen.

—Y de disfrute.

—No te lo voy a negar. —Oliver le dio un mordisco a su pizza y se rio—. ¿Por qué no te quedas allí conmigo? Estaré nervioso y me vendrá bien tenerte cerca.

—Pero...

—Y luego nos quedamos unos días más disfrutando de la *joie de vivre* parisina. Te prometo que iremos a todos los museos, restaurantes *chic* y tiendas de ropa que te apetezca.

—Has hecho que parezca terriblemente frívola con ese comentario.

—He mencionado los museos, no te quejes. Cuando ambos sabemos que no los vamos a pisar, además...

—¿Suite Coco Chanel? —No pensaba dejar que él lo notara, pero me relamía de gusto solo de pensarlo.

—Una de las mejores suites del Ritz. Doscientos metros cuadrados repartidos en varias habitaciones, así que no tendremos ni que vernos si nos entra uno de esos días en que no nos soportamos.

—Bien jugado.

—¿Qué? ¿Puedes cogerte una semana de vacaciones después de la *fashion week*?

—La tengo siempre, pero me temo que eso ya lo sabías. —Me plantó delante su mejor sonrisa canalla y tuve claro que iba a rendirme; supongo que él ya lo había asumido antes—. Vale, sí, sí. ¡Acepto! Me voy contigo dos semanas a París y que sea lo que Dios quiera.

—Así podrás ampliar tu agenda de citas a los pobres incautos parisinos, que ya no te deben de quedar tíos en Inglaterra después del terraplanista.

—Pues estás en un error, guapito —me burlé—. Tengo una cita mañana mismo. Estaré menos de veinticuatro horas en Londres y aprovecharé para quedar con un tío de Tinder.

—Me encantará recibirte en París bien follada. —Soltó una carcajada—. Lo cual, por cierto, marcaría una crucial diferencia con todas tus citas anteriores.

—Enorme diferencia. —Acabé mi último pedazo de pizza y me limpié las manos—. ¿Tú no tenías una fiesta a la que ir?

—Joder, la fiesta... —Oliver cerró los ojos con pesar—. Qué poco me apetece. ¿Me acompañas?

—Ya has logrado convencerme para estar dos semanas en París... No tientes a la suerte.

—Vaya horrible sacrificio pasar dos semanas en una suite de quince mil libras la noche.

—¡¿Cuánto?!

—Olvídalo. ¿Compartimos al menos taxi hasta tu hotel y luego yo sigo hasta la fiesta del infierno?

—Vale.

Nos despedimos en la puerta de mi hotel. Aquella noche dormí como una marmota hasta la hora de coger mi vuelo. París me esperaba, pero antes... me esperaba una cita en Londres.

Cita número	16
Fecha	27 de septiembre
Hora	20.00
Lugar	King's Cross
Nombre	Keith O'Connor
Edad	37
Forma de contacto	Tinder

Voy a tratar de resumir mi cita con Keith de la mejor manera que sepa. Si digo que fue un desastre, no creo que sorprenda a nadie, pero lo bonito de este siniestro fue que cada persona puede elegir si lo que ocurrió la hace reír o llorar. Yo... aún no he conseguido decidirme.

Me planté en la cita con Keith con la misma ropa que había llevado en el vuelo, a pesar de que siempre me ha parecido que los aviones dejan una capa de olor adherido a mi piel. Pero el tiempo que pasé en mi apartamento se me fue entre deshacer unas maletas, hacer otras y enviar un par de correos a mi jefa con las directrices básicas de lo que pensaba presentar a la vuelta de mis vacaciones en la reunión de Diseño. No me apeteció cambiarme y, con lo que yo era, quizá esa fue la mejor prueba de que cada día perdía más motivación en eso de tener citas y encontrar el amor.

El caso es que aparecí en el restaurante donde me había citado Keith con un pantalón negro, una camisa blanca y mocasines azules. Oliver me habría dicho que al fin me había vuelto *minimal*, pero para mí ese era un síntoma de mi apatía. A esas alturas, ya solo era capaz de pensar en París. Todo lo demás me daba igual. Y menos mal, porque si hubiera llegado a depositar alguna esperanza en esa cita...

Keith era un chico bastante mono —no mucho más que eso— y en las escasas conversaciones que habíamos mantenido a través del chat de Tinder se había definido como un «romántico irremediable». En persona me pareció que no estaba mal —de nuevo, no mucho más que eso—. Había elegido un restaurante tailandés sencillo cerca de King's Cross y yo examiné la carta con interés mientras intercambiábamos algunos detalles básicos sobre nuestra vida. Me decidí por un *pad thai* de tofu y ni siquiera recuerdo lo que pidió Keith. La llegada de la camarera fue demasiado impactante como para que pudiera retener ningún otro dato.

—Hola, Amanda. —¿Cómo estaría yo de despistada que estuve a punto de decirle que en realidad me llamaba Charlotte? Pero no, es que él no se dirigía a mí.

—¿Qué coño haces aquí, Keith?

—Cenar. —Esbozó una sonrisa extraña que me dio algo parecido a terror—. Con mi novia. —Pánico, sí. Eso era.

—Muy bien. Pues tomo nota.

Y pedimos. Muy cómodo, sí. Ajá.

—Permíteme que te haga una pregunta, Keith —le solté en cuanto la camarera se marchó, directa a escupir en nuestros platos, supongo—. ¿Esa chica es algo tuyo?

—Es Amanda, mi exnovia.

—¿Me has traído aquí para darle celos o algo parecido?

—¡No! ¡Claro que no! Simplemente, me gusta la comida del restaurante donde trabaja.

—Comprendo. —No, no comprendía, pero estaba hecha una reina de las frases tópicas—. ¿Hace mucho... que rompisteis?

—Dos años.

—Ah. —Me parecía tiempo más que suficiente para haberlo superado, pero qué sabré yo del amor—. ¿Y has vuelto a tener alguna relación... *especial* desde que lo dejasteis?

—*Me dejó.* La frase correcta es que me dejó.

—OK.

—Y no, no he vuelto a estar con nadie. Ni un polvo de una noche. Mis amigos me liaron para instalarme Tinder, pero... ¿cómo voy a salir con nadie, Charlotte? ¿Tú la has visto?

Bueno, sí, claro que la había visto, era la camarera que

nos había tomado nota de la comanda. La misma que se dirigía a nosotros en ese momento con un plato en cada mano y una mala cara por la que no pensaba juzgarla.

—¿Qué tal estás, Amanda? —le preguntó él en tono meloso. Aún no entiendo qué coño seguía haciendo yo allí.

—Pues un poco harta de que te presentes aquí de vez en cuando. Oye, que ha sido un placer reencontrarme con tu madre, conocer a tus amigos del trabajo y ahora a tu... ¿novia? Pero se me hace algo pesado, si no te importa que te lo diga.

—No soy su novia —aclaré. Me pareció completamente necesario.

—Pero podrías llegar a serlo —me aclaró Keith.

—Apostaría algo a que no.

Qué bueno estaba mi *pad thai.* Y juro que no lo digo como una excusa para explicar por qué no me levanté de allí y me largué. O puede que sí.

Estaba yo muy distraída cortando un pedazo de tofu cuando unos sonidos extraños llamaron mi atención desde el otro lado de la mesa. Levanté la mirada con miedo —una tónica habitual en mis citas— y me encontré a Keith con la cara cubierta de lágrimas. *Stop, please!* En serio, tenía que dejar de haber lágrimas en mis citas. Urgía.

—¿Qué pasa ahora? —le pregunté en tono cansino, no sin antes comprobar que no se estuviera ahogando con un pedazo de pescado, que no sería la primera vez.

—Yo la quería, ¿sabes? Pensaba casarme con ella.

—Oye, Keith, yo...

—No, por favor, escúchame. ¿La ves? —La señaló con un dedo y comprobé que ella ponía los ojos en blanco—. Era la mujer de... *Es* la mujer de mi vida. Había comprado un anillo, ¿sabes?

—Keith, siento muchísimo interrumpirte, de veras,

pero... el *pad thai* está algo picante y necesito ir al cuarto de baño —me excusé—. Te prometo que en dos minutos estoy de vuelta, ¿vale?

—Cl-claro —balbuceó.

Me adentré por el local en busca de la tal Amanda y, cuando estuve frente a ella, no necesité ni preguntar.

—Entra en la cocina y di que vas de mi parte. La puerta de atrás da a un callejón que queda al lado de la parada de metro.

—Gracias, Amanda. Y... mis condolencias.

Ella simplemente asintió y yo salí a la noche fresca de Londres con mi decimosexto fracaso a las espaldas. Estaba ya tan inmunizada que lo único que me dolió fue haberme dejado medio *pad thai* en el plato.

Puntuación de la cita	2 (en serio, qué pad thai)
Norma incumplida	Que no esté obsesionado con una expareja

18

Mientras recorría la pasarela del *show* de Oliver en la semana de la moda de París enfundada en el vestido más bonito que ha existido jamás, hice una promesa que no pienso olvidar nunca: juré que no volvería a llamar divas a las modelos por muy absurdo y gilipollas que fuera su comportamiento. Yo solo estuve unos noventa segundos sobre la pasarela y, si llegan a ser diez más, habría dejado en nada la célebre anécdota de Naomi Campbell lanzándole un teléfono a su secretaria. Me sentía capaz de mutar en una diva que fuera por la vida lanzando jarrones y botellas de vodka a las cabezas del resto de los seres humanos, de esa plebe que nunca desfilará en una *fashion week*.

Dejando a un lado los breves instantes en que me convertí en una especie de María Antonieta moderna —por suerte, sin la parte de que los parisinos me cortaran la cabeza—, la primera semana en París fue maravillosa. Loca, pero maravillosa. Asistí a todos los desfiles, a todas las fiestas, me emborraché a un nivel cercano a la pérdida de dignidad, Oliver me preparó sopa para la resaca en el Ritz, me magreé con un tío guapísimo en un evento en los jardines del museo Renoir —y quedé con él en que nos veríamos a mi regreso a Londres—, bailé hasta el amanecer y disfruté de unos lujos que yo no pagaba porque, si hubiera tenido que hacerlo, no habría llegado más allá del Charles de Gaulle.

—¿Qué, contenta? —me preguntó Oliver la mañana siguiente a la clausura de la semana de la moda.

Estábamos sentados en la enorme cama principal de la suite, con una bandeja gigantesca repleta de manjares: crepes, *croissants*, mantequilla casera, mermeladas de todos los sabores imaginables, zumo de naranja, de pomelo, yogur griego, frutas variadas... Podría acostumbrarme a vivir así. Habíamos extendido sobre las sábanas las páginas de moda de los principales periódicos, en todas las cuales salía yo —radiante, está mal que lo diga, pero... radiante— con el impresionante vestido de Oliver, que se llevaba la alabanza unánime de la crítica.

—Soy una estrella. Te arrepentirás toda la vida de haberme pedido que desfilara con ese vestido. —Le pegué otro repaso a la bandeja del desayuno mientras leía las críticas en francés, de las que no entendía ni el veinte por ciento—. Estos *croissants* son los mejores del puto planeta.

—Te equivocas. Están muy buenos, pero los mejores los sirven en una pequeña panadería al lado de la Sainte-Chapelle.

—Atribuiré lo que estoy a punto de decir a que sigo bajo el efecto psicotrópico de la fama y la belleza, pero... me pones bastante tontorrona cuando pronuncias tan bien en francés.

—Pues controla los instintos, Charlotte, porque estamos en una cama en ropa interior.

—Haré lo que pueda. —Me levanté de un salto—. ¿Me llevas a conocer esos secretos de París con los que tanto me has dado el coñazo los dos últimos años?

—Mueve el culo.

Pasamos días recorriendo las calles de París. Yo había

estado muchas veces en la ciudad, varias de la mano de Oliver cuando él vivía allí y yo me curaba la nostalgia que me provocaba vivir lejos de mis dos mejores amigos cruzando el canal de la Mancha para unirme durante unos días a su aventura parisina. Pero, por alguna razón, nunca había visto París más bonito que en aquellos días junto a Oliver. Estoy segura de que nunca París brilló tanto. Él lo sabía y no dejó de utilizarlo para convencerme de que Londres no tenía nada que hacer contra la ciudad de sus sueños.

—Lo bonito del Eurostar es que no recorre trescientos y pico kilómetros, sino más bien doscientos años.

—¿Eh? —Lo miré con el ceño fruncido, porque de verdad que a veces no entendía ni la mitad de las cosas que decía.

—Os trae a los pobres chicos ingleses a la civilización.

—¿Por qué hablas de los ingleses en tercera persona?

—Porque mientras estoy en París soy parisino. Asúmelo.

—Y Londres no es un lugar civilizado.

—En Londres se pasea a una anciana en una carroza de oro. Aquí les cortamos la cabeza a los reyes hace más de dos siglos.

—Se la cortasteis... ¿Tú y tus amigos?

—Ya sabes a qué me refiero. —Puso los ojos en blanco; no lo podía culpar por ello, yo llevaba toda la conversación haciendo el mismo gesto.

—¡No! ¡Pues claro que no lo sé! Naciste en Tower Hamlets, Oliver, por Dios bendito...

—Llámame Olivier mientras estemos aquí. —Se le escapó una especie de carcajada nasal que me tranquilizó, porque demostró que estaba de broma. En sus locuras parisinas una nunca sabía bien a qué atenerse.

—*Olivier*, no me gustaría tener que recordarte que, cuando murió Lady Di...

—Se llamaba Diana.

—No me gustaría tener que recordarte que, cuando murió *Diana*, obligaste a tu madre a llevarte a Westminster para darle el último adiós.

—No hables de lo que no sabes. Yo no obligué a mi madre, fue al contrario. ¡Tenía cuatro años, por Dios!

—¡Tenías ocho! Deja de quitarte años o dentro de poco no podrás beber legalmente. Tenías ocho años y lloraste por Diana.

—Era la princesa del pueblo.

—Pues claro que sí. Del pueblo... ¡británico! ¡Ese al que dices no pertenecer!

—Que te calles.

Estallamos en un ataque de risa compartido tan exagerado que tuvimos que apoyarnos en el muro del Pont Neuf para no caer al suelo. Aquella fue la tarde en la que Oliver me descubrió el encanto de la librería Shakespeare and Company y los helados de chocolate de Berthillon.

Fue una semana increíble en la que subimos dos veces a la Torre Eiffel, tomamos café cada tarde en la Place des Vosges, recorrimos nuestras tiendas favoritas de la rue Saint-Lazare, la rue Cambon y la Place Vendôme, paseamos bajo la sombra de las aspas del Moulin de la Galette, hicimos un pícnic en los Jardines de Luxemburgo, nos entregamos al hedonismo más salvaje en el spa del Ritz y hasta fingimos un beso romántico ante el Hôtel de Ville porque los dos estábamos enamorados de la icónica foto de Doisneau.

La última noche, ya con la facturación de nuestro vuelo de regreso a Londres hecha, decidimos quedarnos a disfrutar de los lujos de la suite. Como estábamos empachados —y puede que lo estuviéramos para toda la vida— por la sobredosis de *croissants*, helados, crepes y demás cochinadas deliciosas, solo pedimos al servicio de habitaciones una tabla de quesos franceses, una cesta de pan y... bueno, también pedimos tres botellas de champán, porque una no era una opción y dos nos parecieron pocas también. Había que despedir París por todo lo alto y tampoco se descartaba que fuéramos ya oficialmente alcohólicos.

—Llegará un día, Oliver —le dije meditabunda, sentada en la preciosa terraza sobre la Place Vendôme de la suite, con los pies apoyados en la barandilla—, en que adquiramos conciencia social y nos dé vergüenza habernos gastado en dos semanas en París el equivalente al sueldo de cinco años de un británico medio.

—Sí, podría llegar a pasar eso, sí. —Dio una calada a su cigarrillo, porque en París, además de alcohólicos, también éramos fumadores, al parecer—. Pero no tiene pinta de que vaya a ocurrir pronto.

Seguimos picoteando queso y pan mientras dábamos sorbos a un champán que estaba delicioso. O quizá sabía igual que los que llevábamos bebiendo toda la semana, pero con el silencio de una noche tranquila, solo interrumpido por la música de Édith Piaf que sonaba dentro del cuarto, mientras las estrellas titilaban ante nuestros ojos..., todo sabía a gloria. Incluso las conversaciones que en Londres eran incómodas allí fluían como las burbujas por nuestras gargantas al calor de las velas que iluminaban el balcón.

—¿Fuiste feliz aquí? —le pregunté en un susurro cuando la tarde ya se había convertido en noche e íbamos camino de tener que llamarla madrugada.

—Creí que lo había dejado claro todas las veces que te he hablado de París en estos años.

—Sí, pero... —Cogí un cigarrillo de la mesita auxiliar y lo encendí con una calada larga—. Llegaste bien jodido, ¿no?

—Ya sabes que sí. ¿A dónde quieres ir a parar, Charlie?

—A saber cómo fue la transición de estar destruido cuando llegaste a París a que fueran los mejores años de tu vida.

—Pues, aunque sea el mayor tópico de la historia, con el paso del tiempo. A mi madre seguí echándola de menos... La sigo echando de menos hoy, pero el paso de los meses fue mitigando el dolor.

—¿Y el corazón roto?

—Pues, y de nuevo pido perdón por el topicazo, fue cicatrizando. Tenía el trabajo de mis sueños, hice amigos increíbles aquí, follé lo que me dio la gana y me hice rico.

—Buen resumen. Muy profundo. —Me reí.

—Pero es verdad. Y era lo que necesitaba.

—¿Frivolidad?

—Superficialidad prefiero llamarla. Si profundizaba demasiado, dolían cosas que prefería tener olvidadas.

—Ya no estamos hablando de lo que le pasó a tu madre, ¿verdad?

—No.

Oliver se encerró en la concha de caracol que siempre construía alrededor de sus emociones pasadas. A mí, a ratos, me parecía imposible conocerlo como lo hacía, me atrevería a decir que mejor que nadie en el mundo, y, sin embargo, no tener ni idea de cómo había sido aquella relación que había marcado de una forma tan definitiva su vida. No saber siquiera quién era la mujer con la que había compartido tanto. Ese simple pensamiento, unido a lo inminente del final de nuestras vacaciones y a la melancolía intrínseca de París, me puso triste de repente.

A Oliver la conversación tampoco debió de dejarlo del mejor ánimo, porque esbozó una sonrisa triste, sirvió otras dos copas de champán y se encendió un cigarrillo. Dejó la mirada perdida en la noche parisina, en el cielo de un azul tan oscuro que parecía negro, en las estrellas que de vez en cuando titilaban para recordarnos que seguían allí. Una vez más, como me pasaba en ocasiones, me fascinó lo guapo que era. Me fascinó como me ocurría cuando escuchaba *Bohemian Rhapsody*, como me sentí la primera vez que entré en el MoMA y vi *La noche estrellada* o cada vez que me encontraba ante el Duomo de Milán. No voy a decir que con Oliver no hubiera un punto de atracción animal, pero lo que de verdad me provocaba su presencia física era una especie de síndrome de Stendhal.

Exhaló un suspiro que, paradójicamente, amenazó con dejarme sin aliento a mí. Nos conocíamos bien y presentí que iba a decir algo que lo cambiaría todo para siempre. Que nos cambiaría a nosotros.

—Eras tú.

Fueron dos palabras, pero parecieron dos balazos directos al corazón.

—¿Qué?

—Que eras tú, Charlie. La mujer de la que estaba enamorado y por la que tuve que huir a París para desengancharme.

Solo pude responder con un silencio eterno, espeso, casi pegajoso. Mi cerebro no era capaz de procesar lo que Oliver acababa de decir, mi corazón no podía asimilarlo, mi garganta no colaboraba para que las palabras rompieran la tensión.

—¿No dices nada? —me preguntó con el tono de voz más tímido que le había escuchado a Oliver en toda mi vida.

—¿Era...? ¿Era yo? —Cabeceé un par de veces para tratar de encontrar sentido a sus palabras, porque seguía sin lograrlo—. ¿Cómo que era yo?

—Charlie, estuve enamorado de ti todos los años que vivimos juntos. Bueno, quizá no todos, pero..., sin ninguna duda, los últimos.

—Pero nosotros... Nosotros éramos... Éramos... —La fluidez no me acompañaba, eso estaba claro.

—Éramos amigos, sí. Eso nunca fue mentira. Nunca lo será. Y follábamos de vez en cuando. Me gustaba follar contigo. —Mi cerebro, mi corazón y mi garganta seguían paralizados, pero mi entrepierna no tuvo el menor problema en humedecerse—. Y me gustaba porque lo hacíamos muy bien, no porque estuviera enamorado de ti. Pero al final, cuando se acabaron las orgías, las noches de borrachera y todo aquello tan loco que fuimos..., lo que quedó era amor.

—¿Por qué nunca me lo dijiste?

—Yo... —Oliver se interrumpió, chasqueó la lengua con un sonido que me dio la sensación de que se debía de haber oído en el Elíseo y sirvió las dos últimas copas de champán. Continuó hablando después de lo que me pareció una eternidad—. Supongo que habría sido lo más honrado. Eras mi mejor amiga y tenías derecho a saberlo, pero me dio pavor cargarme lo que teníamos. Si hubiera creído que tenía la menor posibilidad, si hubiéramos podido llegar a algo..., me habría lanzado, Charlie. Estaba loco por ti y nunca se me ha conocido por mi prudencia, pero, en la decisión más importante de mi vida, tenía mucho que perder si arriesgaba.

—¿Crees que habría dejado de considerarte mi mejor amigo si me lo hubieras contado?

—No. Pero todo se habría vuelto raro entre nosotros, Charlie, no te engañes.

—¿Y si yo te hubiera correspondido?

—Charls... —Su tono era de súplica y yo también quería suplicarle algo, aunque no sabía qué; quizá que me perdonara por haberle roto el corazón, aunque supiera que no había sido culpa mía—. Repetías a todas horas que no tendrías novio jamás, que lo único que querías era disfrutar del sexo con cuantos más compañeros de cama mejor...

—Joder, Oliver... No era así.

—¡Venga ya! ¿Crees que te lo digo juzgándote? Me parecía genial entonces y me parece genial ahora. El único problema era que, en algún punto del camino, me había enamorado de ti.

—Y te dolía verme con otros.

—No. —Oliver se rio por primera vez en un tiempo demasiado largo—. Somos muy raros, Charlie, joder. Deberían encerrarnos en un museo para que nos estudiara un equipo de antropólogos.

—Me parece una idea sensacional. —Yo también me reí.

—Nunca fue una cuestión de quererte solo para mí. Solo aspiraba a que tú también te enamoraras de mí y...

—¿Y qué?

—Y te enamoraste de Chris Porter.

—Dios...

—Cuando él apareció en escena como novio más o menos oficial, supe que lo más sano para mí sería marcharme. Tenía una oferta de trabajo increíble en París y mi madre acababa de morir. Era el momento ideal, aunque fuera lo menos ideal del mundo, en realidad. Pero, si me quedaba, corría el riesgo de acabar alegrándome si él te hacía daño o de acabar lamentando que fueras feliz. Eso me convertiría en el peor amigo del mundo. He sobrevivido al desamor contigo, Charlie, soy un tío bastante feliz, ¿no? —Le sonreí mientras asentía, aunque esa respuesta me requería más desarrollo, uno para el que no estaba preparada aún—. Pero no habría podido soportar perder tu amistad.

—Eso nunca habría podido pasar. Nunca pasará. Es de las pocas cosas que tengo claras en la vida.

—Y yo. Hemos llegado a un punto en nuestra amistad en que la siento irrompible. Si no, jamás me habría atrevido a confesar algo que llevo callando diez años.

—¿Moon lo sabe?

—No. Y es tu decisión, pero... preferiría que siguiera sin saberlo. No me gustaría que nadie nos mirara de forma diferente a partir de ahora.

—Mis labios están sellados, te lo aseguro.

—Gracias.

—No, Oliver, gracias a ti por habérmelo contado. No te voy a engañar, estoy... un poco en *shock*, pero llevo mucho tiempo preguntándome cuál era ese gran amor que te había llevado lejos de mí. Nunca imaginé que... fuera yo.

—La vida es jodidamente complicada a veces —concluyó—. Pero es muy bonita, Charlie. ¿No es bonita?

—Es preciosa.

Cogidos de la mano, unidos por algo nuevo que nunca había estado entre nosotros y que, como la vida, era complicado pero también bonito, volvimos dentro de la suite y nos acurrucamos uno junto al otro en la cama. Oliver me pasó un brazo por la cintura y yo sonreí en la oscuridad. Sabía que no iba a pasar nada entre nosotros, porque ya no sería aquel sexo desenfrenado y sin mayor significado de la época de la Saint Martins. Éramos a la vez instinto y pureza. Éramos los mejores amigos del mundo, pero siempre habíamos sabido que también éramos algo más. No podíamos dejar que saltara una chispa porque éramos gasolina.

Al día siguiente volveríamos a Londres, a nuestra casa, a nuestra vida..., y yo solo podía pedir que nada cambiara. Que fuéramos nosotros, así, para siempre.

Cita número	17
Fecha	11 de octubre
Hora	19.30
Lugar	Carnaby Street
Nombre	Jonathan Lambert
Edad	34
Forma de contacto	Fiesta de la Paris Fashion Week

Me encontraba tan rara los primeros días tras mi regreso a Londres que, cuando recibí un mensaje de Jonathan recordándome la cita que nos habíamos prometido en París, tardé un rato en saber quién me hablaba y de qué. Encima, Jonathan debía de ser la única persona del mundo de la moda londinense que no tenía Instagram —y si lo tenía, no era con su nombre real— ni foto de perfil en WhatsApp.

Pero aun así me lancé, vestida con un *short* vaquero y una americana de *tweed* en tonos azules, una de las adquisiciones que me había traído de París, y sin tener ni idea de cómo iba a reconocer a Jonathan. No es que tuviera problemas de memoria, es que me había morreado con él en París en tal estado etílico que podría haber sido el príncipe Harry y yo ni me habría enterado.

Habíamos quedado en Carnaby, en un pub que Jonathan había propuesto porque emitían un partido de *rugby* muy importante que, al parecer, se celebraba ese día. No es que fuera el planazo de mi vida, pero aprovecharía el ratito previo a la cita para darme una vuelta por las tiendas de Carnaby, que me chiflaban, así que acepté.

Llevaba ya tres bolsas con compras absolutamente innecesarias —y que, en un ataque de ética profesional, no cargué a la tarjeta de empresa— cuando pasé por delante de uno de los bares de la zona y un imbécil se puso a hacerme gestos desde la puerta. Bueno, eso pensaba yo, que era un imbécil de esos que aún creen que es gracioso intentar llamar la atención de una desconocida con saludos que se quedan sin respuesta. Pero no, claro, era Jonathan.

—¡Charlotte!

Cuando pronunció mi nombre, me di cuenta de que tenía que conocer de algo a ese chico. Y de que los encuentros casuales no suelen existir, así que ese debía de ser Jonathan.

A ver cómo consigo decir esto sin quedar como una frívola estúpida... Vale, no lo voy a lograr, pero seré sincera, al menos. Jonathan... no era como yo lo recordaba. No lo era en absoluto. Ya he dicho varias veces que yo misma no soy un ejemplo de belleza convencional, así que tampoco espero de los tíos que sean una especie de Ken prefabricado ni que sus cuerpos cumplan a rajatabla el canon griego, pero... Venga, lo digo: Jonathan era feo. Pero mucho. *Muy* feo.

—Ay, perdona, Jonathan, no me he puesto las lentillas y no te veía. —Se había convertido ya en rutina eso de empezar las citas con una mentira, al parecer.

Entramos en el bar y me recibió un ambiente como muy... masculino. El partido de *rugby* de Inglaterra contra Irlanda había empezado ya y se notaba en los decibelios, en el olor a humanidad y en el consumo de cerveza. Nos acomodamos en una mesa cerca de la pantalla gigante y traté de recomponer algunos datos sobre quién era Jonathan exactamente. Las fichas fueron encajando cuando me explicó que era periodista, que llevaba toda la vida en la sección de Deportes de un diario nacional, pero que había habido una baja en el departamento de Sociedad y le había tocado a él viajar a París para cubrir la semana de la moda. Vivía en Archway, tenía treinta y cuatro años, estaba soltero y no tenía hijos. Cómo estaría yo en París cuando lo conocí que me había parecido un tío guapísimo y hasta había llegado a pensar que era modelo.

La cita no estuvo mal. Jonathan era un chico majo e incluso hizo un esfuerzo por prestarme atención a pesar de que era evidente que le interesaba más lo que veía en el televisor que mi existencia. Me sentí un poco idiota por haber quedado con él, un poco más idiota por no darle una oportunidad a causa de algo tan superficial como que no me pareciera guapo y tonta de remate por la razón que me había llevado hasta Carnaby. Porque la única razón por la que yo estaba allí era que necesitaba olvidarme de París, de la confesión de Oliver y de todo lo que me había removido dentro.

Es una mala idea ponerse a pensar en un hombre mientras aún estás en una cita con otro diferente, incluso aunque ese hombre sea tu mejor amigo. Y es una idea pésima despistarse en un bar lleno de gente exaltada por un evento deportivo. Por lo que entendí más tarde, Inglaterra anotó un ensayo cuando faltaban pocos segundos para el final del partido, lo que desató la euforia en el pub. Tuve que reconstruirlo unos minutos después porque, en ese instante, de lo único que me enteré fue de un impacto del codo de mi compañero de mesa en mi cara.

Hubo sangre. Jonathan ni se enteró porque estaba abrazado a un desconocido celebrando el momento de gloria de nuestra nación. Entré un segundo en pánico por si me había roto la nariz, pero comprobé la estabilidad del hueso y me pareció que no. Sentí una oleada de humedad en mi pantalón corto —qué nostalgia me entró de los tiempos en que me humedecía en una cita por otras razones— y comprobé que estaba empapado en Guinness. Y lo peor de todo: unas cuantas gotas de sangre habían salpicado mi preciosa chaqueta de *tweed* nueva. Por poco no me eché a llorar. Lo que sí hice fue decirle a Jonathan que lo había pasado muy bien, pero que me iba a ir a mi casa. No pareció que le importara mucho.

Cuando me subí al metro a pocos pasos de aquel bar, no tenía ni idea de dónde iría a parar aquella carrera de citas que cada vez parecía tener menos sentido. Lo único que pedía ya, a esas alturas, era que dejara de haber lesiones, sangre y dolor cuando me decidiera a salir con un hombre.

Puntuación de la cita	2 (Jonathan, al menos al principio, fue bastante majo)
Norma incumplida	Que sea guapo a rabiar

19

Las ideas que me había traído de la gira por las semanas de la moda fueron muy bien acogidas en el departamento de Diseño de mi empresa. Mi vida amorosa podía ser un siniestro total, pero al menos no había perdido la capacidad de detectar nuevas tendencias. Por suerte, al regreso de las vacaciones, con todas las reuniones que tuvimos esos días para adaptar lo que había visto sobre las pasarelas a los modelos *low cost* que llegarían en un mes a las tiendas de la marca, estaba haciendo jornadas de doce horas. Y digo «por suerte» porque lo último que le habría venido bien a mi cerebro en aquel momento concreto sería disponer de tiempo libre para pensar.

Por desgracia, el fin de semana llegó y, por más que lo intenté, fui incapaz de llevarme tareas a casa. Cuando se pronuncia la frase «Por desgracia, el fin de semana llegó», debería saltar una alarma para advertir que algo no va bien. Claro que a mí no me hacía falta; sabía perfectamente qué era lo que no iba bien.

Me sentía sola. Oliver se había encerrado en su estudio desde que habíamos vuelto de París y, aunque sabía que tendría una carga de trabajo brutal que justificaba que se quedara a dormir allí..., tenía miedo de que estuviera huyendo de mí y de la confesión que había salido de sus labios la última noche en París. Me moría por coger el ordenador y hacer una videollamada con Moon para desahogarme, pero no pensaba faltar a la promesa que le había hecho a Oliver de que su secreto quedara entre nosotros. Así que acabé rehuyendo también a Moon, con la que solo tenía contacto a través de WhatsApp y con Sun casi como único tema de conversación. Mi mejor amiga me conocía demasiado bien y yo temía que, si me veía la cara, supiera sonsacarme lo que me ocurría.

Y hablando de mi cara... Cuatro días después de la fallida cita con Jonathan, seguía teniendo la nariz hinchada y con un tono entre azul y amarillo que durante el día conseguía disimular bastante bien con maquillaje, pero que al llegar a casa seguía ahí, reaparecida por obra y gracia del agua micelar.

Vamos..., que no estaba en mi mejor momento. Y no estaba en mi mejor momento porque la cabeza no dejaba de darme vueltas alrededor de las palabras de Oliver. Después de un par de días en tal *shock* que fui incapaz de sacar una sola conclusión, sentí como si un millón de ideas me bombardearan, como si estuvieran metidas en una centrifugadora en mi mente. Y por poco no enloquecí.

Oliver había estado enamorado de mí. Mientras estudiábamos en la universidad, mientras salíamos y nos emborrachábamos juntos, mientras lloriqueaba en su regazo el desastre de mi nómina de fracasos amorosos, mientras nos acostábamos por el simple placer del sexo. Quise enfadarme con él por haberlo mantenido en secreto durante tantos años, pero no pude. No pude porque yo... Yo tampoco había sido siempre sincera con respecto a mis sentimientos hacia Oliver.

Oliver era muchísimo más valiente que yo. No por haberse atrevido a contarme sus sentimientos en aquel balción de París, sino por habérselo confesado a sí mismo. Yo, en cambio, hacía doce años que conocía a Oliver y muy pocas veces, hasta aquellos días posteriores al viaje a París, me había atrevido a sincerarme sobre lo que ese chico que había sido mi compañero de piso y un millón de cosas más me había removido dentro durante años. Quizá yo también había estado enamorada de él. Y quizá el «quizá» fuera la última muestra de mi cobardía.

Lo máximo que había reconocido era que, durante la época de la universidad y los dos años posteriores, había estado un poco colada por Oliver. «Un poco colada» es un eufemismo gigante, por si alguien no se ha dado cuenta —yo tardé años en ser consciente de que lo era—. Oliver fue, y seguiría siendo siempre, mi mejor amigo, sí, por supuesto. Me había acostado con él de vez en cuando por puro placer, eso también. Pero había algo más. Siempre lo había habido. Un intangible que yo sentía y que siempre creí que era unilateral. Y que tal vez por eso lo ignoré o lo borré o traté de olvidarlo. Una década después, me había enterado de que no era unilateral en absoluto.

Había dos cuestiones que me atormentaban por encima de cualquier otra. La primera era hasta qué punto un hecho aleatorio podía haber determinado todo nuestro futuro: el mío y el de Oliver. Por separado y juntos. No dejaba de preguntarme si quizá la decisión definitiva de Oliver de marcharse a París, de renunciar a toda esperanza de un futuro junto a mí, había llegado después de un comentario absurdo, de esos que hacía cuando me ponía dramática. A lo mejor había declarado solemnemente que jamás me enamoraría, o que lo estaba hasta el tuétano de Chris Porter, o que la monogamia me parecía un invento interesado del patriarcado. Estoy casi segura de que esas tres cosas las dije en algún momento de mi primera juventud; puede que incluso lo hubiera dicho todo en una misma semana... o en una tarde tonta de resaca. La idea de que toda la vida de Oliver, ya no la mía, pudiera haber estado determinada por una tontería sin fundamento me hacía tiritar. Pensar que detalles nimios pudieran alterar el rumbo de una vida, o de dos, me aterraba.

El otro pensamiento al que era incapaz de dejar de dar vueltas estaba relacionado con la sinceridad. Oliver me había revelado lo que había sentido por mí con una década de retraso; yo apenas empezaba a asumir lo mío. Pero ¿qué habría pasado si hubiéramos sido claros diez años antes? Me planteaba tantos escenarios que lo raro es que no me hubiera vuelto loca aún.

Pensaba en qué habría ocurrido si Oliver me hubiera confesado a los veintipocos que estaba enamorado de mí. Aunque pueda parecer imposible, yo jamás me planteé esa opción. Quizá porque no tenía muy clara la sexualidad de Oliver o tal vez porque nos habíamos acostado un millón de veces sin que los sentimientos formaran parte de la ecuación. Yo sentía algo, pues claro que sentía algo por él que iba más allá de una amistad, pero siempre lo había visto como un enamoramiento de esos imposibles que puede tener alguien por un famoso; la idea de que Oliver pudiera sentir algo por mí me parecía tan verosímil como que alguien me dijera que David Beckham estaba loquito por mis huesos.

¿Qué habría hecho si él hubiera hablado? Creo que, después de las horas/días/semanas que habría necesitado para creérmelo del todo, me habría lanzado a confesarle que el sentimiento era mutuo. ¿Y entonces? ¿Se habría ido Oliver a París? No perdía de vista que, además del duelo por la muerte de su madre y del corazón que yo le había roto sin saberlo, Oliver se había ido a Francia siguiendo una oportunidad profesional de esas que dan vértigo. ¿La habría aceptado si existiera la esperanza de que construyéramos algo juntos? ¿Me habría ido yo con él si me lo hubiera propuesto? Entonces apenas estaba empezando mi carrera en mi empresa actual y París me habría parecido un sueño. Estoy casi segura de que lo habría seguido con los ojos cerrados. Pero... ¿habría sido una buena idea? ¿Dónde estaría si lo hubiera hecho? ¿Cómo habría sido mi vida? ¿Seguiríamos juntos diez años después? Y, si no, ¿seguiríamos siendo amigos?

Cuántas preguntas y qué pocas respuestas. Nadie podría dármelas, ni yo misma ni Oliver. Pero había una respuesta que necesitaba mucho más que todas aquellas etéreas que me rondaban la mente. Y era una que tenía al alcance de un wasap.

Charlie

¿Estamos bien, Oli?

Oliver

Lo estaremos si dejas de llamarme así.

Charlie

Vaaaale. Pero ¿estamos bien?

Oliver

Claro, tonta. ¿Cuándo no hemos estado bien tú y yo?

Charlie

No sé... Igual es que hace demasiados días que no nos vemos.

Oliver

No te habrás emparanoiado con que estoy en el estudio por huir de ti, ¿verdad?

Charlie

Mmmmmm...

Oliver

Hoy he tenido seis reuniones, una de ellas de tres horas. He respondido a ocho entrevistas, cuatro por escrito, tres en la radio y una en televisión. No he probado bocado desde el desayuno. No hay otra razón para que esté aquí.

Charlie

Vale.

Oliver

Nos vemos pronto, ¿OK?

Charlie

OK. Un beso.

Creo que ese fue el primer momento en que respiré aquella semana. Ya podía permitirme volver a mi vida normal y... ¿cuál era el ingrediente principal de mi vida normal? Sí, lo habéis acertado: las malas decisiones. La que tomé aquella noche fue prescindir de Tinder —lo consideraba un poco gafe, vistos los antecedentes— y probar suerte en otra de las apps que me había instalado al comienzo de mi búsqueda del amor. No habían pasado ni dos minutos y ya tenía una cita para el sábado siguiente. ¿Quién dijo fracaso, eh? Estaba en lo más alto. Viva la bipolaridad.

Por cierto, qué bien se me daba engañarme en esa época, ¿verdad? Porque me había planteado algo así como un millón de preguntas, pero se me habían olvidado —o mi subconsciente había decidido ignorar— las dos que más podrían alterar el rumbo de mi vida: ¿seguía Oliver enamorado de mí? Y yo... ¿aún lo estaba de él?

Cita número	18
Fecha	23 de octubre
Hora	17.30
Lugar	Dalston
Nombre	Stuart Whitehead
Edad	28
Forma de contacto	Nueva app de citas

No sé en qué momento exacto mi vida se había convertido en un chiste, pero empezaba a no tener ni puñetera gracia. Esa es la conclusión que saqué después de mi primera (y única) cita con Stuart, el encantador muchacho al que había conocido en esa app de citas de la que tanto había oído hablar a mis compañeros de trabajo.

La cosa empezó bien. Stuart («Llámame Stu») propuso un lugar «increíble, genial; si no lo conoces, me costará creerme que eres londinense». Eso suponía un buen avance respecto a Tinder, donde el ochenta por ciento del tiempo que había pasado chateando había sido una interminable sucesión de «Quedamos donde quieras», «Pues no sé, no se me ocurre ningún sitio» y frases similares. Y el caso es que, en efecto, no conocía el lugar, un bar llamado Dalston Superstore, que tenía solo el pequeño inconveniente de quedar más o menos a la misma distancia de mi apartamento que Bélgica.

Pero allá me encaminé una tarde de sábado, con la idea de «tomar algo y conocernos, sin más pretensiones». Me gustó la idea, así que me esmeré con un *look* sencillo de pantalón vaquero de corte *mom* y camisa blanca masculina, con el añadido de unos tirantes clásicos que me pareció que resultaban muy *chic*. Primer *spoiler*: no fue una buena idea.

Cuando llegué al local, después de una interminable sucesión de metro, tren y, finalmente, un taxi porque lo único que había conseguido hasta entonces había sido perderme, Stu me esperaba en la puerta. Frunció el ceño al verme y me entró un ataque de inseguridad poco habitual, pero me convencí de que habían sido imaginaciones mías y lo acompañé al interior del local. Me sorprendió la decoración, llena de banderas arcoíris por todas partes, pues hacía cuatro meses del Orgullo; debían de tener la misma política decorativa que yo con el árbol de Navidad, que jamás había retirado antes de mayo. Segundo *spoiler*:

era un bar gay y yo no me enteré ni cuando por los altavoces sonó *Focus*, de Ariana Grande.

—Eres abogado, entonces, ¿no? —le pregunté después de que pidiéramos un par de cervezas; lo hice por romper el hielo, porque no daba la sensación de que Stu tuviera intención de hacerlo.

—Sí.

—Ah, qué interesante. —No lo era, pero en fin...—. Yo, como te comenté, trabajo en una firma de moda. Me dedico a buscar tendencias y...

—Sí, ya me lo contaste en el chat. —Stu dio un sorbo a su cerveza y se recostó un poco en la silla de madera. Me pareció un repliegue claro en su intención de continuar la conversación.

Eché un vistazo a mi alrededor, cogí mi móvil del bolso, comprobé las notificaciones... Me sentía incómoda en aquel lugar, en aquella cita y, desde luego, me parecía imposible que aquel tío borde e insolente que tenía enfrente fuera el mismo chico encantador con el que había hablado por chat.

—Disculpa, Stu... Stuart, ¿te pasa algo? —Recapacité sobre cada paso que había dado desde el comienzo de la cita y me atreví a preguntarle—: ¿He hecho algo que te haya molestado? Porque, desde luego, no soy consciente de...

—No sé cómo decírtelo sin hacerte daño, Charlie. Ni siquiera sé muy bien cómo sentirme.

—Pero ¿qué ocurre? —le pregunté cada vez más confusa.

—Antes de nada, quiero dejar claro que no pretendo ofenderte. —Esa frase prácticamente auguraba que iba a hacerlo—. Ni a ti ni a vuestro colectivo, al cual respeto y cuyas luchas me parecen las mismas que las nuestras.

—Emmmm... —Llegado ese punto, no tenía la menor idea de sobre qué estaba hablando Stuart—. Creo que no te sigo.

—He tenido algunos debates con mis amigos trans sobre hasta qué punto se puede considerar transfobia no querer mantener relaciones sexuales con hombres no operados. —Ahí empecé a sospechar que Stuart estaba drogado; o quizá era yo, que me había tomado un LSD sin darme cuenta—. Y odiaría que pensaras que soy un tránsfobo, ¿de acuerdo? Para mí, eres indudablemente un hombre. —¿QUÉ?—. Pero no creo que podamos llegar a... *intimar*, si tus órganos sexuales... Si tienes vagina, vaya.

—Necesito algo más fuerte que esto para responderte.

Me levanté, me acerqué a la barra y pedí dos chupitos de tequila. Me bajé el primero de un trago y al segundo le di un par de sorbos largos. Respiré hondo, al fin con la imagen de lo que había ocurrido en la cabeza, y regresé a la mesa.

—Tengo vagina —comenté y se me escapó una carcajada porque jamás, repito, jamás, imaginé que tuviera que aclarar ese dato en una cita—. Todos mis amigos me conocen como Charlie May, pero mi nombre es Charlotte Christina May. Soy una mujer cisgénero heterosexual y no tengo la menor idea de cómo hemos llegado a esta conversación.

—¿Eres... una mujer? —Que lo preguntara con esa cara de extrañeza me hizo pensar que quizá se me había ido un poco de las manos lo del *look* masculino.

—Me temo que sí.

—¿Y por qué me has propuesto una cita? —me preguntó, mientras abría los brazos en un gesto de incomprensión.

—Si mal no recuerdo..., me la propusiste tú.

—Sí, claro. ¡Porque pensé que eras un tío! Soy gay, joder. ¿No te dio una pista el hecho de que quedáramos en el bar más jodidamente gay de todo Londres?

—Ya te dije que no conocía el local. —Me encogí de hombros—. Pero ¿tú has visto mis fotos?

—Precisamente.

Recuperé mi móvil del bolso, entré en la app y comprobé las dos fotos que había seleccionado para subir. La primera era uno de mis primeros planos favoritos; tenía dos o tres años de antigüedad y en ella llevaba el pelo muy cortito. Recordé que, en la primera comida de domingo a la que asistí después de cortármelo, mi madre me espetó que parecía «un chico». Enrojecí hasta la raíz del cabello; allí, en aquel bar gay del extrarradio, no en la comida familiar. Pero entonces encontré mi coartada para salir airosa de aquella extrañísima cita.

—Te puedo comprar que me confundieras con un hombre en la primera foto, aunque no voy a negar que me duela, pero... ¿qué me dices de esta? —Le planté mi móvil delante de la cara y le enseñé una foto en la que estaba ideal, con un vestido de estilo psicodélico de Raf Simons que me había costado un ojo de la cara y unos zapatos de taconazo con plataforma—. ¿Aquí también te parezco un tío?

—Pensé que era un rollo *drag*. Por los zapatos y eso.

Se me escapó un gritito de indignación. Pon en duda mi identidad de género si quieres, amigo, pero no oses criticar mis putos zapatos.

—En fin..., será mejor que me vaya. —Me levanté y me acerqué a la barra para pagar las consumiciones—. Siento mucho la confusión, aunque espero que al menos lo recuerdes como una anécdota divertida.

—Sí, vamos. Una diversión de la hostia...

—Mira, Stuart —me encendí porque me negaba a cargar con la culpa de una confusión de la que solo eran responsables la mirada de él y la herencia genética de rasgos prominentes de la familia May—, me parece un poco fuerte que des por hecho que soy la culpable de este desafortunado malentendido.

—¿No lo eres? —dijo mientras cabeceaba con algo parecido a la ira en su mirada—. ¿Me puedes explicar entonces... qué cojones haces en Grindr?

Una enseñanza para la vida, amigos: Grindr es una app LGTB. Sí, lo sé, fui la última habitante de este planeta en enterarme. Tierra, trágame pronto. Por favor.

Puntuación de la cita	1 (por lo aprendido acerca de apps y redes sociales, que podría serme útil en el futuro)
Norma incumplida	Que me vea tan guapa como me veo yo a mí misma en mi mejor momento

20

—Oliver, o dejas de reírte o te juro que salgo ahora mismo por esa puerta y no regreso hasta que te hayas llevado todas tus cosas y me hayas devuelto la llave. —Mi amenaza debió de ser lo más inverosímil del mundo: Oliver redobló las carcajadas hasta el punto de que se me contagiaron.

—No sé qué me indigna más: si que él te haya visto fea o que tú no supieras lo que es Grindr.

—No me vio fea. Solo creyó que era un tío. Quizá debería empezar a hacerme llamar Charlotte, no Charlie.

—O quizá deberías dejar de intentar ligar en una app gay.

—Mira qué bien te lo sabes —lo pinché—. Cuántos polvos habrás echado gracias a Grindr...

—Pues unos cuantos, no te voy a mentir. —Me guiñó un ojo—. ¿Celosa?

—¿Yo? —pregunté en un tono algo estridente mientras notaba como el sonrojo invadía mis mejillas.

Tardé unos segundos más de lo decente en darme cuenta de que se refería a si me daba envidia que a él le salieran bien las citas online, no a que estuviera celosa al imaginármelo con otra persona en una cama. Genial, Charlie, ge-nial.

—¿Cómo coño acabaste en Grindr?

—Me acojo a mi derecho a no contestar.

—¿Te sonaba de oídas y ni miraste al registrarte?

—Todos mis compañeros de trabajo hablaban de ello y...

—Pero... —A Oliver le dio tal ataque de risa que estuvo a punto de no poder seguir hablando—. ¿Cuántos compañeros de trabajo hetero tienes?

—Uno. Lo sé. Salí con él y estuve a punto de dejarlo morir, no te olvides.

Café en mano y tirados en el sofá de nuestro salón, Oliver y yo pasamos el resto de la mañana entre carcajadas. Mi vida amorosa era una mierda, pero al menos me proporcionaba buenos ratos. En algún momento debería plantearme por qué esos buenos ratos eran siempre fuera de las citas, pero eso ya llegaría...

—¿Y tienes a alguna otra víctima en perspectiva?

—Meh...

—No te hundas, Charls... Mira el lado bueno del asunto. Cuando el tío ese te vio, se dio cuenta de que eras una mujer. O de que lo habías sido en algún momento, al menos.

—Que me dejes.

—¿Qué significa ese «meh»? ¿Citas a la vista o no?

—Moon me ha insistido en que quede con un amigo suyo. —Recordé la conversación que había tenido con mi amiga esa misma mañana.

—¿Qué amigo? ¿Lo conocemos?

—Coincidimos con él alguna vez hace un montón de años, cuando Moon aún vivía aquí. Kenneth, ¿lo recuerdas?

—¿No era un tío muy aburrido? —me preguntó Oliver con el ceño fruncido.

—Digamos que nunca nos pareció el alma de la fiesta —reconocí—. Pero hace diez años a nosotros nos habría parecido aburrido un híbrido de Charlie Sheen y Keith Richards. No somos los adecuados para juzgar.

—En resumen..., ¿dentro de una semana estarás en este mismo sofá contándome que en tu vida te habías aburrido más que en la cita con Kenneth?

—Pues no, listillo. Me ha dicho Moon que la única noche que libra es la de los domingos, así que, con un poco de suerte, la resaca del desastre me pillará contigo en el estudio.

—¿Vas a quedar con él, entonces?

—Sí, me ha dado pena...

—¿Pena?

—Moon me ha contado que su hermano se ha muerto hace poco en un accidente de tráfico y... está bastante solo, la verdad.

—Joder, qué putada. —Oliver cerró los ojos; bien sabía yo cuánto le afectaban las pérdidas, aunque fueran ajenas—. Pues ya me contarás qué tal.

—¿Impaciente por ver qué desastre organizo?

—Ni te imaginas.

Exacto. Ni se lo imaginaba...

Cita número	19
Fecha	31 de octubre
Hora	23.00
Lugar	Camden Town
Nombre	Kenneth Blake
Edad	31
Forma de contacto	Amigo de Moon

Tenía un vago recuerdo, avivado por mi conversación sobre él con Oliver, de que Kenneth no era la persona más habladora del mundo. Y asumía que estaba pasando un mal momento tras el fallecimiento de su único hermano, así que no era el día para ponerme exigente y lo sabía. Pero el hecho de que me hubiera propuesto quedar en un club de Camden Town precisamente la noche de Halloween me había dado la esperanza de que, con más o menos conversación de por medio, al menos pasaríamos una noche de fiesta divertida.

Adivinad. Sí, me equivocaba.

Era ya casi medianoche y allí seguía yo, en un local de moda, ideal con mi traje nuevo de estilo pijamero, sin lograr extraer más que monosílabos de un chico que no parecía dispuesto a que aparcáramos la charla para un momento más propicio y nos fuéramos a enrollar al hotel más cercano.

—Entonces, vives por aquí cerca, ¿no? —le pregunté.

—Sí.

—Ya. —Me esforzaba. Si no hubiera sido amigo de Moon y no me despertara un punto de compasión por sus circunstancias, me habría largado hacía un buen rato—. Es una buena zona para vivir, ¿verdad?

—Supongo.

—Yo vivo en Shoreditch.

—Ah.

—Es una zona que me encanta. Heredé el piso de mi abuela hace años y no podría haber deseado un barrio mejor.

—Sí, es guay.

—Y me dijo Moon que trabajas por las noches, ¿no?

—Sí.

—¿A qué te dedicas? —Sabía perfectamente que era ingeniero de sonido y que trabajaba en un teatro de Shaftesbury Avenue, pero de verdad que no me quedaban ya temas de conversación.

—Soy ingeniero de sonido.

—¡Hala! Qué interesante. —Frases al azar, eso haría: soltar frases al azar—. Me encanta la música.

—Ajá.

—¿Qué música te gusta a ti?

—Un poco de todo.

Me pedí una copa de vodka con piña; al menos durante el rato que tenía los labios pegados a la pajita, no me sentía en la obligación de hablar. Kenneth me sonreía mientras daba tragos a su cerveza, por lo que deduje que no tenía nada contra mí, ni estaba enfadado, ni me había confundido con un hombre, ni se estaba ahogando ni ninguna de las trescientas cincuenta opciones con las que ya me había topado en anteriores experiencias desastrosas.

—¿Y... has estado casado? —También sabía la respuesta a esa pregunta, pero ¿de qué hablas en una cita con alguien que no emite más que monosílabos, en serio, DE QUÉ?

—No.

—No tienes hijos, supongo.

—Tampoco. ¿Tú?

—No, nada. Ni niños ni maridos. —Sonreí y él me acompañó. Jolín, qué mono era, ¿por qué no podían los dioses haberle concedido el don del habla?

Me pedí otra copa. Bailamos un poco y comprobé que Kenneth tenía más gracia moviéndose que verbalizando, lo cual tampoco es que fuera muy difícil. A nuestro alrededor se movía una extraña mezcla de personas con disfraces siniestros y noctámbulos que iban bastante pasados de alcohol. Yo formaba parte del segundo grupo y, como consecuencia de ello, empecé a emparanoiarme con el primero. Vamos, que se me metió en la cabeza que para Kenneth, que hacía poco tiempo había perdido a un ser querido, podía resultar incómodo ver a tanta gente frivolizando con la muerte. Así de profunda me sentí de repente, hasta el punto de plantearme si esa sería la causa de su hermetismo verbal y si habría algún lugar en Londres al que pudiéramos ir a tomar algo sin que nos rodearan esqueletos, fantasmas y otros seres del más allá. Ya he dicho que el alcohol no era mi mejor aliado en ese momento. Por si todo eso —el nivel de alcohol en sangre y la paranoia de Halloween que me había invadido— fuera poco, en el local empezó a sonar *Brother*, de Kodaline, que era una canción que me encantaba, pero... *brother*. *BROTHER*. Las palabras de Moon contándome, compungida, que Kenneth había perdido a su hermano en un accidente de tráfico recientemente empezaron a resonarme como un eco en el cerebro.

Y, entonces, tuve una idea horrible. Decidí expresarle a Kenneth mis condolencias por la muerte de su hermano. No tenía ni idea de si él se imaginaba que Moon me había puesto al tanto del asunto y preferí dejarle claro que sí, que estaba enterada y que lo sentía.

Ahora mismo, sobria y más o menos cuerda, se me ocurren un montón de frases que habrían sido adecuadas, partiendo de la base de que ya era del todo inapropiado dar el pésame mientras bailábamos, yendo yo borracha y estando rodeados de gente disfrazada. Pero algunas de las frases salvables habrían sido:

«Moon me ha contado lo de tu hermano. Siento muchísimo tu pérdida».

«¿Qué tal estás, Kenneth? Sé que has sufrido una pérdida hace poco y lo siento mucho».

«Te acompaño en el sentimiento, Kenneth».

Yo qué sé. Había mil, ¿vale? Voy a volver a insistir en que el alcohol había hecho mella en mí. Necesito algún atenuante para la puta barbaridad que generaron mis neuronas y reprodujeron mis cuerdas vocales.

—Y entonces..., ¿qué tal la vida de hijo único?

Ni siquiera me disculpé. Tal cual estaba, me giré —tambaleo por la combinación de tacones y borrachera incluido— y me largué a mi casa. Aún hoy no entiendo cómo pude resistir la tentación de tirarme al canal de Camden (donde, sin duda, moriría antes de una infección que ahogada) para evitarme una mañana siguiente con resaca, en día laborable y con el recuerdo de un ridículo atormentándome.

Puntuación de la cita	0 (por absoluta y universal metepatas)
Norma incumplida	Que no me dé vergüenza hacer el ridículo delante de él

21

—No le dijiste eso...

Oliver me miraba desde la mesa de su despacho y yo era incapaz de devolverle el gesto: me tapaba los ojos con la mano como una niña pequeña que echa vistazos fugaces entre sus dedos mientras ve una película de terror.

—Se lo dije —confirmé en voz muy bajita.

—¿Estabas drogada?

—Borracha, pero no es excusa.

—¿Has hablado con Moon del tema?

—No me he atrevido.

—¿Y qué has hecho en todo el día?

—Pues mira... Me ha sonado el despertador cuatro horas después de llegar a casa, he vomitado dos veces antes de ducharme por la maldita resaca, me he ido a trabajar, mi jefa ha convocado por sorpresa una reunión en la que me ha pedido que elabore una propuesta para crear una línea de semilujo dentro de nuestra marca, no he tenido tiempo para salir a comer, me he quedado dormida delante del ordenador a las cuatro, he alegado una migraña para irme a teletrabajar a casa y entonces he recibido tu mensaje y me he venido aquí, a dejarme morir en tu sofá, que es precioso, por cierto, pero más incómodo que aquel que encontramos en la basura en segundo de carrera y que tuvimos tres años en el salón.

—¿Te has planteado alguna vez que, si hablaras menos, meterías menos la pata?

—Déjame en paz y hazme más caldito.

Estaba tumbada en el maldito sofá ese, que tenía el brazo más duro que Vin Diesel, con un antifaz congelado sobre los ojos y un par de tazas de caldo de verduras que Oliver me iba suministrando a medida que veía como el alma me abandonaba el cuerpo. Y sí, yo también me preguntaba por qué en el despacho de Oliver había cosas como antifaces de gel para la resaca, pero prefería no preguntar.

—Estás en un estado deplorable, Charlie.

—Y tú eres único dando ánimos. —Me incorporé para beber un trago y me acompañó en el movimiento una arcada que me subió desde los pies—. ¿A qué edad te diste cuenta de que las resacas a los treinta son mucho peores que a los veinte?

—Pues supongo que a la misma que todo el mundo. A los treinta. —De verdad que no soportaba esa condescendencia con la que me hablaba cuando yo tenía las fuerzas mermadas, pero en ese momento Oliver era la única persona cuya presencia podía aguantar, así que no protesté.

—Ah, me olvidaba. En medio de todo eso, recibí un mensaje en Instagram de un tío guapísimo para proponerme tomar algo un día de estos.

—¿Y eso es una novedad? ¿No te escriben todos los salidos del Reino Unido al menos una vez por semana?

—¡No! O sea, sí. —Se me escapó una carcajada rara—. Pero este no es un salido. Creo.

—Y has deducido que no lo es porque...

—Mmmmm... —balbuceé.

—Porque está muy bueno, ¿no?

—Mira. —Le puse el móvil delante de la cara con tanto ímpetu que por poco no le rompo la nariz—. Está bueno.

—Muy bueno —reconoció—. Un poco demasiado encantado de conocerse, pero nos vale...

—Mira quién fue a hablar. —Puse los ojos en blanco—. Me ha escrito con coma.

—¿Perdona?

—Me ha puesto... —Deslicé los dedos por la pantalla de mi móvil hasta recuperar el mensaje del tal Adam Barnes—. «Hola, Charlie. Me encanta tu cuenta, bla, bla, bla...».

—Sí que es fácil conquistarte... —Oliver se reía de mí ya abiertamente—. ¿Qué parte del «bla, bla, bla» es la que te ha tocado el corazoncito?

—No, no. Es la coma. El «Hola-coma-Charlie». Bloqueo de forma automática a los del «Hola guapa». Hola-sin coma-guapa.

—Yo te quiero, Charlie, pero tengo la sensación de que dentro de no mucho estaré llevándote tabaco al psiquiátrico.

—Yo no fumo —me defendí—. Solo en París.

—Hay un montón de cosas que solo pasan en París.

Desde que Oliver había vuelto a casa, pocas horas después de aquella conversación en la que me había confirmado que todo estaba bien entre nosotros, se nos escapaban comentarios así, como quien no quiere la cosa, sobre lo que Oliver me había confesado en París. Y eso era bueno, porque habría odiado que lo hubiéramos hecho crecer como un tabú entre nosotros; Oliver y yo podíamos habernos guardado secretos, pero nunca habíamos tenido líneas rojas ni vergüenzas a la hora de sacar cualquier tema.

—Y hablando de París... —Se me cortó la respiración un segundo, porque una cosa era que no hubiera tabús y otra, que no me impresionara un poco la posibilidad de que Oliver ahondara en el asunto. Pero me equivocaba—. ¡Howie!

—Pareces un puto marqués del siglo XIX, llamando a tu ayuda de cámara a gritos.

—Que me dejes. —Howie entró por la puerta desplegando la sonrisa radiante que reservaba en exclusiva para su jefe/Dios—. Por favor, Howie, trae el paquete que tenemos para Charlotte.

—En seguida.

—¿Qué tienes para mí? —Me incorporé en mi asiento con más agilidad de la que había demostrado en todo el día. Cómo me gustaban las sorpresas, joder, qué superficialidad la mía—. ¿Qué tienes para mí? ¡¿Qué tienes para mí?!

—Desgraciadamente, no un tranquilizante.

Howie tardó pocos segundos en regresar con una caja enorme y preciosa de cartón del bueno en color marfil con el monograma de Oliver W serigrafiado en dorado.

—¡¡Aaaah!! ¡¿Qué es?!

—¿Tú qué crees? —Oliver me dedicó esa sonrisa que reservaba para los momentos en que le hacía gracia, y en la que yo sabía leer un cariño muy tierno—. ¡Ábrelo!

Corrí hacia la caja y desaté con el mayor cuidado que me permitió la emoción los lazos de raso que la mantenían cerrada. Solo necesité un vistazo fugaz al contenido, envuelto en papel de seda, para saber que lo que Oliver me estaba regalando era el precioso vestido que había lucido sobre la pasarela de la semana de la moda de París.

—Pero ¡¿tú estás loco?! —le grité—. ¿No ibais a exponerlo en una vitrina en la tienda de New Bond Street?

—Esa era la idea, pero... prefiero que lo tengas tú.

—¿Por qué?

—Porque ese vestido se hizo para ti, en todos los sentidos posibles del término. Después de que medio mundo te haya visto con él puesto, perdería mucho valor sobre un maniquí.

—Oliver... —Se me llenaron los ojos de lágrimas por la emoción que me provocaron sus palabras; y quien dice «emoción» dice «engordamiento de mi ego»—. ¡¿Me lo puedo volver a poner?!

—Es tuyo, Charls. Puedes hacer con él lo que quieras.

Me desnudé en una milésima de segundo, sin plantearme que en cualquier momento podrían entrar en aquella oficina Howie o cualquier otro de los trabajadores de Oliver. Él me ayudó, como había hecho en el taller de Milán la primera vez que tuve aquella joya sobre mi cuerpo y, más tarde, en el *backstage* de París. Me giré sobre mí misma para verme en un espejo de medio cuerpo que Oliver tenía sobre la chimenea de su despacho y se me pasó la resaca de golpe. Qué guapa estaba, joder...

—¡Soy una princesa! —Empecé a saltar y a dar palmas—. En serio, Oliver, ¡soy una puta princesa!

—Todos lo sabíamos, Charlie, está bien que te des cuenta.

—Nunca podré agradecerte lo suficiente que me hicieras este vestido.

Era verdad. Y, para demostrárselo, me acerqué a él, lo abracé y le di un beso rápido en los labios. No era la primera vez que lo hacía. Quizá por todo lo que habíamos compartido en la época de la Saint Martins o tal vez por lo profundo que era el sentimiento entre nosotros; entre Oliver y yo no existía el pudor. Yo me paseaba medio en pelotas por nuestro piso compartido a la menor ocasión y él, en pelotas del todo. Lo mismo nos peleábamos como dos hermanos adolescentes por el último yogur de la nevera que nos abrazábamos sintiéndonos la piel o nos dábamos un beso sincero de amistad como el que a mí se me acababa de escapar.

Solo que... algo había cambiado. Seguíamos siendo los mismos y, sin embargo, yo no sentí que fuéramos los Charlie y Oliver de unas semanas atrás, de unos años atrás. Oliver siempre había tenido la capacidad de ocultar sus emociones tras una máscara —más de un lustro de enamoramiento secreto era una buena prueba de ello—, pero aquella tarde me dio tiempo a ver un gesto de turbación en su rostro tras mi beso inocente justo antes de que se pusiera la careta, esbozara una sonrisa y devolviera las aguas a su cauce.

—Yo ya he acabado el trabajo. Voy a pedir un coche para que nos lleve a casa, ¿te parece? —Señaló la caja del vestido—. No me imagino yendo en el metro con eso.

—Claro.

Y eso hicimos. Lo que hacíamos siempre. Volver a casa. Juntos.

Cita número	20
Fecha	6 de noviembre
Hora	21.30
Lugar	Park Lane
Nombre	Adam Barnes
Edad	34
Forma de contacto	Instagram

Si las normas que me había autoimpuesto cinco meses atrás, después de la epifanía romántica de mi cumpleaños, aún importaban algo, a Adam Barnes, desde luego, no se le podía negar que cumplía con creces las de ser guapo y tener clase. Para eso solo me hizo falta el primer vistazo que le eché al bajarme del taxi en Park Lane, delante del restaurante japonés en el que habíamos quedado.

—Encantado de conocerte, Charlotte.

—Llámame Charlie.

—Ven, tenemos la mesa esperándonos.

Adam trabajaba en banca privada, me dijo. Era londinense de nacimiento («Creo que quedamos pocos en la ciudad ya»), tenía un piso en South Kensington y se había regalado por su último cumpleaños un Aston Martin que guardaba en un garaje que le costaba casi tanto como lo había hecho el coche. No solían gustarme los despliegues de lujo al comienzo de una cita; a menudo, me parecía que el tío estaba haciendo un dosier promocional de sí mismo, pero, en el caso de Adam, todo fue surgiendo de forma natural en la conversación.

—Perdona que te asaltara en Instagram, no había hecho eso en mi vida. —Habría apostado mis Jimmy Choo nuevos a que era mentira, pero era demasiado guapo como para que me importara—. Me gusta la moda y me llamó la atención el rollo que tenían tus fotos.

—Gracias. Trabajo en moda y... bueno, es mucho más que un trabajo. Me apasiona.

—¿Y qué más cosas te apasionan, Charlie? —ronroneó.

No os voy a aburrir con el guion detallado de la cita, pero esa fue la tónica general. Bastante información sobre nosotros mismos en tono aséptico, seguida de un coqueteo sutil pero lleno de subtexto. No nos habían traído aún el segundo plato y yo ya estaba segura de que aquella cita iba a acabar en la cama. Por fin. Me aleteaban los labios vaginales con la emoción.

—¿Te gusta bailar, Charlie? —me preguntó mientras compartíamos el postre.

—Depende de con quién.

—Buena respuesta. —Soltó una carcajada de esas muy masculinas, como con vibrato en la nuez—. Hay un local aquí cerca que creo que te gustará.

No me conocía lo suficiente como para presuponer lo que me podía gustar o no, pero el caso es que acertó. El lugar al que me llevó no tenía nada de especial, pero precisamente ahí residía su encanto. Era un bar sencillo en una de las calles estrechas perpendiculares a Park Lane, con una barra de madera y algunas mesas repartidas por el espacio. Al fondo, un escenario en el que un dúo cantaba clásicos del *soul*. Casi nadie les prestaba atención, apenas un par de parejas que se mecían al ritmo de la música.

—¿Conoces esta canción? —me preguntó en otro de esos susurros ronroneantes que yo ya había entendido que eran marca de la casa.

—Pues... creo que no. —Estábamos bebiendo *whisky* acodados en la barra; me gustó que Adam, con su aire indiscutible de pijo, me hubiera llevado a aquel local algo sórdido.

—Vamos a bailarla.

Era un tema de Tevin Campbell, es lo máximo que puedo recordar de la banda sonora de aquel momento. Lo demás fueron todo besos, roces, sus manos acariciando la tela transparente de mi blusa negra y las mías aferradas a unos brazos fuertes que ya imaginaba sosteniéndome contra la pared de su apartamento.

—¿Te apetece otra copa? —me preguntó cuando dejamos de mecernos al ritmo de una música que no era más que una excusa.

—Sí. —Me pasé la lengua por el labio inferior, algo irritado ya por el roce de su barba—. Pero no aquí.

—¿Ah, no? —Tenía una sonrisa canalla que me apeteció arrancarle a mordiscos—. ¿Y dónde?

—¿Tu apartamento? —propuse. Había dejado mi cuarto en tal estado de caos después de una hora eligiendo *look* que mi casa no era una opción.

—Demasiado lejos para las ganas que te tengo ahora mismo —me susurró al oído—. Vamos al Dorchester.

¿Pagar más de mil libras por una habitación de hotel por ahorrarnos diez minutos de trayecto en taxi hasta South Kensington? Sí, definitivamente nos podían las ganas.

Adam pidió una habitación superior —una suite habría sido pasarse— y se ahorró la horterada de ordenar champán. Los dos sabíamos a lo que íbamos y la escena de seducción cutre era innecesaria. Además, por lo que había visto hasta el momento, Adam no era cutre en ningún aspecto posible. También me gustó que no pusiera música; nunca me ha convencido eso de follar con hilo musical. Me gusta que se escuchen los gemidos, los jadeos, los roces de la piel. Las ganas.

Adam se me acercó por detrás y empezó a desabrochar los botones diminutos de la espalda de mi blusa mientras con los labios y la lengua humedecía la piel de mi cuello. Se me escapó una exhalación de placer que ni supe de dónde provenía. Me di la vuelta y nos besamos con mucha saliva y dientes. Bajé la cremallera de su pantalón y su erección casi me rebotó en la mano.

Dios mío, iba a tener sexo. IBA A TENER SEXO. Después de cuatro puñeteros y larguísimos meses, iba a correrme en compañía de otro ser humano.

Adam me lanzó sobre la cama. Tenía pinta de ser uno de esos tíos a los que les va el sexo fuerte. No hablo de sadomaso ni movidas así, que Christian Grey ha hecho mucho daño y ese peaje ya nos tocó pagarlo hace unos años. Pero sí me gusta, a veces, que durante el sexo la ternura quede a un lado para que los instintos tomen el mando.

El problema es que lo que suele gustarme es que sean los instintos de ambos...

Adam se colocó sobre mí y me penetró de una sola estocada. Sin que sus dedos tantearan antes el terreno, sin que mis pechos salieran siquiera del sujetador. Intenté acariciarlo para ralentizar el ritmo, pero... desde el momento en que se puso el condón, Adam ya solo pensó en sí mismo.

Toc, toc, toc, toc, toc...

No, no había nadie llamando a la puerta. Ese sonido era el de mi cráneo rebotando contra el cabecero de madera maciza de la cama. Incluso hacía eco, porque a su vez la cama golpeaba la pared. Me distraje tanto de la razón principal por la que había entrado en aquella habitación de hotel que casi me apeteció que los huéspedes del cuarto contiguo vinieran a protestar y detuvieran aquella cópula de conejos que Adam estaba llevando a cabo.

—Eh, eh, Adam... —le susurré—. Vamos a tomárnoslo con un poco más de calma, ¿no?

—Pensé que te gustaba duro...

—Me gusta... si participo.

Estaba empezando a indignarme. No eran los 2000, ¿vale? Pensaba que los tíos ya habrían comprendido que el sexo no consistía en que ellos se corrieran a tope en una vagina seca.

—Es que te deseo tanto...

Y siguió. Siguió unos segundos, los que tardé yo en darme cuenta de que, si no iba a disfrutar del sexo, no tenía por qué quedarme allí. Mucho me temía que Adam estaba acostumbrado a que le fingieran los orgasmos en el oído, pero yo había dejado de ser imbécil hacía ya suficientes años.

—Adam, no me lo estoy pasando bien —le espeté entre embestida y embestida.

—¿Qué?

—Que no estamos follando, tío. Te estás haciendo una paja con mi vagina.

—Joder... —Se separó de mí y paró. Al fin, paró. Fue su único movimiento de aquella noche que estuvo cerca de provocarme el orgasmo—. Nunca me habían dicho algo así.

—Pues a lo mejor te habría venido bien algo de orientación.

No esperé a que él diera por terminada la cita —esperaba de corazón que no pensara que iba a continuar después de aquello— y me levanté de la cama. Si Adam hubiera hecho el menor esfuerzo por reconducir la situación, podría haberme ablandado. Me lo había pasado muy bien en la cita y me atraía mucho. O lo había hecho antes de comprobar que era un egoísta sexual, que es quizá la peor clase de egoísta que hay. Pero no lo veía por la labor de bajarse al pilón —o similar—, así que... para qué seguir allí. Además, hacer un paseo de la vergüenza por el *hall* del Dorchester era un punto interesante en el currículum. Y cuando digo «vergüenza», hablo de la de un tío que podría protagonizar portadas de moda, pero que era incapaz de hacer que se corriera una mujer que siempre tuvo fama de multiorgásmica.

Ni siquiera me abroché la blusa. Ni me adecenté un poco el pelo. Puede que quien me viera pensara que tenía pinta de recién follada, pero me habría encantado aclararles que... nada más lejos de la realidad. ¿Cuánto tendría que esperar para tener un orgasmo en compañía? En serio, ¿CUÁNTO?

Puntuación de la cita	3 (un orgasmo habría añadido un +5)
Norma incumplida	Que me haga correrme como una reina

22

Llegué a casa hirviendo de furia. No sé si soy la única a la que le pasa, pero hay pocas cosas que me pongan de peor humor que un orgasmo frustrado. Ese momento en que el vibrador se queda sin batería cuando estás a punto. Ese tío un poco más rápido de la cuenta que se corre cuando a ti aún no te ha llegado el momento; o ese otro —no miro a nadie, Adam— que ni siquiera consigue que te acerques al clímax. Todo eso me pone de un mal humor irracional; o no racional del todo, al menos. Me sale de la boca del estómago el mismo humor espantoso que cuando me levanto un domingo con resaca y un antojo horrible de Snickers y descubro que Oliver se ha comido el último; el mismo que cuando salgo de la oficina despistada en un día lluvioso y un coche me salpica los zapatos nuevos con el agua de un charco asqueroso; el mismo que me ataca cuando mis vecinos deciden hacer obras a las ocho de la mañana un sábado en que pensaba dormir hasta el mediodía.

Así, en ese estado anímico, llegué aquella madrugada a casa. Si tuviera un mínimo de sentido común, no habría chillado en cuanto cerré la puerta. No es que Oliver y yo fuéramos muy estrictos con las normas de convivencia en nuestra leonera, pero gritar de frustración a las dos y media de la madrugada probablemente traspasaba alguna línea roja. Tampoco debí desvestirme en el camino entre el recibidor y mi cuarto, dejando mi precioso traje de pantalón negro tirado en el suelo. Ni debí cerrar la nevera con un portazo de tal calibre que las botellas de cristal tintinearon durante un minuto entero. Pero es que lo único que quería era beberme una cerveza en mi cuarto, en bragas, mientras esperaba a que se me pasara el cabreo lo suficiente como para sacarle partido al Satisfyer.

—¿Se puede saber qué haces a oscuras, en bragas y mirando la puerta cerrada de la nevera?

La voz de Oliver a mi espalda me sobresaltó tanto que chillé, lo cual debió de hacerles tanta gracia a nuestros vecinos como todo mi despliegue de frustración anterior. Me di la vuelta y me lo encontré apoyado en el marco de la puerta de su dormitorio, con los brazos cruzados, la melena asilvestrada y unos ojos que indicaban que lo había sacado a cañonazos de los brazos de Morfeo.

—Perdona, Oliver. —Resoplé—. Estoy de mala leche, pero ya me voy a mi cuarto.

—Ahora ya me has despertado. —Se encogió de hombros—. ¿Qué te pasa?

—¿Tan difícil es adivinar que la cita ha ido como el culo?

—Teniendo en cuenta que llevas el tanga al revés, habría apostado por todo lo contrario.

Él se rio y yo eché la mano a mi culo solo para descubrir que la etiqueta de mi ropa interior, efectivamente, estaba por fuera. Me arrebujé en el kimono que me había puesto después de desnudarme para protegerme del frío que ya había llegado con fuerza a Londres —y que la precaria calefacción de nuestro apartamento nunca lograba mitigar del todo—. Me había dado cuenta de que se me salía una teta y, por mucha confianza que tuviera con Oliver, me quedaba un mínimo de decoro.

Oliver señaló la nevera y yo me aparté un poco. Cogió otra cerveza para él y le pidió a Alexa que reprodujera música; empezó a sonar *Ain't No Sunshine*, de Bill Withers, una canción que me gusta y me pone a partes iguales. Estaba ya un poquito más cerca del Satisfyer.

—Vamos, cuéntamelo, que lo estás deseando —me pidió.

—El resumen sería... —Resoplé de nuevo; lo había hecho unas doscientas veces desde que había salido del Dorchester—. Una cena perfecta, una copa en un local con encanto, unos bailes muy calientes, una habitación en un hotel de lujo, unos besos mucho más calientes aún que los bailes y... un polvo conejero. Polvo para él, vaya. Yo en realidad pensé que me había sentado por error encima de un taladro percutor.

—Dios... —Oliver, cómo no, soltó un par de carcajadas—. ¿Por qué aún hay tíos que echan polvos conejeros?

—Pues no será conmigo, porque lo dejé allí con la erección izada y me largué.

—Bien hecho. —Oliver asintió como si se acabara de dar cuenta de algo—. Claro, por eso has llegado a casa hecha una furia. Frustración sexual.

Debía de estar muerta de sed porque, cuando me quise dar cuenta, me había acabado la cerveza. La música dejó de sonar mientras me acercaba a la cocina a tirar el botellín. Oliver aún estaba dando un trago al suyo cuando yo me disponía a irme a mi habitación. No pensaba ni desmaquillarme. Ni sacaría ya el vibrador del cajón. Solo quería meter la cabeza bajo la almohada y dormir hasta el domingo por la tarde, momento en que me arrepentiría de no haberme deshecho del *eyeliner* y de haber bebido de más. Me giré hacia Oliver, que seguía apoyado en el exiguo espacio entre la puerta de su cuarto y la del mío, dispuesta a darle las buenas noches y pedirle disculpas por haberlo despertado.

Pero él... tenía otros planes.

—No deberías irte a la cama sin correrte —susurró, y fue quizá ese tono de voz el que me indicó que no me estaba sugiriendo que solucionara yo sola la cuestión.

—No, no debería —le respondí en el mismo tono, tan bajo que nadie que estuviera a más de cinco centímetros de nosotros podría haberlo oído. El corazón me cabalgaba en el pecho y eso sí me parecía audible.

Oliver se acercó un paso más a mí. Y eso significaba acercarse mucho, porque estábamos ya muy pegados cuando empezamos a hablar. Cogió entre dos dedos la tela de mi kimono y yo entendí el gesto como una señal para que descruzara los brazos y permitiera que la caída de la seda de la prenda me dejara medio cuerpo al aire. Bajé la mirada y vi mi vientre plano, mi ombligo redondo, mi tanga de encaje negro y un pezón que se escapó cuando la tela se escurrió un poco por mi hombro izquierdo.

Oliver me miró con sus ojos azules perversos y supe que me estaba pidiendo permiso. Diría que asentí, pero es probable que mi cabeza no se moviera ni un milímetro y fueran mis pupilas brillantes las que le respondieran.

Oliver acercó su mano derecha a aquel tanga que poco me importaba ya que estuviera del revés. Lo mismo que le importó a él que fuera una prenda carísima de La Perla antes de rasgarlo en dos mitades. El crujido de la tela y la manera en que se me clavó en la carne antes de caer al suelo me arrancaron un gemido. Cerré los ojos y me abandoné.

—Hay que ser inútil para dejarte a medias... —soltó de

repente, pero a mí no me apetecía pensar ya en Adam. ¿Adam? ¿Quién era Adam?

—Sssssh.

Oliver debió de sentirse espoleado al darse cuenta de que mi única preocupación era correrme allí, entre sus manos. La yema de su dedo corazón alcanzó mi clítoris y lo encontró empapado. Apoyé la espalda entera en la pared porque me flojeaban tanto las rodillas que temí caerme redonda al suelo.

—Estás tan mojada...

Abrí los ojos cuando dijo esas palabras y lo miré. Se mordía el labio inferior con un gesto que no era capaz de dilucidar si era de concentración o de contención. Estaba tan guapo, con el halo que le dejaba el pelo de recién levantado alrededor de la cara, que se me pusieron los pezones como escarpias. La erección se le marcaba de una forma brutal en el pantalón del pijama de algodón y eso me hizo desearlo tanto que podría haberme corrido en ese mismo instante.

Se acercó un poco más a mí e introdujo dos dedos en mi interior. Resbalaron. Con la yema de su pulgar continuó acariciando mi clítoris mientras los dedos índice y corazón se perdían dentro de mí. Si alguien me hubiera dicho una hora antes que acabaría apretando los glúteos para tratar de retrasar la gratificación, no me lo habría creído. Pero allí estaba: intentando que el tiempo se detuviera porque, aunque sabía que se aproximaba un orgasmo glorioso, quería que los momentos previos duraran una eternidad.

Pero no fue así. Y no me quejé, porque todo el placer que hubiera podido anticipar se habría quedado corto. Aunque hacía más de seis años que no me acostaba con Oliver, que no había el menor contacto sexual entre nosotros, compartíamos ese fulgor que solo puede existir entre dos personas que han conocido el mapa de sus cuerpos en el pasado. Por eso no me dio vergüenza gritar. Gemir. Jadear. Bramé un orgasmo que se había formado en mi alma y había recorrido cada vena y cada arteria de mi cuerpo antes de derramarse sobre los dedos de Oliver.

—Joder... —balbuceé, porque se me había licuado la capacidad del habla.

—Eso... otro día —se burló Oliver.

Esbozaba aquella sonrisa pirata que era marca de la casa y que a mí me había gustado tanto cuando éramos estudiantes. No era capaz de recordar el momento en que aquella sonrisa y su portador habían dejado de atraerme. Quizá porque nunca había ocurrido.

—Oliver, esto...

—No lo estropees, Charlie.

Fue su manera de hacerme callar y se lo agradecí porque no tenía ni idea de qué decir a continuación del «esto...». ¿*Esto* ha sido una mala idea? Oh, no. No lo había sido en absoluto. ¿*Esto* no se puede repetir? ¡Eh, no me quites mi regalo todavía! ¿*Esto* ha sido maravilloso? Vale, sí, pero yo no decía esas cosas; y mucho menos a Oliver.

—Pues... gracias, entonces. —Tampoco es que esa fuera la mejor frase posible después de un orgasmo, pero, por suerte, había confianza. Y agradecimiento por mi parte, eso también.

—No hay de qué. —Oliver se acercó a mí y me dio un beso largo, tal vez más de lo protocolario entre amigos, en el pelo. Luego se apartó y, con los ojos aún brillantes por la excitación, me deseó buenas noches—. Que duermas bien, Charlie.

Y dicho eso, se marchó a su dormitorio.

Sí que iba a dormir bien, Oliver. Iba a dormir mejor de

lo que lo había hecho en meses. Ya me preocuparía a la mañana siguiente, mientras me arrancaba el *eyeliner* reseco y me curaba la resaca con sopa, de pensar qué diablos había significado lo que acababa de ocurrir.

Cita número	21
Fecha	12 de noviembre
Hora	12.30
Lugar	Pimlico
Nombre	Nicholas Poole
Edad	28
Forma de contacto	Tinder

Oliver y yo no volvimos a hablar de lo que había pasado el sábado por la noche. El domingo me levanté tarde, él me preguntó con su mejor cara sarcástica si había dormido relajada y yo le respondí que lo había hecho «como una reina», en un guiño a esa famosa lista de normas que ya apenas miraba desde hacía semanas. Pensé que a partir de ahí surgiría una conversación sobre el *dedogate*, quizá de arrepentimiento, quizá de regodeo en el placer. Pero no. Oliver no lo mencionó y yo no quise hacerlo porque, al fin y al cabo, no era la primera vez que nos corríamos uno en las manos del otro —y quien dice manos dice boca, genitales o similar— y jamás aquello había implicado una conversación posterior. Era solo sexo, del bueno, del crudo, y nosotros, lo suficientemente amigos como para no necesitar hablar de él. Habían pasado seis años desde la última vez, pero me dio pudor que, si sacaba yo el tema, pareciera que le daba más importancia a aquello que había ocurrido de la que tenía. Y se la daba. Pero no quería que se me notara.

Así que continué con mi vida. Estaba agobiada hasta límites extremos en el trabajo, de modo que compartí poco tiempo con Oliver aquella semana. Cuando llegaba a casa bien pasadas las siete de la tarde, comíamos algo delante de la tele y luego yo me derrumbaba en la cama soñando con que llegara pronto el fin de semana. Mi único plan era ir el sábado a comer a un *oyster bar* de la zona de Pimlico que acababa de inaugurar el hermano de Tina, una compañera de trabajo; había insistido en invitarme a una comida para dos y me había sugerido que les vendría muy bien que subiera unas cuantas *stories* recomendando el local. Solía decir que no a esos planes para *influencers*, pero me sentí un poco obligada por Tina y acepté. Esperaba ir con Oliver a sorber ostras hasta que nos dolieran los labios, pero él tenía otros planes: lo entrevistaban, nada menos que en la BBC, el sábado a mediodía. Así que... tiré de Tinder.

Había un chico, Nicholas, con el que había hablado varias veces a través del chat sin que llegáramos a cerrar una cita. Era en él en quien pensaba cuando dije que Tinder me parecía un pozo sin fondo de indecisión sobre el lugar de una cita, porque llevábamos tiempo sin decidirnos a quedar justo por eso, por el «Donde tú quieras», «No, dime tú un sitio que te apetezca». El cuelga-tú-no-tú 2.0.

El miércoles le escribí para preguntarle si le apetecía acompañarme a comer ostras y le pareció bien. Quedamos a las doce y media en la estación de Victoria, que a los dos nos pillaba bien para luego acercarnos caminando a Pimlico.

—¿Vas a ir así?

Oliver me repasó de arriba abajo cuando iba a salir de casa. Londres había amanecido aquel día de otoño con un inusual sol radiante y a mí se me había antojado un *total look jeans* algo rompedor, pero que me había encantado al mirarme al espejo: pantalones vaqueros pitillo en tono claro, vestido vaquero midi en un índigo más oscuro y sobrecamisa tejana larga. Lo combiné con unos taconazos color mostaza a juego con los complementos y las gafas de sol que me había comprado en septiembre y aún no había tenido ocasión de estrenar.

—Sí, Oliver —le respondí en tono cansino—. Parezco una mamarracha y bla, bla, bla.

—No sé de dónde has sacado la idea, pero... tiene rollo.

Que te diga eso el diseñador estrella de la moda británica sube el ego, no voy a negarlo a estas alturas. Sobre todo cuando era la misma persona que rarísima vez daba su aprobación a mis *outfits* a la primera.

Llegué de buen humor a Victoria. Nick ya estaba allí esperándome y me sorprendió descubrir que era más mono de lo que me había parecido en las fotos de Tinder..., pero mucho más bajito. A mí siempre me habían gustado los tíos altos, pero tampoco es que aquello fuera una línea roja. Estaba yo como para poner líneas rojas a esas alturas de mi búsqueda del amor...

La conversación fue agradable en el breve paseo hasta la ostrería y desvié como pude las preguntas sobre mis «obligaciones de *influencer*». No me acababa de sentir cómoda con eso de recibir invitaciones y no me apetecía que Nick pensara que era una jeta que se aprovechaba de negocios emergentes, más que nada porque no lo hacía. Él me habló de su trabajo como intérprete para varias empresas de la City y la conversación derivó en los idiomas que hablábamos —uno y medio en mi caso; siete, en el suyo— hasta que llegamos al local.

Comimos ostras con *prosecco* y nos reímos mucho. Después de que yo hiciera las fotos pertinentes para darle algo de bola al local del hermano de Tina, empezamos a contarnos anécdotas humillantes propias: yo incluso confesé algunas de las citas desastrosas que había tenido desde mi cumpleaños y Nick me contó algunos de los malentendidos más vergonzosos que había tenido al traducir simultáneamente. Fue una buena comida. Lo pasé bien. Me emocioné con que podíamos conectar de verdad y coqueteé lo justo para que a Nick le quedara claro que me gustaba, pero sin que se hiciera ilusiones con que íbamos a ver atardecer desde una cama. Por alguna razón que aún hoy no me explico, pensaba que, si quería que alguna de aquellas citas prosperara, no debía follar el primer día. La epifanía romántica me había convertido en una heroína de Jane Austen, al parecer.

Salimos del local con el vino un poco subido a la cabeza. Le dije a Nick que tenía un compromiso esa tarde —mentir en la primera cita era mi *mood*— para evitar el momento incómodo de no saber qué esperar del otro. La cosa había ido bien, muy bien, y quizá para Nick la forma perfecta de culminarla sería irnos a la cama, pero para mí era quedar para una segunda cita.

¿Acabo de decir que pretendía evitar un momento incómodo, recordáis? Pues no hubo suerte. Pero no en el sentido que yo pensaba.

Nos besamos. Nos besamos en el punto exacto de la estación de Victoria en que la red de metro de Londres separaba nuestros caminos. Y he dicho antes —lo he dicho muy claro, no puedo ser acusada de nada— que no tenía ningún problema con que un chico fuera bastante más bajo que yo, sobre todo cuando llevaba taconazo. Pero aquella tarde descubrí algo: no es buena idea abandonarse a un morreo apasionado con los ojos cerrados cuando hay una diferencia de altura considerable. Creeréis que exagero, pero es que... me comí una lentilla. Sin paliativos, ocurrió: perdida en la pasión del beso, desubiqué su boca y acabé metiéndole la lengua en un ojo y tragándome una lentilla.

—¡Dios mío! —grité en cuanto fui consciente de que aquella cosa con textura de medusa que acababa de atravesarme la garganta era una lente de contacto—. Dime, por favor, que no te he dejado ciego.

—Tengo pocas dioptrías. —Nick se estaba riendo tanto que me tranquilizó por mi metedura de pata. O de lengua, más bien—. Podré llegar a casa sin problemas, pero me costará perdonarte que me hagas ir el lunes a trabajar con gafas.

—Esto tiene que compensarse con una segunda cita. —Me acerqué a él y le di un último beso seguro; o sea, rápido y con los ojos abiertos.

—Muchas cosas tienen que compensarse en una segunda cita. —Me sonrió y se dio la vuelta, no sin antes decirme que me escribiría pronto.

Me subí al metro no muy segura de lo que significaban sus últimas palabras; me dejó la sensación incómoda de que se refería al sexo y de que consideraba que una cita sin él era algo que debía compensarse, pero... no quise pensar más. Las cosas habían ido muy bien ese día y con eso me quedaría.

No sabía si era por ese éxito aparente, por el *prosecco* o porque al fin me había ido liberando de la carga de trabajo en la oficina, pero estaba de buen humor aquel sábado. De *muy* buen humor.

Llegué a casa con unas ganas locas de hacer una videollamada con Moon, pero en Australia eran las tres de la madrugada e imaginé que no era la hora más adecuada para llamar a una casa en la que había un bebé lactante. Abrí los dos o tres paquetes que me había encontrado en el correo y me llevé un alegrón al encontrarme el envío mensual de *Vogue Italia*, que era mi edición favorita de la revista y un seguro de dos horitas de placer tirada en la cama hojeándola.

Estaba en la gloria. Mi estómago no parecía rebelarse contra la ingesta accidental de una lentilla; tenía una taza de medio litro de té *roiboos* en la mesita de noche; el *Vogue* lleno de pósits con ideas que más tarde vería cómo desarrollar; Oliver estaría a punto de llegar y pensaba convencerlo para que nos pegáramos un atracón de series en Netflix; entraba un sol suave tamizado por las cortinas de red de mi cuarto. ¿Qué más se podía pedir? ¡Uy, sí! Que me sonara el móvil y fuera un mensaje del chico con el que había tenido una cita (casi) perfecta un par de horas antes.

Nick

Un pequeño adelanto de lo que
espero que sea nuestra segunda cita.

Os preguntaréis en qué consistía el adelanto. A mí hasta me costó entender la foto que me enviaba en el siguiente mensaje. Me recordó a aquella vez en que mi hermana Elizabeth, la persona con menos capacidad para las artes plásticas del mundo, ganó un concurso de dibujo en el instituto con un «diseño abstracto». En casa todos alucinamos, pero nos sentimos muy orgullosos de su visión vanguardista... hasta que ella acabó confesándome que en realidad había pretendido dibujar una cascada, pero nadie más que ella la había visto. Pues eso mismo me ocurrió durante unos instantes con la foto oscura y algo borrosa que Nick acababa de enviarme. Hasta que la entendí. Entendí lo que era, quiero decir; no entendí que un ser humano en apariencia normal enviara a nadie UNA PUTA FOTO DE SU PENE.

No respondí, obviamente. Borrar y bloquear. Del móvil y de la vida.

Veintiuna citas llevaba. Veintiuna oportunidades de comprobar que, cuando yo no era un desastre, lo era el otro. Había tenido de todo: desde un terraplanista a un *fotopenista*. El siglo XXI se estaba convirtiendo en un reto difícil de soportar.

Puntuación de la cita	4 (todo lo previo a la *fotopene* fue estupendo, incluso comerme una lentilla)
Norma incumplida	Que esté un poco loco, pero no más que yo

23

Oliver llegó mucho más tarde de lo que esperaba aquella noche. Me pilló tirada en la cama, repasando el *Vogue* por quinta vez, pero ya no con el humor excelente previo a la fotopene. Había encendido la guirnalda de luces que tenía enredada en el cabecero y ni siquiera me había quitado la ropa que había llevado a la cita.

—¿Qué tal te ha ido? —le pregunté.

—Fenomenal. —Sonrió con esa seguridad en sí mismo que a ratos le envidiaba—. No descartemos que este año me llamen a mí para dar el mensaje de Navidad en vez de a la vieja Lilibeth.

—Buenoooo... Vienes con el ego a tope, por lo que veo.

—¿Y cuándo no? —Fue un momento a su cuarto a ponerse ropa cómoda y regresó al mío. Se sentó a los pies de la cama y me robó el *Vogue* para echarle un vistazo—. ¿Debo deducir de tu presencia en casa, leyendo una revista en la penumbra, que la cita de hoy también ha sido un desastre?

—La cita ha sido casi perfecta. Ha sido la poscita lo que ha fallado. Estaba preparada para un loco, pero no para uno que lo sea en el peor sentido de la palabra.

—Necesito más información. —Echó un vistazo a su alrededor y se rio—. Y que me hagas un sitio en el cabecero para que no tenga que estar viendo este despliegue de fotos de Charlie May. Luego hablas de mi ego...

—¡Pero si eso fue idea tuya!

Eso era la decoración de la pared principal de mi cuarto, en la que se apoyaba el cabecero de mi cama. Durante años, había estado llena de mis recuerdos favoritos clavados con chinchetas en la pared: había fotos mías de pequeña, en algunas sola y en otras con Lizzie; fotos de la época del colegio, del instituto, disfrazada en Halloween; imágenes de mi adolescencia y de la época de la universidad, con mis amigas, con Oliver, con Moon, con compañeros cuyos nombres no me venían ya a la cabeza, pero con los que no olvidaba lo bien que me lo había pasado. En una de las visitas de Oliver a Londres cuando aún vivía en París me dijo que esa decoración era una idea nefasta. «En el cabecero de la cama solo deberías tener fotos de ti misma». ¿Su explicación? Que no hay nada que corte más el rollo de una cita sexual que ver una foto de la abuela Margaret haciendo ganchillo mientras cabalgas salvajemente. Me pareció una locura más de las muchas de Oliver, pero acabé haciéndole caso después del siguiente polvo que eché en mi cama. Maldito fuera Oliver, que me hacía pensar en cosas que jamás se me habían pasado por la cabeza. Acabé vistiendo la pared de mi dormitorio con mis fotos más favorecidas y no se me escapó que a alguno de los ocupantes de esa cama en los siguientes años los espoleó la vista.

—A veeer, que me cuentes. ¿Qué ha hecho ese pobre diablo en la poscita?

—Fotopene.

—Mientes.

—Ojalá.

—¿Alguna vez en la historia a algún tío le ha funcionado enviar una fotopene no solicitada?

—Pues no lo sé, Oliver. Quizá estemos rodeados de parejas que se enamoraron después de una fotopene, pero nos cuentan que se conocieron en un estreno en el West End. A lo mejor hay mujeres ahí fuera que reciben una foto borrosa y sucia y dicen «Dios santo, este es el glande con el que llevaba soñando toda mi vida».

—Lo veo improbable.

—Pues ya me dirás...

Nos reímos de mí un rato, una tónica general que llevábamos doce años practicando y cinco meses perfeccionando. Quise que las carcajadas siguieran siendo la banda sonora de esa noche, así que añadí el detalle que sabía que me dejaba a mí en mal lugar, pero que a Oliver le iba a encantar.

—Y antes de todo eso, me comí una lentilla.

—¿Perdona?

—Nick es especialmente bajito. Confundí su boca con su ojo y... me tragué una lentilla.

—¿Le metiste la lengua en el ojo?

—Ajá.

—Pero... ¿cómo?

—Creo haberlo explicado ya lo suficiente, Oliver.

—Quizá esté todo relacionado.

—¿Eh?

—Tú le quitaste la lentilla, él pensaba enviarle una foto de su pene a su urólogo y se confundió de contacto en la agenda por no ver bien la pantalla.

—Sí, resulta muy verosímil. Sobre todo cuando lo acompañó de un mensaje que decía que eso era un adelanto de nuestra siguiente cita.

—Quizá se refería a una cita para revisarle la próstata.

—Tu explicación lo convierte en algo mucho más sexi, es cierto.

Seguimos riéndonos a carcajadas y mi humor mejoró. Oliver fue a hacer más té y nos acomodamos los dos en mi cama con la revista delante, aunque ya no le prestamos más atención porque la atmósfera cambió. No sé si la de todo Londres, pero, sin ninguna duda, la de mi cuarto lo hizo.

—Me sorprende lo de la lentilla —comentó él como quien no quiere la cosa—. Siempre has sido muy buena besando.

—¿Ah, sí?

No supe decir nada más que eso porque las palabras de Oliver me habían impactado un poco. Nosotros nunca habíamos sido muy de besarnos; no había habido nada de romántico en nuestros encuentros sexuales en la universidad, al menos no en los gestos. Tampoco es que en una orgía haya demasiado espacio para los besos pausados; vamos, digo yo.

—Me acuerdo, ¿sabes? —me susurró. Me daban ganas de pedirle que gritara, porque su tono de voz tenía el paradójico efecto de asustarme más cuanto más bajo era.

—¿De nuestros escasos besos?

—Escasos pero difíciles de olvidar. —Sonreía con un puntito de burla mientras hablaba y esa frivolidad que quiso darle a palabras que no lo eran en absoluto fue lo único que impidió que me desmayara allí mismo—. Igual deberíamos probar a ver si hemos aprendido algo en estos años.

Esbozó una sonrisa maldita que rebotó de forma directa en mi aparato reproductor. Yo entreabrí los labios sin haberlo planeado. Oliver me apartó el pelo, que me había crecido mucho en las últimas semanas, hacia detrás de la oreja. El corazón se me disparó de tal manera que me planteé que quizá debería comprar un desfibrilador para mi cuarto. Al menos si Oliver iba a seguir jugando a lo que quisiera que estaba jugando en la última semana.

Me besó. Me besó y me convenció con ese beso de que él tenía razón: yo siempre había sido buena besando. Nuestros labios se abrieron a la vez y las lenguas se encontraron en el punto en que se habían perdido seis años antes. Compartimos aliento, oxígeno, ganas. Podría cargar el momento de romanticismo, y no digo que no lo hubiera, pero en ese momento yo estaba en celo y no era capaz de pensar en sentimientos porque toda yo era instinto. Me perdí en su olor, en su sabor. Le acaricié el pendiente en forma de cruz que colgaba de su lóbulo izquierdo. Nos gemimos en la boca. Quise desnudarlo; joder..., quise poseerlo. Creo que fue la única vez en mi vida que conjugué ese verbo en relación a alguien.

Oliver puso fin al beso. ¿Por qué? No lo sé. Tampoco sabía por qué lo había iniciado. Ni por qué me había masturbado una semana antes. Llevábamos seis años siendo hermanos, puros, desde que Oliver había huido a París porque estaba enamorado de mí. Y, de repente, en una semana, todo se había puesto patas arriba. No es que fuera a quejarme, no quería ponerme en contacto con la parte de mí misma que sentía algo mucho más intenso en aquellos contactos breves con Oliver que en todas las relaciones que había tenido en años, pero sí quería saber. Quería entender.

—¿Por qué está pasando todo esto, Oliver?

Su única respuesta fue un encogimiento de hombros. Se levantó de mi cama, fue a por su *tablet* y entró en la app de Netflix para buscar la serie para la que llevábamos planificando un maratón desde hacía días. Nos acurrucamos bajo las sábanas, de nuevo convertidos en los dos amigos del alma asexuales que llevábamos seis años siendo. Quise insistir, pero mi lengua se había hecho un nudo. Quise entender, pero conocía a Oliver lo suficiente como para saber que solo soltaría prenda cuando sintiera que era el momento. Así que... me limité a acomodarme en la cama, prestar atención a la serie e ignorar la permanente sensación de que mi vida se estaba complicando mucho. Y nunca el verbo «complicarse» me había parecido tan esperanzador.

Cita número	22
Fecha	17 de noviembre
Hora	18.00
Lugar	Mayfair
Nombre	Edward Parry
Edad	33
Forma de contacto	Amigo de Lizzie

Tras aquel beso, de nuevo se hizo el silencio. No un silencio incómodo siquiera, que me habría confirmado que algo extraño estaba pasando entre Oliver y yo. No. Fue un silencio solo acerca del *dedogate* y del *besogate.* Por lo demás, nuestra vida continuó como siempre: muchas horas de trabajo, muchas bromas en nuestro tiempo libre, tarrinas de helado compartidas, cotilleos del mundo de la moda y peleas por decidir si pedíamos comida china o tailandesa. Pero el mutismo sobre *lo otro* era tal que hubo momentos en que llegué a pensar que todo había sido fruto de mi imaginación. Claro que eso era imposible porque yo no fantaseaba con Oliver en situaciones románticas o sexuales. Casi nunca. Creo.

Así que, cuando el miércoles mi hermana Lizzie me propuso un evento difícil de creer y que claramente era una mala idea, acepté sin dudarlo. Las malas ideas son mi *expertise.*

A veces me costaba entender el planeta paralelo en el

que vivían mi hermana y sus amistades de la clase media-alta londinense. Pertenecíamos a mundos diferentes: en el entorno de mi hermana, todos estaban casados antes de los treinta, vivían en pisos que ni sabía cómo se podían permitir, tenían hijos —nunca menos de dos, a menudo más de tres—, pasaban fines de semana en Surrey o en cualquier otro lugar aburrido similar y las primaveras y los veranos asistían a una sucesión interminable de bodas y despedidas de solteros. En mi planeta, un compañero de piso te hacía un dedo si tu cita no conseguía llevarte al orgasmo. Que no digo que eso sea mejor, pero sin duda es diferente.

A lo que iba: el evento difícil de creer y que claramente era una mala idea. Mi hermana y sus amigas habían organizado un «amigo invisible para solteros». Igual si esto me lo hubiera propuesto para un jueves pensaría que sería parte de sus «jueves libres» y que íbamos a reunirnos en una casa muy pija, repartirnos unos números y unir así a parejas al azar que se encerrarían en las habitaciones. No es que nunca hubiera estado en una fiesta así...

Pero no. La fiesta sería el miércoles y lo único en lo que acerté fue en lo de la casa pija. La de Robin, la mejor amiga de Lizzie, que era la organizadora principal del asunto. ¿Y en qué consistía *el asunto*? Pues en una fiesta a la que asistirían un número parejo de solteros y solteras a quienes previamente se nos haría llegar un código para hacer un regalo de amigo invisible a uno de los asistentes de sexo opuesto. La idea era que el regalo diera lugar a una conversación y... quién sabe: quizá en unos meses a una nueva despedida de soltera y a una nueva boda en la campiña.

Lizzie me llamó el propio miércoles por la mañana para proponerme participar. Al parecer, organizaban esa «cosa» todos los años y las mujeres de su grupo pasaban semanas ultimando los detalles. Jamás había pensado en mí para algo así —gracias al cielo, aún me conocía un poco—, pero se les había caído en el último momento una de las participantes y me suplicaba que me uniera porque ella era siempre la que menos invitados aportaba a esos eventos. Al parecer, la competitividad entre su grupo de amigas se extendía también a su capacidad como celestinas.

De verdad que el mundo del West End quedaba fuera de mi alcance mental por completo, a pesar de que había nacido en él. En momentos así, me apetecía que en algún punto del Strand se levantara una frontera infranqueable para que jamás *mi* Londres se viera invadido por *ese* Londres. Para empezar, en mi Londres sería impensable que en una fiesta con cuarenta o cincuenta asistentes tuviera algún sentido emparejar a todos los invitados con alguien del sexo opuesto. ¿No había gais ni lesbianas en el West End? Dios, debían de tener los armarios llenos... Tampoco habría sido muy aceptable en mi entorno eso de que las parejas casadas nos trataran a los solteros como a seres claramente inferiores que necesitan que alguien los rescate del hastío. La primera imagen mental que me hice de la fiesta consistía en un círculo de casados tirándonos cacahuetes a los solteros, reducidos al estatus de simios hasta que tuviéramos la capacidad de aparearnos y perpetuar la especie.

Lo lógico, teniendo en cuenta todo lo que he dicho, habría sido decir que no, ¿verdad? Pero ya sabéis: mi rollo son las malas ideas. Dije que sí. Y, por favor, que nadie piense que el único objetivo a esas alturas de mi búsqueda del amor romántico era joder a Oliver. Porque no, ¿vale? Para nada...

Lizzie me envío por correo electrónico todos los detalles de la fiesta a los tres minutos exactos de colgar el teléfono. Qué eficiente era mi hermana cuando se lo proponía, cielo santo. Tenía que estar a las seis de la tarde en la mansión de su amiga Robin, en Mayfair, que, al contrario de lo que ocurría con la de mi hermana, no estaba dividida en pisos, sino que era toda suya; bueno, más bien de su marido, que tenía un apellido de esos de Cámara de los Lores. El *dress code* era relajado, pero ya me sabía yo cómo funcionaba eso en el West End. Como la llamada me había pillado trabajando, me escabullí al armario de ropa de la marca y me hice con un vestido algo más discreto de lo que era habitual en mí, pero que me había encantado desde que lo habíamos sacado en una colección un par de meses antes: era negro, con escote en pico y falda de rejilla sobre forro *nude*. Y lo más importante de todo: tenía que llevar un regalo para el soltero que me habían asignado, un tal Edward.

¿Qué se le regala a un tipo al que no conoces de nada? ¿A un tipo del que lo único que sabes es que probablemente pertenezca a ese género de pijos que tienen de todo? Durante esa jornada apenas trabajé más; bastantes horas extra había hecho en los días anteriores. Conseguí pillar a Moon antes de que se fuera a la cama en Australia, aunque no me fue de gran ayuda.

—¿Que vas a qué? —me preguntó con voz estupefacta.

—A una puja de solteros pija, ni preguntes. Me ha liado Lizzie y me viene bien algo que me haga desconectar de casa.

—¿De casa?

Me la imaginé frunciendo el ceño y me mortifiqué por haber metido la pata. Y también por estar callando ante Moon lo que había ocurrido con Oliver; jamás había tenido un secreto con ella en los doce años que hacía que nos conocíamos. Me prometí en ese momento que, dijera Oliver lo que dijera, pondría al día a Moon.

—Nada, olvídalo. —Resoplé—. El caso... ¿Qué le regalo a un probable pijo estirado con dinero suficiente para comprarse mi barrio?

—Un *plug* anal.

—¿Disculpa?

—O no sabe lo que es y agradecerá que le abras nuevas vías, nunca mejor dicho, o lo sabe de sobra y le gustará el detalle.

—Creo que no me has ayudado.

—Porque no me quieres escuchar. —Moon resopló—. ¿Hacemos FaceTime el finde y me cuentas cómo te ha ido?

—Prometido.

Le supliqué a Lizzie que me diera alguna pista y lo único que conseguí fue que me soplara el apellido del chico en cuestión, lo cual me permitiría cotillear un poco sus redes sociales e inspirarme. Al fin y al cabo, ese era mi trabajo, ¿no? Podría reciclar mis capacidades para una cita. Busqué «Edward Parry» en Instagram y solo encontré a un leñador de Nebraska que esperaba honestamente que no fuera la misma persona a la que buscaba. Luego recordé que hablábamos de un pijazo amigo de mi hermana y probé suerte en Facebook, una red social que me parecía más o menos igual de rancia que ese entorno. Sí, allí estaba, pero tenía configurada la privacidad de tal manera que lo único que pude ver fue su foto de perfil, que no era de él en realidad, sino de un Bentley que asumí que sería suyo. No me pegaba con el estilo de hombre que subiría la foto del coche de otro, la verdad. Así que me fui a Twitter, ese lugar inmundo en el que no entraba desde 2011, más o menos, y allí, claro que sí, estaba Edward Parry en todo su esplendor.

Edward no era feo. Puede que incluso fuera guapo, pero en un estilo que no era para nada mi rollo. Era ese tipo de tíos que siempre les parecen más guapos a las madres y a las abuelas que a las mujeres de su edad. Pero, bueno, en ese sentido... podría haber sido peor. Bajé por su *timeline* en busca de una pista que me pudiera orientar para comprarle un regalo en menos de tres horas y entonces descubrí, negro sobre blanco, todo el ideario de su pensamiento político: era un *pro*, en el peor sentido del término. Pro-Trump, provida, pro-Brexit... Volví a mirar su foto de perfil y, de sopetón, me tuvo un aire con Boris Johnson. Solo le pedí dos cosas a la vida: que esa noche no habláramos de política y que él, al contrario que el primer ministro, sí tuviera peluquero.

Al fin encontré algo. Un par de días antes, Edward había escrito un tuit preguntando por un buen extintor para el coche. No es que me pareciera el regalazo de la vida, la verdad, pero Lizzie me había dicho que no había presupuesto definido para el amigo invisible, así que pensé que las ochenta librazas que me cobraban en una tienda de recambios de las afueras por vendérmelo y llevarlo hasta la casa de Mayfair envuelto en papel de regalo estarían bien.

Spoiler: me equivocaba. Jamás conocería las reglas del West End.

Llegué a la fiesta viéndome estupenda, la verdad. No es que esperara encontrar allí al amor de mi vida, ni siquiera tenía la menor esperanza de pasármelo bien. Me lo tomaba como una visita al zoo o al Museo de Historia Natural. Una especie de estudio antropológico sobre las fiestas absurdas de las parejas casadas de clase media-alta.

—¡¿Eres Charlotte?! —Robin, la anfitriona, me recibió

con una estridencia que me asustó—. ¡Dios mío, eres igualita a tu hermana!

Supuse que había planeado la frase antes de verme la cara, porque Lizzie y yo nos parecíamos tan poco que lo raro era que mis padres no hubieran pedido nunca una prueba de ADN para asegurarse de que no les hubieran dado el cambiazo en la maternidad.

—Hola, Robin. Encantada de conocerte.

Me puse un poco en modo pijita porque, bueno..., la ocasión lo requería. En la primera hora que pasé en aquella mansión recargada de decoración rancia, cabezas de ciervo incluidas, descubrí tres cosas: que las conversaciones sufrían una segregación —mujeres a un lado, hombres a otro— que ríete tú de la Alabama de los años cuarenta; que todas las mujeres casadas, sin excepción, nos decían a las solteras la suerte que teníamos y nos aconsejaban que *disfrutáramos de la vida,* a pesar de que eran incapaces de esconder la compasión que les provocábamos; y que los hombres bebían libremente cerveza, vino y *whisky* mientras que ellas tomaban ponche. PONCHE. En serio que, antes de aquella noche, pensaba que el ponche era una bebida inventada para las películas americanas de instituto, como los teléfonos que empiezan por 555. Pues no. En Mayfair existe. Y no lleva alcohol, claro, supongo que porque el ochenta y siete por ciento de las asistentes estaban embarazadas.

Para el momento en que se entregaron los regalos, yo solo podía pensar en que había sido una mala decisión de la edad adulta dejar de llevar una petaca con absenta en el bolso. Tenía que fingir que no había reconocido a Edward nada más entrar en la fiesta, aunque le había echado el ojo y, bueno..., a mi madre le habría encantado, dejémoslo ahí. Hubo mucha parafernalia y mucha tontuna con el tamaño de los regalos —incluidas las típicas bromas supuestamente picantes que me dieron vergüenza ajena; escuchadme bien: no hay nada más triste que la supuesta picardía de una mujer puritana—. Y al fin me llegó el turno. *Nos* llegó, a Edward y a mí. Tuvimos que salir al centro de un círculo formado por las parejas casadas, que daban palmas. Sí, en serio, fue así.

No necesité abrir el paquete pequeño y plano que Edward me tendió para darme cuenta de que había metido la pata hasta el fondo con el extintor. Incluso se oyó a la perfección un «Ooooh» decepcionado cuando Edward desempaquetó aquella caja algo manchada de grasa, seguido de unas risas nerviosas y de un aplauso de puro compromiso. Supongo que les pareció un excéntrico detalle de la excéntrica hermana de Lizzie que vivía en el excéntrico Shoreditch. Pues vale.

¿Que qué era mi regalo? Un brazalete de platino de Tiffany's con un brillante. Y mirad, me dio vergüenza durante unos diez segundos, pero luego... tuve claro que era más adecuado un extintor que un puto brazalete de platino para una fiesta de amigo invisible. Claro que solo necesité echar un vistazo a mi alrededor para darme cuenta de la dinámica: las chicas les compraban a ellos *cositas monas* —ahí mi extintor había fallado sin duda— y ellos tiraban de tarjeta. ¡Puaj! En serio, iba a vomitar. Pero antes tenía que darle las gracias a Edward; o algo así.

—¡Charlotte! ¿Te puedes creer que necesitaba un extintor para el coche?

—¿Te importaría decírselo a toda esta gente que me está mirando horrorizada? —le susurré—. Muchas gracias por el brazalete, Edward, pero...

—¿Qué pasa? ¿Ya lo tienes?

—No, no. Es que... no puedo aceptarlo.

—¿Bromeas? —Tenía un tono de voz tan pijo que tenía que contenerme para que no me diera la risa.

—No. Si no entiendes por qué no puedo aceptar un regalo de amigo invisible de tres mil libras, yo no voy a saber explicártelo.

—Tú eres la hermana *hippy* de Lizzie, ¿no? —Yo no había sido *hippy* en mi puñetera vida, pero supongo que para Edward cualquier mujer que no llevara perlas lo era. Así que asentí con la cabeza, pensando ya en cómo recuperar mi abrigo del guardarropa para hacer una huida rápida—. Sí, rechazar el regalo es un *modus operanding* muy propio de tu estilo.

Ni siquiera me ofendí. Había dicho «modus operanding», ¿vale? *¡Operanding!* Estuve a puntito de decirle que tuviera cuidado, que sus padres podrían demandarlo por las cien o doscientas mil libras que habría costado su educación privada si lo oían hablar. Pero... para qué. Lo único que quería era largarme, así que no me quedé ni un segundo más allí.

—Pero, Charlie... —Fue la súplica, bastante débil, de mi hermana cuando me acompañó a la puerta.

—Lizzie, no pinto nada en esta fiesta. Lo sabías antes de invitarme. —Ella sonrió—. Estoy aquí solo para hacer número par, lo cual es posiblemente la ocupación más humillante de mi vida.

—Lo siento.

—No, joder, lo siento yo —le dije, y era sincera, porque aborrecía el ambiente en el que se movía mi hermana, pero tampoco me apetecía que ella sufriera las consecuencias de haber invitado a su hermana *hippy* a aquel evento horrible.

—Olvídalo. ¿Nos vemos el domingo en casa de papá y mamá?

—Ya veremos. —Le guiñé un ojo... y salí del infierno.

Puntuación de la cita	3 (el brazalete era precioso, debería habérmelo quedado)
Norma incumplida	Que me haga regalos apropiados

24

El viernes salí de la oficina convencida de que no podía pasar el fin de semana metida en casa preguntándome qué diablos estaba pasando entre Oliver y yo. Me conocía, tenía muy analizados mis brotes y mis paranoias, y no pensaba arriesgarme a entrar en barrena pensando a cada momento si acabaríamos besándonos, follando o... yo qué sé qué. Es cierto que la convivencia entre semana era la misma de siempre, pero cuarenta y ocho horas libres tenían mucho más peligro que una cena rápida delante de la tele un martes.

Así que el viernes, cuando salí de mi oficina poco después de la hora de comer, me subí en el metro de camino a Chelsea. Oliver me había advertido de que llegaría tarde a casa ese día, así que supuse que lo encontraría en su estudio. Me podía la impaciencia. Me daba terror que algo se enquistase entre nosotros y rompiera la relación más larga y armoniosa que había tenido jamás.

—¡Espera, Charlotte! —Isabelle, la recepcionista que trabajaba para Oliver desde que había instalado su marca en aquel edificio, me conocía de sobra y nunca me paraba cuando subía a su despacho sin detenerme en el vestíbulo. Pero aquel día salió a mi encuentro cuando yo ya tenía un pie en el primer peldaño—. Oliver... no está.

—¡Ah, mierda! Me dijo que se quedaría aquí hasta tarde y he venido a visitarlo sin preguntar.

—A ver, está... Está en su apartamento.

—Ah, vale, pues subo allí a verlo.

—Mmmmm... —La vi dudar y lo entendí todo sin necesidad de que me lo explicara, aunque lo hizo de todos modos—. Es que no está solo.

—OK, de acuerdo. —Me puse colorada de repente. ¿Qué mierda me estaba pasando? Había visto a Oliver acompañado un millón de veces, había hecho guardia en la puerta de su cuarto esperando a que se fuera su acompañante solo para entrar y que me contara qué tal le había ido, había desayunado apenas unos meses antes con un tío guapísimo al que, contra todo pronóstico, Oliver le permitió quedarse a dormir en casa. Y, sin embargo, allí estaba, con el ritmo cardíaco disparado y sin saber ni qué decir—. ¿Puedo esperarlo en su despacho?

—Por supuesto. —Me sonrió y yo subí las escaleras pidiéndole al cielo que me permitiera calmarme antes de que Oliver bajara o la conversación que pensaba tener con él saldría fatal.

Me senté a la mesa de su despacho y empecé a cotillear los bocetos que tenía sobre el escritorio a medio terminar. Me serví un té de su *office* y rescaté el dosier de prensa que había preparado su departamento de Comunicación con las últimas noticias publicadas sobre Oliver W. Llevaba unos veinte minutos ojeándolo cuando oí que dos pares de pasos acompasados bajaban las escaleras de la zona privada del edificio. Quise mantener la vista fija en aquellos recortes de prensa, pero no fui capaz. A través de la puerta entreabierta, vi que Oliver se despedía con un beso rápido pero intenso de un chico alto, vestido de negro y con una melena rubia larga. Tuve que apartar la mirada. ¿Por qué? No lo sabía. O quizá sí.

—¿A qué debo el honor? —me preguntó cuando entró en el despacho con el pelo mojado y una cara de mala leche que solo le conocía dirigida a otros, no a mí.

—Pues salí pronto de trabajar y me pasé por aquí para...

—¿Para joderme el polvo? —Me sobresalté por su crudeza—. Me mandó un mensaje Isabelle para anunciarme tu visita y me desconcentré un poco.

—Vaya por Dios. —Tampoco es que yo hubiera irrumpido en su apartamento mientras estaban al tema, así que no pensaba pedir perdón. Carraspeé y decidí seguir la conversación por un tema seguro, porque no me parecía que Oliver estuviera muy predispuesto a aclararme qué coño estaba pasando entre nosotros—. He echado un vistazo a tu dosier de prensa.

—Pues ya lo has mirado más que yo. —Resopló y se acercó al equipo de música. Al instante, sonó *Wherever You Will Go*, de The Calling, una canción que me encantaba—. ¿Algo interesante?

—Todos los medios están obsesionados con que diseñes una colección nupcial. —Pasé las hojas con desgana—. También creen que deberías probar con la alta costura, afirman que se te ha visto entrar de madrugada en el palacio de Buckingham y dicen que tu empresa probablemente empezará a cotizar en bolsa pronto. ¿Algo que quieras confirmarme?

—No he entrado en el palacio de Buckingham en mi vida.

—Me habrías llevado contigo, ¿no?

—Tendría que pensármelo. —A pesar de sus palabras, noté que a Oliver se le iba disipando un poco el mal humor—. Tampoco tengo intención de pasarme a la alta costura. Y lo de cotizar en bolsa tendrías que preguntárselo a Frank, del departamento de Finanzas, porque yo no tengo ni puta idea de esas cosas.

—¿Y la colección nupcial?

Oliver no me respondió. Se me quedó mirando con esa intensidad que era marca de la casa, pero que nunca, en doce años, había logrado ponerme tan nerviosa como esa tarde. Se sirvió una taza del té que yo había preparado y se dejó caer en el *chester* de su despacho. De repente me pareció vulnerable, desarmado.

—Jamás presentaré una colección nupcial —me dijo tan serio que no parecía que estuviera aún hablando de trabajo—. Pero sí he diseñado un vestido de novia. El boceto está en mi caja fuerte y no saldrá de ahí salvo que tú me lo pidas.

—¿Qué? —le pregunté con un hilo de voz. Él me miró y no supe leer en sus ojos qué me estaba diciendo.

—Que, si al final te sale bien alguna de esas citas de mierda, ya tienes vestido. —Fingió una sonrisa que en realidad fue una mueca.

—Oliver, ¿te ocurre algo? —le pregunté harta ya de aquella actitud pasivo-agresiva.

—Tengo trabajo, no puedo estar toda la tarde aquí de conversación contigo. —Oliver plantó su máscara infranqueable, esa que me ponía enferma las pocas veces que discutíamos en serio, y cogió el dosier de prensa de mis manos—. ¿Querías algo en concreto?

—Pues, cuando entré aquí, quizá —le dije mientras recogía mi bolso del perchero de la entrada—. Pero ahora me voy a limitar a recomendarte que te hagas mirar qué cojones pasa en esa cabeza tuya.

—Sí, OK, Charlie.

—¡Ah! —Me di la vuelta ya en la puerta—. Y que te vayas a la mierda, Oliver.

Di un portazo y bajé las escaleras con paso apresurado. Se me pusieron las mejillas como tomates maduros al reparar en la mirada que me dirigía Isabelle desde el mostrador de recepción, pero no me paré a despedirme de ella porque tuve miedo a que me temblara la voz. Ya notaba dos gotitas en el lacrimal y pensaba hacer todo lo que estuviera en mi mano para que no se derramaran.

Sin embargo, cuando salí al frío de la calle, me sentí sola. Me sentí triste. Mi mejor amiga estaba a medio mundo de distancia y mi mejor amigo me había tratado fatal por primera vez desde que nos conocíamos. Llevaba casi medio año buscando el amor y solo me había encontrado con un fracaso tras otro. Mi hermana había emigrado del planeta que un día habíamos compartido y el resto de mi familia solo parecía preocupada por que no me convirtiera en una solterona. Y, por si todo eso fuera poco, estaba confusa. No entendía qué me estaba ocurriendo con Oliver. No entendía el pinchazo de celos que había sentido cuando lo había visto con aquel chico. No entendía por qué una bronca con él llevaba lágrimas a mis ojos, cuando en otros tiempos habríamos solucionado el problema a gritos y nos habríamos reconciliado con unas cervezas de más. No entendía por qué una confesión, un beso y un orgasmo habían sido suficientes para agrietar el equilibrio en el que llevábamos coexistiendo toda nuestra vida adulta. Y usaba el verbo agrietar porque la idea de que el correcto fuera romper amenazaba con destruir la poca estabilidad que le quedaba a mi corazón.

Entré en el metro con la vista borrosa y la firme decisión de echar un polvo de venganza. Si podía ser esa misma noche, mejor que mejor. Abrí Tinder y busqué el chat que llevaba manteniendo unas semanas con un tipo llamado Jason al que había dejado en el congelador porque, aunque era bastante guapo, se notaba a la legua que lo único que buscaba en la app era sexo fácil. Y eso era lo mismo que quería yo aquella noche.

No tuve suerte. Jason estaba de viaje fuera de Londres y no regresaría hasta el fin de semana siguiente. Fijamos una cita para el viernes veintiséis. Cuando le confirmé la hora, seguía viendo borrosa la pantalla.

Cita número	23
Fecha	26 de noviembre
Hora	22.00
Lugar	Battersea
Nombre	Jason Watkins
Edad	30
Forma de contacto	Tinder

Para cuando llegó mi cita con Jason, llevaba una semana sin hablarme con Oliver. Era la primera vez desde que nos conocíamos que eso pasaba; la primera vez que una discusión, por muy fuerte que fuera, no se solucionaba con una guerra de cojines, doscientas cervezas y un «Es que eres gilipollas» mutuo.

Tampoco es que nos hubiéramos visto mucho. No sabía lo ocupado que estaba Oliver, pero ni en las etapas previas a las semanas de la moda, que eran su pico habitual de trabajo cada año, había pasado tanto tiempo encerrado en su estudio de Chelsea. No lo culpaba; yo había hecho lo mismo. En la siguiente evaluación del desempeño, a mi jefa no le quedaría más remedio que ponerme un «Excelente» en el apartado de predisposición a hacer horas extra.

Aquel sábado no me apetecía ni vestirme, lo cual era toda una novedad en mí. Al final, opté por un *look* cómodo: pantalones vaqueros, camiseta básica de rayas y una americana *oversize* de cuadros príncipe de Gales. Me calcé unas mosqueteras altísimas y me recogí el pelo en una coleta, porque era más práctico que peinarme. Sí, estaba con el estado de ánimo ideal para tener una cita, lo sé.

Por suerte, Jason —treinta años, diseñador gráfico— no parecía tener demasiado interés en nada que no fuera echar un polvo. No es que yo lo hubiera deducido a partir de una observación detallada de su personalidad a través de su perfil de Tinder y de las escasas palabras que habíamos intercambiado por chat. Él me lo había dicho tal cual; de hecho, me había propuesto quedar directamente en su casa. Y tal y como me encontraba aquella semana..., era justo lo que yo necesitaba.

Se lo iba contando a Moon de camino al otro lado del río y ella, que ya estaba de sábado por la mañana en su parte del planeta, se escandalizó. Me hizo una exposición detallada de todos los peligros que podía correr por citarme con un desconocido en su casa y me obligó a enviarle la ubicación en cuanto llegara allí. No es que yo no lo hubiera pensado alguna vez, pero me negaba a vivir con miedo y, además, tampoco tenía muy claro qué podría hacer Moon con sus nueve husos horarios de diferencia en caso de que yo estuviera en peligro.

De todos modos, cumplí con lo prometido y le envié un mensaje con mi ubicación justo antes de llamar al timbre del tercer piso de un edificio de estilo industrial de Battersea. Se trataba de una de esas antiguas fábricas reconvertidas en viviendas que siempre me habían gustado. Subí hasta el piso de Jason en un montacargas que estoy segura de que a Moon le habría parecido propio de una película de terror y, una vez arriba, no hubo demasiado espacio para la conversación.

Jason y yo, tras apenas unas palabras de cortesía, fuimos directos al grano. Por los altavoces de un equipo de música muy moderno que había atisbado de camino a su dormitorio, sonaba *Rockin' All Over the World*, de Status Quo. Nos besamos al ritmo de la batería, nos desnudamos con prisas y yo cerré los ojos para sentir ese placer que en ocasiones da el contacto con una piel desconocida. Tal vez habría sido mejor mantenerlos abiertos para ver venir lo que se aproximaba, no digo más.

Caímos sobre la cama sin apartar el edredón blanco que la cubría. Jason llevó dos dedos a mi vello púbico y me encontró húmeda. Había logrado desconectar la mente de todo lo que me atormentaba y estaba más que dispuesta a disfrutar de un polvo sucio, en el mejor sentido de la palabra, sin compromisos ni complicaciones.

—Estás muy mojada, Charlotte —me comentó Jason, como si me hiciera falta esa información.

—Métemela. Métemela ya —le supliqué, porque no me apetecía nada más que un poco de acción.

—Emmm... —dudó él—. Ya está dentro.

—¿Qué? —Mi nivel de excitación cayó en picado. En picadísimo. Como si me hubieran echado un palazo de serrín sobre toda la humedad anterior.

—¿No la notas?

No, cariño, si la notara no habría preguntado, ¿no crees?

No le dije eso, claro. Puse cara de circunstancias y, durante un segundo, pensé que debía de haber sido una auténtica perra del infierno en otra vida para que el karma me lo devolviera de esa forma. Para ser exacta, en forma de micropene en el momento de mi vida en que más necesitaba un polvo salvaje. Si a eso le añadía todo lo que me atormentaba, debería haberme echado a llorar. Pero... mis neuronas van por libre. Y lo que decidieron en ese momento fue que me riera. Moon siempre ha mantenido que los ataques de risa se multiplican por cien si te pillan bocarriba, y en esa postura estaba yo. Ni siquiera sabía si Jason seguía aún dentro de mí o no —en mi defensa diré que no era fácil averiguarlo, y a las pruebas me remito.

—¿Seguimos o qué? —me preguntó Jason, supongo que ya a la desesperada, porque estaba más que claro que no íbamos a seguir *nada.*

—Me piro.

Ni me despedí, para qué. Recogí mi ropa del suelo y salí de aquel apartamento con la cremallera de las mosqueteras a medio subir. Aún me burbujeaban las carcajadas en la boca del estómago cuando me subí a un Uber que pedí al vuelo, pero me contuve para que el conductor no pensara que era una psicótica.

A medio camino hacia mi casa, me sentí mal. La multipolaridad es lo que tiene, una pasa de un estado a otro en menos tiempo del que tarda un coche en atravesar el centro de Londres. Me sentí mal porque no conocía de nada a Jason, pero nadie merecía recibir una burla por una característica física, defecto o como sea que haya que llamar a un micropene. Pero se me pasó rápido la culpabilidad al reparar en lo jodidamente afortunados que son los tíos. Me imaginé cómo sería la vida de una mujer en una situación similar, es decir, con una anomalía física que «complicara» —por decirlo de forma suave— sus relaciones sexuales. Estaba segura de que esa mujer no estaría en Tinder en busca de sexo ocasional; tendría pavor al rechazo, a las burlas, a ser el tema de chanza en la siguiente reunión de su compañero de cama con los chicos de su equipo de fútbol. No tenía ni idea de lo que pensaban los hombres, pero imaginaba que, si Jason había acabado en Tinder buscando polvos, sería porque no había recibido demasiadas raciones de todo eso en sus experiencias anteriores.

Cuando me bajé del coche en la esquina de Brick Lane y veía ya mi portal en la distancia, me sentía como una de esas feministas que quemaban los sujetadores en los sesenta. Estaba convencida de que me había reído de Jason en su cara —o en su pene, más bien— en venganza por la opresión física que sufríamos las mujeres en todo el mundo.

Al abrir la puerta de casa y encontrármela silenciosa y oscura, olvidé a Jason. Tenía problemas mucho más importantes de los que preocuparme y el mayor de ellos vivía a dos pasos de mi dormitorio, aunque cada vez pasara menos tiempo allí. Me metí en la cama con ganas de llorar, supongo que por completar todo el catálogo de sentimientos que puede experimentar un ser humano en el plazo de una hora. Y todo eso..., sin una gota de alcohol en sangre. Quizá si me tomara una copa, simplemente, explotaría. Pero tampoco tenía con quién tomármela, así que apagué la luz, me tomé una pastilla para dormir y, al fin, desconecté el cerebro.

Puntuación de la cita	2 (un punto por cada minuto en que sentí placer)
Norma incumplida	Que tenga pene (más o menos)

25

—Las hetero estáis obsesionadas con los penes —me espetó Moon desde el otro lado de la pantalla—. Anda que no hay formas de pasárselo bien dejándolos fuera de la ecuación.

—Eso díselo a Jason. Si hubiera usado la lengua, no estaríamos teniendo esta conversación.

—Si mal no recuerdo, acabas de decirme que le soltaste «Métemela».

—Podía referirme a la lengua —me defendí.

—¿Te referías a la lengua?

—No —reconocí con la boquita pequeña—. Pero si él sabe que la tiene más grande que la polla...

—Eres una exagerada.

—Te aseguro que no. —Me reí—. ¡Es que yo no sabía cómo era un micropene!

—Tampoco es que la palabra lleve mucho a engaño. —Moon puso los ojos en blanco y cambió de tema—. Bueno, ¿y dónde tienes a ese compañero de piso que lleva más de una semana sin hacerme ni caso?

Esa era una buena pregunta. Seguía sin haber ni rastro de Oliver en el apartamento y, como apenas nos hablábamos, no podía mandarle un mensaje para preguntarle si estaba en su piso de Chelsea o en cualquier otro lugar. O si solo estaba evitándome. Me había levantado temprano ese sábado para poder hablar con Moon a una hora decente para ella, pero me había faltado valor para confesarle todo lo que había ocurrido entre Oliver y yo en las últimas semanas. Preferí contarle el desastre de cita de la noche anterior y disfrazar de humor todo lo que me atormentaba. Pero Moon me conocía, me conocía muy bien, y sabía que algo me ocurría. Y si Oliver también estaba distante con ella..., no le costaría sumar dos más dos.

—Pues debió de salir anoche y se habrá quedado a dormir en Chelsea —le respondí fingiendo una despreocupación que no sentía.

—Sun me reclama. —Se oyó un llanto suave en la distancia y vi aparecer al fondo a Sophie con la niña en brazos; la veía a menudo a través del móvil, pero siempre me sorprendía lo rápido que crecía y cambiaba—. Pero tú y yo tenemos una conversación pendiente y creo que lo sabes tan bien como yo.

Me limité a asentir y les mandé un montón de besos a las tres para despedirme. Cuando la pantalla se quedó en negro, miré a mi alrededor y me planteé a qué iba a dedicar el largo sábado que tenía por delante. No me apetecía pasar el día con mi familia, no me apetecía ir de compras —y eso sí que era una novedad—, no tenía trabajo acumulado que solucionar y estaba segura de que sacaría un sobresaliente si alguien me examinaba sobre el catálogo de Netflix, Amazon Prime y HBO.

De repente, oí un ruido que me sobresaltó. Cómo estaría mi cabeza a esas alturas que pensé que, si un intruso se había colado en mi casa, al menos me ocurriría algo emocionante aquel sábado. Pero no. Era Oliver saliendo de su cuarto, con un pantalón de pijama negro y los ojos hinchados por el sueño.

—Quién iba a decir que tu norma de que el tipo tuviera pene iba a ser también incumplida. —Esbozaba una sonrisa burlona que en parte me repateó, pero también sentí que me devolvía un poco a mi mejor amigo.

—Anda, pero si ahora ya me hablas.

—Ya ves.

—No sabía que estabas en casa.

—Llegué muy tarde anoche y he dormido hasta ahora. —Se encogió de hombros—. Juro que no estaba cotilleando tu conversación con Moon, pero tenéis un tono de voz que es imposible ignorar.

Me quedé callada y odié no saber cómo reaccionar ante una persona que era una parte de mí desde que éramos solo unos críos. Él se sentó a mi lado en el sofá, emitió un sonido a medio camino entre el suspiro y el resoplido y me miró.

—Lo siento —susurró—. Me he portado como un gilipollas durante demasiados días.

—Tampoco yo he estado muy brillante. —Torcí el gesto—. Siento haberte mandado a la mierda el otro día.

—Olvídalo. Yo...

—¿Qué?

—Me descoloca lo que ha estado pasando entre nosotros. No sé si debería haberme callado lo que dije en París, aunque no me arrepiento, la verdad. Pero luego vino el beso, el dedo...

—No lo llames así —le pedí mientras me tapaba la cara con las manos.

—Se ha vuelto tímida de repente a los treinta... —Oliver se rio—. Pues eso, Charlie, que estoy un poco descolocado.

—Yo también —reconocí—. Pero deberíamos hacer todo lo posible por no pagarlo con el otro.

—Prometido por mi parte.

—Ídem.

—¿Tienes planes para hoy?

—Cero.

—¿Día de pijama y reconciliación? —me propuso.

—Suena a gloria bendita.

Nos acomodamos en el sofá y empezamos por pegarnos un atracón de nuestros documentales de moda favoritos. El primero que cayó fue el maravilloso *The September Issue* y después fuimos pasando por el de Franca Sozzani, uno sobre Steve Madden y otro sobre Iris Apfel. Nos olvidamos de la hora de comer con la emoción de comentar cada detalle de unos documentales que habíamos visto ya varias veces y no nos dimos cuenta de que teníamos hambre hasta que un rugido de mis tripas se oyó más alto que el televisor.

—¿Qué pedimos? —me preguntó Oliver.

—¿Y si... —Puse tal cara de emoción que cualquiera diría que le iba a proponer una locura; bueno, para nosotros lo era— cocinamos?

—¿Nosotros? —Oliver frunció el ceño—. ¿Sabrías por dónde empezar?

—¡Quiero lasaña!

—Sí, parece lo más fácil para dos analfabetos culinarios...

Por supuesto, no teníamos placas de pasta, así que decidimos utilizar pan de molde. Tampoco teníamos una triste verdura ni carne picada con la que preparar la boloñesa, así que decidimos utilizar salsa de tomate de bote y un par de latas de atún. La bechamel que perpetramos tenía la consistencia del engrudo y el horno, después de años funcionando como zapatero, debía de haber olvidado su función original porque no se encendió —o no supimos encenderlo; eso tampoco hay que descartarlo—. En resumen, lo que comimos se pareció más a un sándwich gigante de atún recubierto por una pasta informe de harina y queso, pero... qué rico nos supo.

Pasamos la mitad de la tarde dormitando en el sofá, porque ninguno de los dos había descansado lo suficiente por la noche. Cuando me desperté, ya era noche cerrada sobre Londres. La única luz en nuestro salón la proporcionaba una lámpara de lectura que casi siempre estaba encendida, sonaba *At Seventeen*, de Janis Ian, y Oliver me miraba. No sé qué ocurrió, pero tuve la sensación de que una chispa de electricidad estática crepitaba en nuestras miradas.

No necesitamos hablar, nuestros cuerpos lo hicieron por nosotros. Me abalancé sobre sus labios y nos entregamos a un beso que fue eterno, pero que a mí se me hizo corto. Oliver se despojó del pantalón de su pijama y yo lancé por los aires el mío, junto con el kimono y la prudencia. Nos observamos con la respiración entrecortada y ronroneé tanto al verlo desnudo que juraría que le despeiné la melena con mi aliento. Había visto a Oliver como su madre lo había traído al mundo tantas veces que no debería haberme sorprendido, pero recuerdo que lo primero que pensé al tenerlo a mi lado, piel contra piel, fue que ese cuerpo era suficiente motivo para enviar un ejército al campo de batalla.

Oliver me tocó. Me tocó con las palmas de sus manos, con las yemas de los dedos. Cada milímetro de mi piel se convirtió en un punto erógeno. Deseé tanto tenerlo dentro que me incorporé para sentarme a horcajadas sobre su regazo mientras él se ensañaba con los dientes contra mis pezones. Me sentí poderosa allí arriba. Me sentí mejor de lo que me había sentido en los cinco meses largos que llevaba buscando un amor que quizá tenía mucho más cerca de lo que pensaba. Oliver se mordía el labio con un gesto entre el placer y el dolor que me espoleó. Me volvió loca. Utilicé las rodillas para impulsarme y las ganas para dejarme caer. Una vez, dos, mil... Oliver gemía y a mí me sonaba a música celestial.

—No puedo más, Charlie —me dijo en un jadeo.

Llevo los dedos a mi clítoris y precipitó lo que ya estaba a punto de ocurrir. Gritamos juntos nuestras ganas, nos besamos para bebernos los gemidos y, cuando Oliver salió de mi interior, sentí que mi vagina había perdido su objetivo en la vida.

Fue salvaje, duro y crudo, pero sobre todo fue bonito. Fue muy nuestro, como lo habían sido todas aquellas veces en que nos habíamos acostado en la universidad, pero con diez años más de experiencias vividas y con el eco de la confesión de Oliver resonando entre nosotros. Acabamos abrazados, con nuestros cuerpos desnudos entrelazados y las respiraciones acompasándose.

—¿Qué estamos haciendo, Oliver? —me atreví a susurrar en su oído, sin saber siquiera lo que quería escuchar como respuesta.

—No lo sé, Charlie. —Suspiró—. No lo sé, joder.

Cita número	24
Fecha	3 de diciembre
Hora	20.30
Lugar	Whitechapel
Nombre	Craig Sullivan
Edad	29
Forma de contacto	Tinder

Os estaréis preguntando qué pintaba yo de camino a una cita el sábado siguiente a lo ocurrido entre Oliver y yo. Yo también me lo preguntaba, no os creáis...

Me había pasado una semana dejando caer indirectas sobre si debería desinstalarme Tinder, pero Oliver no soltaba prenda. Seguía siendo el de siempre: se burlaba, bromeaba y hasta acabó pidiéndome que siguiera concertando citas para tener alguna anécdota divertida con la que aderezar los domingos. Yo intuía que fingía, que había algo de impostado en aquella actitud despreocupada, porque volvió a replegarse en su máscara de frialdad y a pasar mucho más tiempo del necesario en su estudio.

El jueves me sorprendió con la noticia de que se iba a pasar el fin de semana a París. Su amiga Colette cumplía cuarenta e iban a celebrarlo con una gran fiesta en una casa cercana al Bois de Boulogne. Yo conocía poco a sus amigos parisinos; me los había presentado en mis visitas allí durante sus años trabajando para Givenchy y nunca me habían caído demasiado bien, pero... esperaba que me hubiera pedido que lo acompañara. Como no lo hizo, y como yo seguía sin tener claro qué hacer con mi vida, pensé que no iba a matarme aceptar la cita que me había propuesto un tío de Tinder. Uno más. Había llegado al punto en que, si echaba la vista atrás, se me entremezclaban las caras, los nombres y las voces de los hombres con los que había quedado en los últimos meses a través de la app.

El chico en cuestión se llamaba Craig, era de Reading y venía a Londres a pasar el fin de semana. Me propuso una cena «y lo que surja» y me pareció bien. Se alojaba en un hotel en la zona de Whitechapel, así que habló de tomar algo por la zona y a mí me alegró que me quedara tan cerca de casa. Imaginad el entusiasmo que me provocaba la cita para que el mayor aliciente fuera poder prescindir del metro e ir caminando...

Me vestí también con algo de desgana. Estrené un vestido marrón que combinaba ante y seda, con el bajo asimétrico y un cuello redondo algo anodino. Aproveché que a Londres había llegado un frío helador para ponerme por encima un poncho de ante color cámel forrado de borreguito. Con ese aspecto, no demasiado adecuado para una noche de sábado pero muy cómodo, me encaminé a un pub tradicional de la zona de Whitechapel.

Craig no estaba mal. Tenía más o menos mi edad y unos ojos azules preciosos, pero desde que me encontré con él experimenté una sensación extraña en la boca del estómago. Habría jurado que lo conocía de algo, aunque indagué un poco y no teníamos nada en común. Él había vivido sus veintinueve años en Reading, trabajaba como ingeniero civil en una empresa de obras públicas y apenas había visitado Londres desde su adolescencia. Yo no le hablé mucho de mí, estaba ocupada intentando averiguar de qué coño conocía a aquel tío. Moon y Oliver siempre me alababan diciéndome que era muy buena quedándome con las caras de todo el mundo, pero ya me diréis de qué sirve eso si lo único que consigues después es que la cara te suene, pero no eres capaz de saber de qué.

Aproveché que Craig fue al cuarto de baño para buscarlo en las redes sociales. Era difícil seguirle el rastro —lo cual solo podía significar que era alguien muy consciente de la pérdida de intimidad 2.0 o que tenía algo que ocultar—, pero sabía moverme en ese terreno y lo encontré en Facebook con una cuenta antigua y algunas fotos públicas. Y entonces recordé de qué diablos lo conocía.

Había coincidido por primera y única vez con Craig en

la cena de Navidad de mi empresa dos o tres años atrás. Asistía como acompañante y marido de Vivianne, una diseñadora web suiza que trabajaba en remoto para la compañía. Trabajaba desde su casa de Reading, esa que compartía con su marido mientras él jugaba en Tinder. Cabía la posibilidad de que se hubieran separado en los últimos tiempos y eso fue lo primero que quise averiguar cuando regresó a la mesa.

—Oye, Craig, ¿y qué tal le va a Vivianne?

Solo necesité ver su cara, que se quedó lívida, para saber que seguía casado. Me dio asco. Tanto asco que me costó reconocerme. No es que sea algo de lo que me sienta tan orgullosa como para ponerlo en el currículum, pero me había acostado con unos cuantos tíos con pareja a lo largo de mi vida. Siempre había defendido que ese era un problema de ellos, que eran quienes estaban comprometidos; yo me limitaba a follar sin remordimientos. Pero algo debía de haber cambiado en mí; hacía semanas que ya no buscaba el amor en aquellas citas. Solo quería sexo; sexo animal, de desquite; feo en muchos sentidos. No debería importarme una mierda que Craig estuviera casado para eso, pero... yo ya no era aquella chica.

—Por favor, no le digas nada a Vivianne —me suplicó Craig.

Me pareció un tipo patético y gilipollas, así que no iba a concederle ni un segundo más de mi tiempo. Cogí un billete de cinco libras de mi monedero, suficiente para pagar mi pinta de Guinness, pero no la suya, y lo lancé sobre la mesa. Me levanté sin dirigirle una segunda mirada y salí a la calle.

No había dado ni dos pasos por aquella acera de Whitechapel cuando me arrepentí. Yo no sé si me había poseído Simone de Beauvoir o qué coño me pasaba, pero estaba harta de sentir que, en el juego del amor, los tíos siempre llevaban las de ganar. Tampoco sabía si era una percepción justa o injusta, pero de lo que no dudaba era de que Craig era una mala persona.

—Se me ha olvidado decirte una cosa. —Craig estaba dando el último sorbo a su cerveza antes de marcharse (o de buscar otro plan, quién sabe) y me miró horrorizado—. Eres un cabrón. Llevas... ¿cuánto?, ¿cinco años? casado con Vivianne. Pero estás en Tinder y te vienes a Londres a pasar un fin de semana para follar con otra tía. O con otras, yo qué sé. Me has pillado con el pie torcido, mira qué mala suerte. Por supuesto que Vivianne se va a enterar y... —Levanté la mano cuando vi que él iba a interrumpirme—. Y ni te atrevas a decir que la voy a destrozar porque eres tú el que lo va a hacer. El que ya lo ha hecho.

Y con esas últimas palabras, entonces sí, me di la vuelta y me fui. Antes de que me diera tiempo a arrepentirme, hice capturas de pantalla del perfil de Tinder de Craig y, desde la cuenta anónima que tenía en Instagram, se las envié a su mujer, junto a un mensaje lleno de compasión e ira. No sabía si eso era sororidad o qué coño, pero si yo hubiera estado en su lugar, me habría gustado que alguien lo hiciera por mí.

Puntuación de la cita	3 (por lo bien que me sentí después de cantarle las cuarenta)
Norma incumplida	Que yo sea el verdadero y único amor de su vida

26

El lunes tuve un día espantoso en la oficina, entre el pánico a que Vivianne respondiera a mi mensaje anónimo —jamás supe nada más de ella— y un brote que le dio a mi jefa porque, según ella, íbamos muy retrasados con la campaña de Navidad. No sé si pretendía que me pusiera a diseñar disfraces de Santa Claus con diciembre ya empezado, pero el caso es que me llevé la peor parte. Con sus malos modos habituales, me exigió que no volviera a aparecer por la oficina hasta el viernes y que, cuando lo hiciera, llevara un buen remanente de fotos de *street style* invernal. No hacía ni tres semanas que me había exigido más «presencia en silla» porque estaba convencida de que la mitad del tiempo que decía estar investigando tendencias en la calle lo dedicaba al ocio. Que no es que fuera mentira exactamente, pero es que para mí la frontera entre trabajo y placer era muy fina.

El caso es que me vi con tres días por delante que no eran libres, pero que me pasaría recorriendo las calles de mi ciudad favorita del mundo haciendo lo que más me gustaba: rebuscar tendencias. Vaya castigo, oye.

Lo primero que decidí fue que el martes me lo tomaría con calma. Mi jefa no tenía ni idea de cómo funcionaba mi trabajo ni de cuánto tiempo me llevaba... y yo no pensaba explicárselo. Lo que estaba claro era que tres días me sobraban, así que el lunes le envié un mensaje a Moon preguntándole a qué hora le vendría bien que hiciéramos un FaceTime al día siguiente. Ella me respondió que hacia las siete y media de la mañana, hora británica, sería lo mejor. Cómo estaría yo de necesitada de desahogarme con mi mejor amiga que programé la alarma para esa hora en un día que pensaba «tomarme con calma»...

El problema fue que, cuando sonó el despertador, yo estaba en pleno sueño erótico. No sé de dónde carajo había sacado la idea mi subconsciente, pero en mi mundo onírico yo estaba en una especie de playa caribeña que había junto a Trafalgar Square —¿¿??— comiendo plátanos. En realidad, estaba con Oliver, dándonos de comer plátano en la boca uno al otro. No creo que hiciera falta ser Sigmund Freud para interpretar lo que se me pasaba por la cabeza —o por otra parte del cuerpo, tal vez— en aquellos momentos.

Me levanté con antojo de plátanos, ¡oh, sorpresa! Fui a la cocina y me encontré a Oliver desayunando; me había avisado el lunes de que planeaba marcharse temprano a trabajar para evitar que le dieran las ocho de la tarde sentado tras su escritorio. ¿Y qué estaba desayunando Oliver? Un plátano. Un sabroso, exuberante y grueso plátano.

—¿Por qué me miras así? —me preguntó con la boca llena.

—¿Qué? —Parpadeé un par de veces antes de conseguir que mi cerebro y mi voz hicieran contacto—. Nada, perdona, estoy muerta de sueño.

—Pues vuélvete a la cama, ¿no? Tu trabajo te permite esos lujos.

—Dijo el minero del carbón de Gales. —Puse los ojos

en blanco y él soltó una carcajada—. He quedado para una vídeo con Moon a las siete y media y ya llego tarde.

—Dios, le debo una llamada desde hace siglos... ¿Puedo unirme a saludarla cuando salga de la ducha?

—Pues claro.

Moon, como si la hubiéramos invocado, llamó justo en ese momento. Le hice un gesto a Oliver antes de encerrarme en mi cuarto y dedicamos un buen rato a que ella me pusiera al día de las monerías de Sun y se quejara durante otro buen rato de lo difícil que era conciliar la maternidad con una vida profesional como DJ. Aún estábamos intentando encontrar una solución para que Moon recuperara sus contratos de trabajo cuando Oliver irrumpió en mi habitación sin llamar. Aguantó con estoicismo el reproche de Moon por tenerla abandonada y le prometió que, en cuanto se deshiciera de todo el papeleo que cubría la mesa de su despacho, harían un FaceTime de horas. Moon era una blanda terrible, así que lo perdonó en diez segundos.

—Bueno, ¿y qué coño te pasa últimamente? —El cambio de tono de voz de Moon fue tan radical que se reflejó en su cara.

No hacía ni diez segundos que Oliver había cerrado la puerta del apartamento y nosotras ya estábamos teniendo una conversación diferente.

—No sé ni por dónde empezar...

—Pues suele funcionar bastante bien hacerlo por el principio.

—Está pasando algo entre Oliver y yo.

La cara de Moon reflejó mil estados de ánimo antes de asimilar las palabras que acababa de decirle. Yo me angustié durante algo así como un segundo hasta que me di cuenta de que no podía mantener esa conversación con el estómago vacío. Unos años antes, cuando era joven y molaba, mi «desayuno» habría sido un tanque de café solo, un cigarrillo en la ventana de la cocina y, si la cosa se complicaba, un chupito de vodka de caramelo. Pero aquel día solo quería... plátano. Gracias a Dios que Oliver, en algún momento de la semana que supongo que solo había captado mi subconsciente onírico, había comprado algo así como tres kilos.

—Deja de comer fruta y define «algo».

—Tengo hambre —le dije mientras cortaba en rodajas el tercer plátano consecutivo y le añadía yogur griego—. No sé definir «algo».

—¿Habéis follado?

—Ajá.

—¡¡¿¿Habéis follado??!!

—Ajá.

—Pero... Pero... Pero...

—No te lo he contado antes porque no estaba preparada y porque... ni siquiera sabía qué contar. En realidad, sigo sin saberlo.

—Vale, habéis follado. ¿Cuándo?

—El otro día, después de hablar contigo de mi cita con el micropene.

—Qué forma tan extraña de excitaros.

—No fue eso, fue... —Suspiré—. Ya habían pasado cosas antes.

—¿Cosas como...?

—Como un beso. Un dedito en el pasillo de casa. Una...

—¿Mamada?

—¡No!

—Oh, sí, qué escándalo habría sido una mamada en un escenario como ese.

—Una confesión, Moon.

—¿Una confesión?

—Le juré no contártelo, pero... no puedo más.

—Mis labios están sellados. Los de arriba, obviamente. —Se rio y yo me contagié.

—Oliver me confesó en París que su gran amor, el que lo hizo huir de Inglaterra después de la muerte de su madre...

—¿Te confesó que eras tú?

—¡¡¿Lo sabías?!!

—No por ninguno de vosotros, desde luego, pero... alguna vez se me ha pasado por la cabeza.

—Pero ¿tú no pensabas, igual que yo, que ese gran amor era un tío?

—A ratos. Pero de vez en cuando me venía como un *flash*, ¿sabes? De que a lo mejor era una mujer; y, si lo era..., solo podías ser tú. Tiene todo el sentido.

—Pues para mí... no tiene ninguno.

—¡Venga ya, Charlie! Sois las dos personas del mundo que mejor conectan. Podríais hacer fuego solo con una mirada.

—¿Y tú desde cuándo piensas así? ¿Y desde cuándo eres una poeta?

—La poesía siempre ha ido conmigo. Y pienso así... No sé, quizá desde estos últimos meses viviendo juntos. Cuando estábamos en la universidad, siempre fuimos tres, pero cuando regresé...

—¿Qué?

—No pongas esa cara de pánico, que no estoy diciendo que me sintiera desplazada ni mucho menos. —Respiré tranquila—. Pero puede que al haber pasado tanto tiempo alejada y haber construido mi propia relación de pareja en esos años, empezara a veros desde fuera. Con los ojos de alguien ajeno, aunque no hace falta que digas que no lo soy.

—Vale... —Me reí porque eso era justo lo que estaba a punto de decirle.

—Y creo que no hay nadie que os vea juntos y no note que hay... algo.

—¿Amistad?

—Sí, por supuesto, pero... no solo.

—No solo...

—No solo.

—¿Vamos a seguir repitiendo lo mismo mucho rato?

—Yo tal vez lo haga hasta que te des cuenta de que... deberíais daros una oportunidad.

—Pero ¡¿una oportunidad para qué?! Oliver solo me ha dicho que está desubicado con todo lo que está pasando entre nosotros y yo... Bueno, vale, en eso coincidimos. Yo tampoco sé lo que siento.

—Yo creo que los dos lo sabéis muy bien, pero sois unos cobardes de mierda y me vais a obligar a intervenir.

—¡Moon! Te he dicho que no puedes contarle nada de esto a Oliver, ¿recuerdas? Que no se te vaya a pasar por la cabeza meter las narices.

—No lo haré...

—Vale.

—... siempre que dejéis de ser gilipollas.

—No somos gilipollas. Tenemos... *Yo,* al menos, tengo terror a que nos carguemos nuestra amistad. Pavor, Moon. Él es mi persona en el mundo. Si nos enamoramos, la cagamos y lo pierdo, no sobreviviría.

—Por supuesto que sobrevivirías, deja de hacerte la heroína romántica. Y, además, eso no tiene por qué pasar.

—Sí, claro, como los dos hemos sido siempre tan estables en nuestras relaciones...

—Nunca habéis probado a serlo entre vosotros. ¿No te parece más arriesgado para vuestra amistad que estéis tonteando sin acabar de ser sinceros el uno con el otro?

—Nunca habíamos tenido tan mal rollo como desde que todo esto empezó a pasar —reconocí.

—Pues eso. Que como no arregléis las cosas pronto..., me planto ahí y no me voy hasta que os vea desnudos.

—Tienes unos gustos muy peculiares, pero creo que lo he entendido.

—Deja que te diga una última cosa, Charlie... Si la peor de tus predicciones se cumpliera y acabarais mal como pareja, ¿quién te dice que no podríais volver a ser amigos?

—¿A alguien le ha salido eso bien en la historia?

—No lo sé, no controlo las estadísticas. —Puso los ojos en blanco—. Pero, si a alguien puede salirle bien, es a vosotros. Oliver y tú... sois invencibles como amigos. —Me emocionaron tanto esas palabras que estuve a punto de echar el lagrimón—. Y ahora..., ¿podemos hablar ya de mi hija, por favor? Me he convertido en una de *esas* madres.

Era mentira, no se había convertido en una de *esas* madres, significara eso lo que significara. Y yo estaba encantada de oírla hablar sin parar de esa niña a la que me dolía ver crecer a través de una pantalla. Supongo que esa es la magia de las personas a las que se quiere de verdad: que sus sueños cumplidos te hacen feliz incluso aunque estén en las antípodas de los tuyos.

Colgué la videollamada a media mañana y me apresuré a meterme en la ducha para, al menos, no sentirme culpable del todo por estar fumándome la jornada laboral menos de veinticuatro horas después de haber recibido una bronca de mi jefa. Bajo los chorros de agua caliente, pensé en lo que había hablado con Moon y llegué a una conclusión que no sabía si acababa de gustarme: quizá había estado enamorada de Oliver toda mi vida, incluso sin darme cuenta, como una enfermedad latente que tarda en manifestarse. Vale, puede que esa sea la peor comparación que se me podría haber ocurrido, lo sé; pero creo que se entiende lo que intento decir. Viví y fui feliz siendo solo su amiga, pero siempre necesité alguna muleta: que él fuera gay, que se marchara a París, que no me planteara que pudiera tener el menor interés en mí... Todas esas excusas habían desaparecido. Solo me quedaba la de cargarnos nuestra amistad si salía mal y... ¿no tenía razón Moon en lo que había dicho? ¿No era peor esa situación intermedia en la que estábamos? ¿No éramos Oliver y yo suficientemente poderosos como amigos, como personas, para sobrevivir a una relación de pareja que saliera mal?

Si mi jefa está leyendo esto, prometo que en el momento en que sonó mi teléfono móvil estaba a punto de salir de casa, con la batería a tope y varias carpetas creadas en mi galería para clasificar las fotos de *street style* que hiciera. Pero me sonó el móvil. Y era mi madre, que no entendía el concepto de si-no-respondo-es-porque-no-puedo-atenderte, por lo que sabía que insistiría hasta conseguir hablar conmigo.

—Hola, mamá. ¿Ha pasado algo?

—Hija, por Dios, ¡claro que no! Solo quería hablar contigo.

—Es un martes a las diez y media de la mañana. ¿Por qué no llamas a Lizzie?

—Pareces boba, Charlotte. ¡Lizzie está trabajando!

—Claro, siempre olvido que ella trabaja. —Puse los ojos en blanco porque hacía ya tiempo que había decidido no discutir con mi madre sobre mis condiciones laborales—. ¿Y qué querías?

—¡He conocido a un chico que sería perfecto para ti!

—Dios mío, vivo en una pesadilla...

—¿Qué dices, cielo?

—Nada, madre. Pero me gustaría recordarte que hace algo así como diez años que te pedí que dejaras de intentar «arreglar» mi estado sentimental.

—Ya, ya, ya lo sé. —No necesité verla para saber que estaba haciendo un gesto de desdén con la mano—. Pero es que a este chico... ¡ya lo conoces!

—Empiezas a darme miedo. ¿De quién estamos hablando?

—¿Recuerdas a Nigel Quinn? Fue contigo algunos años al colegio.

—Ni idea. —Que no lo recordara significaba, probablemente, que no era de los guapos de mi curso.

—Está muy mejorado. —Y ahí estaba la confirmación—. El caso es que el otro día fui al banco a hacer unas gestiones y habían cambiado al cajero de siempre. Al principio me indigné porque, ¿sabes?, la única persona en cuarenta años con la que he tratado asuntos de dinero, aparte de tu padre, claro, era...

—Mamá, al grano, por Dios.

—¡Pues que el cajero era Nigel!

—Ah, por Dios, qué interesante. —Metí una cápsula de café en la Nespresso y me dejé caer contra la encimera mientras se preparaba.

—Está soltero, es muy guapo, gana un buen sueldo y me dijo que estaría encantado de salir contigo el viernes.

—Hablarme de su sueldo me parece algo tan obsoleto que mejor ni lo comento.

—Oh, por supuesto, Gloria Gaynor... —Se me atragantó el primer sorbo de café al darme cuenta de que pretendía decir Gloria Steinem, pero no la corregí.

—¿Y por qué coño me conciertas una cita sin saber siquiera si estoy interesada?

—No le digas que me he ido de la lengua, pero Lizzie me ha contado que estás buscando un marido.

Maldita fuera Lizzie y maldita su lengua larga. Después de aquella absurda fiesta de solteros a la que me invitó, hablamos un día y le expliqué que estaba teniendo citas porque me gustaría enamorarme, aunque... no a la manera tradicional del West End. Le pedí que quedara entre nosotras, porque ambas coincidíamos en que nuestra madre enloquecería, pero Lizzie era una puñetera bocazas desde que tenía siete años, así que no debía sorprenderme. Me entraron unas ganas desmedidas de contarle a mamá lo de sus jueves locos de sexo libre y coca, pero yo sí conocía la lealtad entre hermanas.

—¿Charlotte? ¿Charlotte, se ha cortado? —Mamá empezó a dar golpes en el auricular y por un momento temí que me dejara sorda.

—Estoy aquí, madre. Esperando a que caiga un marido por el hueco de la escalera de mi edificio.

—No me gustan nada esas ironías, Charlotte. —Hizo una pausa para mi disculpa, que no llegó—. Habéis quedado en un restaurante de Earl's Court; no recuerdo ahora el nombre, pero luego te lo envío.

—Cuánta capacidad de elección me dejas, mamá.

—¿Y qué prefieres? ¿Seguir quedando con chicos a través de Kindle?

Se me escapó tal carcajada que salpiqué de café la ventana de la cocina. Mi madre y la tecnología eran enemigos acérrimos; hacía solo un mes que nos había enseñado a Lizzie y a mí, muerta de orgullo, el salvapantallas que había «instalado» en su ordenador de sobremesa, con su nombre en color rojo moviéndose de un lado a otro de forma desquiciada. Mi madre era como su Windows: vivía en 1998.

—Se llama Tinder y Lizzie es una bocazas. Estaré en Earl's Court el viernes si me prometes que jamás volverás a hacer algo así.

—¡Claro, cariño! ¡Llámame el sábado para contármelo todo!

Me despedí de ella con un beso y el deseo enfermizo de echar un polvo sadomaso con el tal Nigel solo para poder cumplir el deseo de mi madre y escandalizarla tanto que jamás volviera a interesarse por mi situación sentimental. Rebusqué en un grupo de Facebook que se había creado como diez años atrás para organizar una cena de exalumnos de mi colegio, a ver si me topaba por alguna parte con el tal Nigel. Pero, como no lo encontré, hice lo único que realmente me apetecía aquel día: me comí otro plátano.

Cita número	25
Fecha	10 de diciembre
Hora	20.30
Lugar	Earl's Court
Nombre	Nigel Quinn
Edad	30
Forma de contacto	Antiguo compañero de colegio

La única razón por la que acudí a aquella cita fue por no aguantar a mi madre. Y porque la cabrona era lista y no me había dado el teléfono de Nigel, seguro que para que no pudiera cancelar la cita, sino que había actuado ella como intermediaria. Pero no voy a mentir: lo que quería de verdad aquella noche de viernes era quedarme con Oliver, acurrucarme contra él en el sofá y emborracharme lo suficiente como para decirle que lo quería y que saltáramos juntos al jodido vacío de ser pareja.

A quién quería engañar... Ni bebiéndome en una noche lo que un irlandés medio bebe a la semana le habría echado valor.

Aquella noche opté por un pantalón azul marino con estampado floral y lo combiné con un jersey gris y unas cuantas piezas de bisutería doradas. Si Nigel seguía siendo amiguito de la señora May, prefería que no le comentara que vestía como una tía excéntrica. No es que me avergonzara de nada, pero cualquier cosa que evitara una llamada censuradora de mi madre me parecía válida, incluso renunciar a mi estilo vistiendo.

Estaba ya llegando a la estación de Earl's Court cuando recibí un mensaje de un número desconocido en el móvil.

Número desconocido

¡Hola! Soy Nigel. Le he pedido el teléfono a tu madre para avisarte de que me temo que voy a llegar un poco tarde. ¡¡Lo siento!!

Charlie

¿Tardarás mucho?

Número desconocido

¡Espero que no! Mi otra cita se ha prolongado, pero creo que ya estamos terminando.

¿Era una puta broma? ¿Había quedado con un tío que a su vez tenía otra cita el mismo día y ni se molestaba en ocultarlo? De acuerdo que había salido de mi anterior cita escandalizada con la falta de honestidad del marido de mi compañera de trabajo, pero me convencía tan poco esa otra opción que hice tres cosas en el plazo de un minuto:

1. Salir del vagón de metro en la siguiente estación y coger la línea District en sentido opuesto, de vuelta a mi casa.

2. Bloquear en el WhatsApp y en todas las demás vías de comunicación a Nigel Quinn.

3. Seguir la misma vía de bloqueo con la señora Katherine May.

No me consideréis cruel. Incluso Lizzie bloqueaba a mamá de vez en cuando. Debido a su nulidad tecnológica, ella pensaba que algo funcionaba mal en la línea y se pasaba unos cuantos días gritándole a algún pobre teleoperador de su compañía telefónica, lo cual aplacaba cualquier tema espinoso que pudiera querer tratar con nosotras. Era lo que se llama un plan redondo.

Ni siquiera estaba cabreada cuando regresé a casa. Ya no me había apetecido salir y, al final, podría tener mi noche de sofá con Oliver, siempre que a él no le hubiera surgido un plan de última hora. Cerré los ojos con un ataque agudo de pereza cuando divisé a mi vecina, la señora Cholmondeley, saliendo de nuestro portal para alimentar a los gatos callejeros del descampado que había junto al edificio. Intenté mimetizarme con el grafiti que había un par de fincas más allá, pero no tuve suerte. Bloquear a una madre e intentar evitar a una vecina anciana en una misma hora: tenía mi lugar en el infierno asegurado.

—¡Charlotte! ¡¡Charlotte!!

Para ser una mujer de setecientos dieciocho años —década arriba, década abajo— tenía una voz sorprendentemente potente. Y me adoraba, eso también. Había sido la mejor amiga de mi abuela paterna, su vecina de toda la vida, y yo había heredado el cariño que sentía por ella. No así el resto del edificio: odiaba a Oliver —era la única mujer que conocía que no lo adoraba—, a quien se refería como «el okupa que vive en el portal»; jamás se había llegado a enterar de que Oliver residía en el dormitorio de su antigua mejor amiga. También pensaba que la pareja de maestros del primero tenían tendencias psicópatas porque ponían demasiado interés en el reciclaje —no, yo tampoco lo he entendido nunca— y no se fiaba de nuestro silenciosísimo vecino del tercero porque siempre lo veía entrar con bolsas que contenían libros. Esa era Iphigenia Cholmondeley.

—¿Qué tal se encuentra, señora Cholmondeley?

—Pues igual que los últimos cuarenta años, querida. Convencida de que cada semana será la última.

Esa también era Iphigenia Cholmondeley, una optimista nata.

Le ofrecí mi brazo para ayudarla a subir los dos escalones del portal y agradecí que viviera en el bajo, porque, al ritmo que los superó, podríamos haber tardado dos décadas en llegar al primero. Rescaté como pude mi teléfono del bolso al oír una notificación de mensaje nuevo y respiré tranquila al ver que la remitente era Lizzie; por un momento había temido que mi madre o Nigel hubieran dado con la manera de contactar conmigo. En mi línea, había cantado victoria antes de tiempo.

Lizzie

No tengo ni idea de qué está pasando, pero mamá me pide que te transmita un mensaje porque, y cito textualmente, «mi teléfono vuelve a estar roto». (¿La has bloqueado?).

Lizzie

La tengo al teléfono en el fijo, así que, de nuevo, cito textualmente.

Lizzie

«Charlotte, le he preguntado a Nigel qué tal iba la cita y me dice que lo has dejado plantado. No sé qué te pasa, hija, pero a él lo has hecho enfadar mucho. Quizá yo no debería decirte esto, pero, según sus propias palabras, "eres demasiado fea como para rechazar a un buen partido"».

Lizzie

Ay, Charlie, ¡tú no eres fea! Solo estaba transmitiendo lo que decía mamá sin pensar. No sé quién es el tal Nigel, pero parece un gilipollas de manual.

Charlie

Lizzie, bloquea tú también a mamá temporalmente. Es mi consejo de hermana pequeña. Te llamo esta semana y te cuento.

Debería haberme dado igual, lo sé, pero me sentó como un tiro el mensaje de Nigel. Teniendo en cuenta la forma en que lo recibí, puede que estuviéramos ante un caso flagrante de teléfono escacharrado, pero se me escapaba en qué punto del camino podían mi madre o mi hermana haber sacado de la nada la palabra fea. Y, repito, debería darme igual, pero mi ego se resintió un poco. Bastante.

—Charlotte, querida, ¿te encuentras bien?

Se ve que mi ego era también el encargado de hacerme olvidar que seguía teniendo a una anciana aferrada a mi brazo.

—Sí, sí, perdone, señora Cholmondeley.

—Una chica soltera como tú no debería quedarse en casa un viernes por la noche —me susurró como si acabara de decirme una picardía de nivel escandaloso.

—Bueno... —No supe qué responder y ella malinterpretó mis dudas.

—¿Es por lo de tu cara? —¿Qué le pasaba a mi cara?—. Ni se te ocurra quedarte en casa solo por eso, Charlotte.

—¿Por mi cara?

¿QUÉ COÑO LE PASABA A MI CARA?

—Siempre he pensado que eres mucho más agradable y mucho más inteligente que esa pavisosa de tu hermana Lizzie. Claro que no se puede ignorar que ella es una belleza de las que ya no se ven hoy en día, lo sé, pero... la belleza no es lo único que importa.

—Señora Cholmondeley, creo... creo que voy a subir a mi casa.

—Claro que sí, cariño. Que tengas buena noche. ¡Y cuidado con el okupa! ¡No olvides que es peligroso!

Debería haberme reído con ese comentario, pues había dado en el clavo, la verdad, pero... me eché a llorar. ¿Porque me habían llamado fea un tipo al que no veía desde el colegio y una anciana con setenta y ocho dioptrías? Sí, efectivamente; juzgadme todo lo que queráis.

Para el momento en el que entré en mi apartamento, me caían chorretones de máscara de pestañas por las mejillas abajo. Me sentía la mujer más fea del planeta Tierra y estaba a punto de ver al hombre del que ya no podía negar que estaba enamorada. Y, sin embargo..., no hice ni el amago de limpiarme la cara. Supongo que estar en casa significa que no siempre es necesario que vean nuestra mejor versión.

Puntuación de la cita	No presentado
Norma incumplida	Que le parezca guapa hasta cuando lloro (y que me haga reír para que se me pase)

27

—¡Charlie! —Oliver se levantó corriendo en cuanto me vio entrar de esa guisa—. ¿¿Qué te pasa??

Que sepa cuidarme cuando lo necesito.

Supongo que el hecho de que tu compañera de piso regrese una hora después de salir hacia una cita con la cara envuelta en una mezcla de lágrimas y máscara de pestañas plantea escenarios en la mente de un observador bastante más graves que haber sido llamada fea, así que durante un segundo me avergoncé; pero luego recordé que era Oliver y que no había nadie delante de quien me importara menos hacer el ridículo.

Que no me dé vergüenza hacer el ridículo delante de él.

—Nada, nada, tranquilo... —Intenté respirar hondo, pero tenía tal congestión de mocos que no fui capaz del todo—. Prepárame una copa, por favor. Creo que la necesito.

—Nuevo plan de sábado: emborracharnos.

—Sí, suena bien.

Que se emborrache conmigo y luego me haga sopa para la resaca.

Vi a Oliver trastear en la cocina y estuvo a punto de darme la risa cuando me percaté de que ninguno de los dos teníamos la menor capacidad para preparar algo comestible, pero no fallábamos ni un mililitro en la composición de todo tipo de cócteles. Ese día tocaba un *Long Island iced tea*, o sea, bien de vodka, ron, tequila, ginebra... Si no supiera por experiencia lo buena que estaba esa copa, habría pensado que Oliver estaba vaciando al azar todas las botellas que encontraba.

—Oliver, ¿yo soy fea? —le pregunté así, de sopetón, en cuanto puso el vaso en mis manos—. ¿Mi cara... es rara?

—Joder... —Me indicó con el mentón el camino hacia el salón—. No me hagas responderte a esa pregunta, por favor.

—¡¡¿Lo ves?!! —bramé—. Soy un jodido monstruo y he estado todos estos años sin enterarme, al parecer.

—Charls...

—¡¡No!! No intentes poner ahora paños calientes, joder. Ya sé que no soy una belleza como Lizzie, ¿vale?

—Es decir, anodina y aburrida... —murmuró Oliver, pero yo estaba brotando demasiado como para oírlo.

—Sé que tengo una cara rara, pero no pensé que tanto como para que un tipo me deje tirada en una cita y para que la señora Cholmondeley me diga que no pasa nada, que debería salir a la calle de todos modos. —Abrí los brazos con tanta fuerza que tiré al suelo la mitad de mi copa, que se unió en la moqueta a los restos biológicos de miles de bebidas anteriores—. ¡¡Di algo!!

—Lo estoy intentando. —Esbozó una sonrisa condescendiente y yo le saqué el dedo corazón en respuesta.

Que me soporte cuando «broto».

—¡¿Qué?!

—Eres la mujer más guapa que he conocido en mi vida —dijo y me desarmó; me senté a su lado en el sofá y, como nada funcionaba del todo bien en mi organismo, las lágrimas volvieron a brotar a borbotones—. Y no voy a decir esa gilipollez de que «eres guapa de una manera no convencional» porque ¿desde cuándo a ti y a mí nos importan las convenciones? Yo lo único que sé es que, cuando entras en una habitación, brillas. Te he visto hacerlo en un *backstage* de París rodeada de las modelos más *convencionalmente* bellas del mundo. No creo que nadie que hubiera entrado allí se habría podido fijar en otra persona que no fueras tú.

Que me vea tan guapa como me veo yo a mí misma en mi mejor momento.

—Guau —respondí con la voz rota por las lágrimas.

—Sí, guau. Y la razón por la que no te respondí esto mismo en cuanto entraste por la puerta, además de por darte el tiempito habitual para reponerte del brote...

—¿Sí?

—Es que tienes un moco colgando de la nariz, Charlie. Uno verde y enorme. No era la situación más idónea para decirte que eres una puta belleza.

Me llevé las manos a la nariz y comprobé que era verdad. Me limpié con la manga del jersey y, a continuación, me dio un ataque de risa que arrasó con todo el (absurdo) disgusto anterior.

Que le parezca guapa hasta cuando lloro (y que me haga reír para que se me pase).

—Ven aquí, anda. —Me acerqué para abrazarlo, pero él me sorprendió dando tal respingo hacia atrás que por poco no se cayó del sofá—. ¿Qué te pasa?

—Charlie, por Dios, ¡tienes ese moco colgando del jersey! Ni me toques.

Miré hacia abajo y, efectivamente, una informe masa verde y pegajosa colgaba de la manga de mi jersey gris. Me levanté corriendo hacia el cuarto de baño, resbalé en la mancha de *Long Island iced tea* y casi me estrellé contra el marco de la puerta de mi cuarto. Llegado ese momento, toda yo era carcajadas.

Que me haga reír incluso cuando no quiere.

Regresé al salón ya desmaquillada y en pijama. Recuperé mi copa y pasé por la cocina a coger un par de bolsas de *snacks* para que el alcohol no cayera en vacío. Oliver me miraba desde el salón con esos ojos suyos que eran preciosos siempre, pero enigmáticos solo en ocasiones como aquella.

—¿Qué? —le pregunté.

—¿Qué de qué? —me respondió.

—Que por qué me miras así, como si supieras algo sobre mí que yo ni imagino.

Oliver se rio y se acarició la barba de tres días con una cadencia tan sexi que las rodillas se me volvieron de gelatina.

Que sea guapo a rabiar.

—¿Por qué coño sigues con esas citas, Charls? Cuando llegas a casa y me cuentas anécdotas ridículas y acabamos partiéndonos el culo..., vale. Pero la cosa cambia si entras en casa llorando y jodida, preocupada por tu físico, algo que ni con dieciocho años he visto que te pasara.

—Te recuerdo que hace días estaba preguntándote si debía desinstalarme Tinder y tu respuesta fue largarte a París al cumpleaños de tu amiga Colette unos días después de que folláramos por primera vez en seis años.

—Es que yo no debía interferir en eso, Charlie. Entiendo que llevas medio año de epifanía romántica y quizá esperabas que te montara una escena de celos, que te suplicara que no salieras con otros tíos, pero... eso no va conmigo. —Suspiró y se recostó contra el respaldo del sofá—. Yo me enamoré de la Charlie de la universidad, de la tía loca que aparecía un miércoles por la mañana en la Saint Martins preguntándonos a Moon y a mí si llevábamos ropa interior limpia porque le había surgido una orgía a la hora de comer y no le apetecía ir sola.

Me eché a reír porque podía parecer que Oliver estaba exagerando, pero esa anécdota en concreto había ocurrido exactamente como la contaba.

Que respete mi pasado y no pretenda que sea ni una princesa virginal ni una amazona del sexo.

—Y, en cualquier caso, no deberías haber hecho caso a nada de lo que he dicho estas semanas porque últimamente no hago una mierda a derechas. Me has vuelto loco, aunque sea el mayor tópico del mundo. Durante seis años he conseguido tener controlado lo que siento por ti, pero desde que volvimos de París... —Chasqueó la lengua—. Empecé a pasarlo mal cuando salías con alguien, tuve miedo a perder de vista que, por encima de todo, eres mi mejor amiga y me volví egoísta. Me fui al cumpleaños de Colette para intentar despejarme, pero quizá no fue la mejor idea del mundo regresar al lugar donde me había abierto de la manera que lo hice en el Ritz. No duré ni una hora en la fiesta de Colette y me pasé media noche dando vueltas por el Bois de Boulogne con la cabeza como una centrifugadora.

—¿Has dicho «lo que siento por ti»? —le pregunté, porque de repente mi mente solo era capaz de conectar con esa parte de su discurso.

—¿Qué?

—Acabas de decir que durante seis años has logrado controlar lo que *sientes* por mí.

—Sí.

—Lo que sientes, no lo que sentías.

—Creo que no te estoy entendiendo, Charlie.

—¿Sigues... enamorado de mí? —le pregunté con los ojos como platos—. Es decir, no es que estuvieras enamorado de mí en los años de la universidad y que luego se te pasara y...

—Veo que me explico fatal. —Se rio—. Y que no soy el único que lleva unas semanas muy perdido.

—Ahora soy yo la que no te sigue a ti.

—Siempre te he considerado una tía inteligente, pero empiezo a ponerlo en duda si no te has dado cuenta hasta ahora de que estuve enamorado de ti en la universidad, que conseguí sobrevivir sin pensar demasiado en ello durante los años de París y que, desde que he vuelto, no puedo pensar en otra jodida cosa que en intentarlo todo contigo porque, si no eres tú, no será nadie.

Que yo sea el verdadero y único amor de su vida.

—Guau.

—Tu falta de elocuencia está empezando a joderme la noche.

Me levanté a rellenar las dos copas y lo oí reír de fondo mientras manipulaba el equipo de sonido y todo nuestro piso se llenaba con los acordes de *I'm Yours*, de Jason Mraz. Serendipia musical debería llamarse.

—¿Y por qué no me he enterado de nada de eso en dos años, Oliver? ¿De verdad llevo viviendo contigo desde que volviste de París sin darme cuenta de que estabas enamorado de mí?

—No fue así exactamente... —Me hizo un gesto de asentimiento para agradecer la copa que le entregué y pareció reflexionar unos segundos—. Se me da fatal diseccionar mis sentimientos, aunque tengo la sensación de no haber hecho otra cosa en semanas.

—¿Y has llegado a alguna conclusión?

—Que siempre estuvo latente. —Sonreí al darme cuenta de que Oliver había usado la misma palabra que me rondaba a mí en la cabeza cada vez que pensaba en la evolución de nuestra algo-más-que-amistad—. Y no despertó del todo hasta que empezaste a tener todas esas citas.

—El macho alfa amenazado por otros miembros de su especie en el rito de apareamiento —dije imitando la voz de sir David Attenborough en los documentales de naturaleza.

—¡No! Dios, joder, no. —Oliver se carcajeó—. Fue el hecho...

—¿Cuál?

—El hecho de que buscaras el amor. Cuando... —Se pasó la mano por la nuca—. Cuando salías con un montón de tíos raros y sabías que lo eran y te los tirabas o te enamorabas de forma fugaz un fin de semana o lo que fuera..., no pensaba demasiado en ello. Te sonará muy egoísta, pero yo sabía que, al final del día, era a casa a donde volvías, conmigo, a disfrutar de esta puta locura de convivencia que tenemos. Y te quería, por supuesto que te quería, pero te veía tan inalcanzable...

—¿Inalcanzable yo? —Fruncí el ceño.

—Sí, ese adjetivo ha perdido fuerza desde que te has propuesto salir con todos los tíos de Gran Bretaña. —Puso los ojos en blanco y yo me reí—. Pero sí, Charlie. Porque tú no querías enamorarte ni casarte ni tener hijos ni nada que se pareciera remotamente a sentar la cabeza. Pero, cuando empezaste a hablar de enamorarte de verdad, de tener una relación estable..., me cagué de miedo. Porque nadie, ni siquiera tú, tiene tan mala suerte. Habría acabado apareciendo el hombre ideal.

—Habría acabado apareciendo el hombre con el que me conformara.

—Y eso es todavía peor, ¿no?

No pude evitar pensar que mi única opción habría sido la que acababa de mencionar: estar tan obsesionada con conseguir una vida en pareja que me conformara con el tío con menos defectos que apareciera. Pero... ¿y si el ideal hubiera estado toda la vida delante de mis narices y yo no hubiera querido darme cuenta?

—Hay muchas cosas que yo no puedo ofrecerte, porque tal vez haya estado muy perdido en las últimas semanas, pero no lo suficiente como para no saber que no voy a ser nunca el tipo de novio que... —Se quedó callado—. ¿Sigues odiando la palabra «novio»?

—Me lo estoy pensando. Continúa.

—Sé muy bien lo que no puedo ofrecer, pero no tengo claro si es lo que tú quieres o si llevas seis meses intentando ser una persona que no eres.

—No te sigo. —Me reí—. Y no es demasiado halagüeño que esta sea la frase que más veces hemos repetido en esta conversación.

—Charlie, ¿de verdad quieres una vida de cenas en pareja en casa de Lizzie y George? ¿Una vida de ver series al mismo tiempo y no poder ver un capítulo cuando te salga del higo? ¿Quieres un cuadro pegado con un imán a la puerta de la nevera con el reparto de las tareas domésticas y visitas los sábados a Ikea para que tu casa deje de parecer una pocilga? ¿En qué momento convertiste ese tipo de relación tradicional en el deseo que les pediste a las velas en tu treinta cumpleaños?

—No era eso. Esos eran... los daños colaterales que estaba dispuesta a soportar a cambio de enamorarme. Lo único que quería era enamorarme, joder.

—¿Y por qué no me tuviste en cuenta como candidato? —me preguntó y yo sentí el impacto de su pregunta con la fuerza de un bofetón. Un bofetón de realidad—. Llevo meses viéndote pasear de un lado a otro esa puta lista de *requisitos* del hombre perfecto y... siempre has dicho que tengo el ego del tamaño de un camión, así que me agarraré a eso para decirte que tengo la sensación de que los cumplo todos. Y, sin embargo, ni te lo planteaste.

—No, no lo hice. Quizá porque, para mí, tú... eres algo mucho más grande que un tío con el que me plantee salir.

—¿Te das cuenta del poco sentido que tiene lo que dices?

—En mi cabeza lo tiene. —Le di un sorbo a mi copa para ver si había suerte y el alcohol me ayudaba un poco con la elocuencia—. Estaba la posibilidad de enamorarme... Bonita, emocionante, ilusionante. Y luego estabas tú, obviamente, por encima en mi *ranking* de personas más importantes de mi vida. Siempre pensé que eso era algo posible de combinar.

—¿Y nunca te has planteado que la mejor forma de combinarlo sería... que la persona más importante de tu vida y esa pareja bonita e ilusionante fueran el mismo ser humano?

—Has dicho que soy guapa. Eso me exime de tener que ser lista, ¿no? —Compartimos una risa tímida—. No es eso, Oliver. Es que contigo me arriesgaba a sufrir algo mucho más terrible que un corazón roto. Me... *arriesgo*. Nos arriesgamos.

—Deja de conjugar verbos y vete al grano.

—¿Y si la jodemos, Oliver? ¿Y si estropeamos lo que tenemos, que es casi perfecto, por querer ser más? ¿No dicen eso de que la avaricia rompe el saco?

—Es la primera vez que me rechazan recurriendo al refranero popular. Lo añadiré a mi lista de logros. —Me dio un puñetazo suave en el hombro y yo le lancé un cojín—. ¿Crees que yo no estoy acojonado, Charlie?

—No lo pareces.

—Pues lo estoy. ¿Es que no te das cuenta de que tú eres mi única constante? No tengo familia, no quiero tener hijos —*Que no sea padre y que tenga tan claro como yo que no quiere serlo*—, no tengo demasiados amigos cercanos...

Moon y tú fuisteis mis dos pilares durante años, pero ahora ella está al otro lado del mundo y... eres tú, Charlie. Si te pierdo a ti, me muero.

—¿Me estás dando la razón en que sería un riesgo enorme que diéramos un paso adelante?

—¡No! Tú y yo no vamos a dejar de ser amigos aunque como pareja resultemos un desastre. Por Dios, ten un poco más de fe en nosotros. ¿Sabes lo único que podría jodernos de verdad? —Negué con la cabeza—. Seguir como hemos estado las últimas semanas. Que yo me ponga como un energúmeno en mi despacho porque me has jodido un polvo y tú me mandes a la mierda con un portazo... Por cierto, aquel día Isabelle no me envió ningún mensaje. Dije que me habías jodido el polvo porque no dejaba de pensar en ti, igual que las *como mínimo* diez últimas veces que me he acostado con alguien.

—Te has perdido.

—Sí, cierto. Quería decir que..., en mi opinión, es más fácil que lo jodamos todo si seguimos soportando esta tensión sexual no resuelta...

—Yo diría que la parte sexual la hemos resuelto bastante bien. —Le guiñé un ojo y él respondió aferrando su mano a mi muslo con una fuerza que me hizo subir la temperatura corporal unos seis grados.

—Vale, pues llamémosla tensión *romántica* no resuelta. Dudo mucho que lanzarnos de cabeza a lo que deseamos tenga peores resultados que seguir enamorados el uno del otro sin hacer nada. —Me interrumpió antes de que hablara—. Vaya, sí, he dado por hecho que tú también estás enamorada de mí. Debe de ser eso del ego... Por si queda alguna duda después de esta conversación, yo sí lo estoy. Te quiero, Charlie. Te he querido siempre y tengo pocas dudas de que eso será así el resto de mi vida. —*Que cuando me diga que me quiere sea de verdad*—. Y si tú quieres que sigamos siendo amigos..., está bien. Está bien, en serio —insistió ante mi cara de incredulidad—. Sobreviviré a ello, no volveré a huir ni me comportaré como un gilipollas celoso si acabas enamorándote de otra persona, ese rollo no va conmigo. Pero si hay alguna posibilidad de que te lo pienses, Charlie..., tú y yo juntos podríamos ser el jodido *big bang*.

Que no me agobie si va demasiado rápido en la relación.

Podría haberle respondido de un millón de formas diferentes, pero solo supe hacerlo lanzándome sobre él y dándole un beso por cada una de sus palabras. No tardé ni cinco segundos en estar desnuda, sintiendo su piel como unos segundos antes estaba sintiendo su corazón. Allí, sobre nuestro sofá, una de las tantas cosas que nos rodeaban que ya eran *nuestras* desde mucho antes de que existiera un *nosotros*.

Que me haga correrme como una reina.

—Esto se nos da muy bien —me dijo Oliver en cuanto recuperamos el aliento—. ¿Crees que hay alguna posibilidad de que, si decides que sigamos siendo solo amigos, podamos agendar un par de polvos a la semana?

—Menos mal. Temía que te hubieras vuelto un romántico y que no volvieras a soltar tus mierdas habituales.

Me fui al cuarto de baño a asearme y, al salir, el rabillo de mi ojo encontró en la esquina de mi escritorio el cuaderno de citas con el que había empezado todo. Aquel que había estrenado el día de mi cumpleaños, en plena epifanía romántica, y que había ido actualizando después de cada cita desastrosa. Aún desnuda, apoyada en la jamba de la puerta, lo hojeé con desgana, casi con manía, como si aquel pedazo de papel resumiera un fracaso que era solo mío. Y, entonces, se me ocurrió la idea quizá más descabellada de mi vida..., y eso es mucho decir.

—Vas a pensar que te estoy puteando —le dije a Oliver con prudencia; si no me mandaba a la mierda después de lo que iba a decirle..., quizá no lo hiciera nunca.

—Miedo.

—Necesito tener una última cita.

—¿Disculpa?

—¡Mira esto! —Fui hasta él esgrimiendo el cuaderno en la mano—. Recuerdas que me autoimpuse veintiséis normas para encontrar al hombre perfecto, ¿verdad?

—Cómo olvidarlo... —Ojos en blanco de nuevo.

—¿Y que en cada una de las citas fui tachando una porque nadie parecía cumplirlas todas?

—¿Excepto yo, quieres decir?

—Guarda tu sarcasmo para otro momento. —Me quedé un segundo callada, pero no tardé en retomar el hilo de lo que quería decir—: Solo he tenido veinticinco citas.

—¿Solo veinticinco en seis meses? Qué desastre, Charlie, deberías empezar a salir con tíos también por las mañanas.

—¡Que te ahorres el sarcasmo!

—¡Pues aclárate! ¿Qué quieres decir?

—Que necesito cerrar la etapa de epifanía romántica teniendo tantas citas desastrosas como normas me autoimpuse.

—¿Vas a tener una cita sabiendo de antemano que será un desastre?

—¡Sí! —Di unos cuantos saltitos sobre mí misma por la emoción—. ¿No es una idea genial?

—Es una idea de mierda, pero estás saltando desnuda delante de mí, así que no tengo capacidad para juzgar de forma objetiva. —Me acerqué a él y froté mi desnudez contra la suya. Fue... mmmmm—. Estás como una puta cabra, Charlie, pero yo también, así que... Haz lo que te dé la gana y luego ven a contármelo.

Que esté un poco loco, pero no más que yo.

Cita número	26
Fecha	13 de diciembre
Hora	17.30
Lugar	Bloomsbury
Nombre	Derek Fowler
Edad	36
Forma de contacto	Tinder

Así que allí estaba yo, el lunes siguiente a aquella conversación tan reveladora con Oliver, vestida con un pantalón de campana de mis tiempos adolescentes y una americana de estilo austríaco, esperando en un restaurante de Bloomsbury a que llegara un tal Derek Fowler, cuyos méritos para haber conseguido una cita conmigo consistían en que había sido el primer tío de Tinder dispuesto a quedar un lunes a las cinco y media de la tarde en un radio de menos de medio kilómetro de mi oficina. Siempre he sido una chica exigente, qué le vamos a hacer.

Londres nos había sorprendido aquella mañana con una nevada impresionante. La previsión de la BBC decía que las cosas irían a peor en las siguientes horas y ya había zonas de la ciudad cortadas al tráfico. Así que... no pensaba moverme mucho más que de casa al trabajo y viceversa. Por eso estaba sentada en un Garfunkel's (¿puede haber mayor muestra de desinterés que quedar en un restaurante de cadena?) enfrente del Museo Británico planteándome qué coño intentaba demostrar. Me recordé a mí misma que me quedaba una última cita, una última norma antes de poder dar por cerrada la etapa más absurda de mi vida y... ver qué me deparaba el destino.

«Que cuando lo mire sepa que es ÉL» era la única regla que quedaba por tachar en mi cuaderno. ¿Cuánta esperanza tenía de que Derek respondiera a ese pronombre personal? Cero. Pero me había obsesionado con las veintiséis normas y tendría veintiséis citas y... ya. Fin de la puta epifanía romántica y de los seis meses tirados a la basura.

—¿Charlotte May? —preguntó una voz frente a mí.

Levanté la mirada y me encontré con un hombre normal. Muy normal, casi anodino; o así es como yo lo recuerdo, lo cual no tiene por qué corresponderse con la realidad, dado el estado mental en el que me encontraba. Me sonrió con calidez y eso me tranquilizó. Habíamos hablado poco por chat, pero sabía que compartíamos gustos e intereses: le gustaba viajar, adoraba Londres y reconocía que le encantaban las ideas alocadas. Podría ser ÉL. Podría haber sido ÉL.

Pero no lo era.

—Derek, pensarás que estoy jodida de la cabeza, pero...

—¿Sí? —me preguntó con prudencia.

—Estoy enamorada de otra persona.

—Emmmm...

—Estoy enamorada de mi compañero de piso.

—Vaya...

—Estoy enamorada de Oliver.

—Creo que debería irme.

—¡Estoy enamorada de Oliver!

No sé en qué momento me di cuenta de que Derek se había marchado, pero si era un tío que realmente molaba, como parecía, esperaba que estuviera de camino al metro haciendo un directo para explicar que acabábamos de batir el récord de la cita más corta de la historia del *dating*. Y puede que también de la más surrealista, aunque tendría que echar un vistazo a mi cuaderno para comprobarlo.

Tampoco sé cuánto tiempo me quedé sentada en aquella mesa repitiendo como una psicótica «¡Estoy enamorada de Oliver!», pero sí recuerdo que una camarera se acercó a preguntarme si me encontraba bien y que yo lo interpreté sabiamente como la señal que necesitaba para irme a casa. Y cuando digo «casa»..., no me refiero a un lugar. Pues claro que no me refiero a un lugar.

Puntuación de la cita	5 (no por la cita en sí, sino por lo reveladora que resultó)
Norma incumplida	Que cuando lo mire sepa que es ÉL

28

Cuando cogí el metro de regreso a casa, aún era de día y la nieve caía con calma, de forma plácida, casi como en una postal que anticipaba la Navidad; veinte minutos después, hasta me costó llegar a mi casa de Brick Lane en medio de una ventisca que confirmaba las predicciones de que la ciudad se convertiría en un caos más pronto que tarde.

—Vaya... Una cita realmente corta.

Oliver estaba sentado en el sofá cuando entré en nuestro apartamento. Debía de acabar de llegar de trabajar, porque aún vestía el traje con el que se había marchado por la mañana entre protestas porque tenía una comida de negocios en uno de esos restaurantes que exigen americana y camisa. Estaba medio recostado en el sofá, con la camisa entreabierta y la melena recogida en un moño alto, y me miraba con una mezcla de burla y prudencia en las pupilas.

Que cuando lo mire sepa que es ÉL.

—Muy corta —reconocí.

—¿Todo bien?

—Salvo el hecho de que se ha desatado una ventisca ahí fuera..., sí, todo bien. Todo genial.

Me acerqué a él y me dio un vuelco el corazón al encontrármelo hojeando mi cuaderno de citas. No es que allí hubiera nada que él no supiera, algo que hubiera preferido que no leyera, pero se me escapaban las causas por las que había acabado en sus manos.

—¿Te has quedado sin libros que leer? —le pregunté en broma.

—No, pero... este me ha parecido más interesante.

—Ajá. ¿Y has llegado a alguna conclusión?

—A que debes de estar jodidamente enamorada de mí para haberme descrito tan bien en esta lista de normas del hombre perfecto.

—Bueno..., lo que te deben de haber subido el ego en esa comida para que vengas en este plan... —Se me escapó una carcajada gigante—. No tengo yo tan claro que cumplas todos los requisitos, eh.

Me burlé porque sabía que esas veintiséis normas que habíamos inventado un día entre Moon, Oliver y yo eran una definición exacta del hombre que tenía delante. Pero algo que tenía muy claro y que esperaba que Oliver también entendiera era que... nada de eso tenía que ver con nosotros. Oliver no necesitaba cumplir ningún decálogo —o como sea que se llamen los listados de veintiséis puntos— ni ser el hombre perfecto ante mis ojos; yo sabía que no lo era y me daba igual. Era ÉL. No, era incluso más que eso. Era mi persona. Y punto. Pero era divertido seguir con el juego.

—Tienes razón. Yo no soy sórdido ni hortera.

—¿Estás seguro? —Señalé los anillos de sus dedos, entre los que destacaba uno tremendo con forma de serpiente.

Que tenga un puntito sórdido y hortera, pero que aun así me guste.

—Bueno, si *aun así te gusto,* me vale.

—Ahórrame la bromita cutre sobre ese punto, ¿de acuerdo? —Señalé la tercera norma del listado.

—No creo que en ese sentido tengas ninguna queja...

Que tenga pene.

—No la tengo. Aunque no me vendría mal probar un poco más el producto.

—No me busques, Charlie. —Se acercó a mí y me dio un mordisco en el pecho, por encima de la camisa, que estuvo a punto de acabar con la poca cordura que me quedaba—. Que los dos estamos bromeando con esto porque no somos normales, pero quizá estemos ante la decisión más importante de nuestras vidas.

—Ya...

—Casa tengo, eso ya lo sabes. —Oliver seguía hojeando mi cuaderno con una sonrisa en los labios—. Y, teniendo en cuenta que la última vez que cogimos un avión juntos te alojaste en la suite Coco Chanel del Ritz de París, espero que tenga lo de los viajes *cool* convalidado. Lo cual me sirve también para el punto dos.

Que tenga casa propia.

Que viajemos juntos a sitios «cool».

Que sea elegante y tenga clase.

—¡Oh, mierda! —Oliver se dio una palmada fingida en la frente y yo me reí porque todo aquello era una declaración de amor y no lo parecía; o lo parecía, pero solo en el mundo privado de Oliver y Charlie—. Esta la incumplo claramente.

—¿Lo de estar obsesionado con una expareja? —Me hizo un gesto elocuente y yo sonreí—. Si esa expareja soy yo misma, aunque en realidad nunca fuimos pareja..., creo que podemos pasarlo por alto.

Que no esté obsesionado con una expareja.

—Y me haces feliz, Charlie. —El tono de voz de Oliver cambió y con él la atmósfera de nuestro salón: se volvió más seria, más espesa, más definitiva—. ¿Sabes cuándo me di cuenta de que nunca iba a querer a nadie como te quería... como *te quiero* a ti?

Tragué saliva para evitar que la emoción se me desbordase y negué con la cabeza porque tenía miedo a que la voz se me rompiera.

—Cuando me hiciste reír en el velatorio de mi madre. Entraste por la puerta con pinta de turista borracha en Magaluf y... —negó con la cabeza mientras esbozaba una sonrisa agridulce— me hiciste reír en un día en que creía que no podría volver a hacerlo, Charlie.

Que yo también lo haga feliz a él.

—Oliver...

—Dime.

—Creo que me he olvidado todo el rato de decirte algo.

—¿Qué?

—Que te quiero. Y es precioso decírtelo ahora sabiendo que nos lo hemos dicho un millón de veces en los últimos doce años, pero que, a la vez, esta es la primera vez que lo hacemos...

—... sabiendo que significa otra cosa.

—Sí. —Asentí y añadí—: Y sí. Sí a todo. A intentarlo, a estar juntos, a... lo que Dios quiera que vaya a salir de esto.

—Va a salir algo increíble, Charlie. Va a ser...

El mejor adjetivo que encontró Oliver para definirnos fue un beso que me robó el aliento. Nos morreamos sobre el sofá como dos adolescentes, como los chicos que habíamos sido la primera noche de fiesta en que acabamos besándonos en una vida anterior, como los adultos que nunca seríamos del todo que acababan de prometerse un futuro juntos.

—¿No vamos a ponerle el broche final a esto que estamos haciendo? —me preguntó Oliver en un segundo que nos tomamos para recuperar el aliento.

—Ya estamos tardando. —Empecé a sacarme la ropa, que seguía mojada por la nieve que me había caído encima (aunque el agua estaba a punto de evaporarse por el calor que producíamos Oliver y yo).

—No voy a negar que es una oferta tentadora, pero... —Oliver suspiró y, para mi sorpresa, se levantó del sofá—. Ahora se me ha metido entre ceja y ceja acabar los tres puntos que quedan del jodido listado.

—Oliver, por Dios...

—Tú inventaste esta mierda, apechuga con las consecuencias.

—Qué testarudo eres, joder... —Yo también me levanté y me adecenté la ropa que estaba deseando lanzar al suelo—. A ver, ¿de qué quieres que hablemos?

—Hablar... nada. Quiero enseñarte algo. —Me ofreció su mano, yo sonreí y no dudé en cogerla—. Vamos.

Pensé que me dirigiría hacia su habitación, pero en realidad solo entró un segundo a coger su plumas negro y rescató también del perchero de la entrada un abrigo mío blanco de pelo largo que parecía un peluche gigante.

—No estarás sugiriendo que salgamos a la calle con esta tormenta de nieve, ¿no?

—Eres muy intuitiva, Charlie.

—¿Estás loco?

—Sí, pero eso ya lo sabíamos.

—Las autoridades han advertido que no se salga a la calle si no es estrictamente necesario.

—Sabes que yo no incumpliría la ley a la ligera, pero...

Que no sea un delincuente.

—¿Pero...?

—Es que sí es estrictamente necesario.

Estábamos de pie en el recibidor de nuestra leonera, tan abrigados que, pese a la mediocre calefacción de nuestro piso, empezábamos a sudar. Era una idea horrible salir a la calle con la temperatura por debajo de cero grados y unas ráfagas de nieve que, según decía mi móvil, habían hecho que todo el centro de Londres estuviera cerrado al tráfico, que hubiera un caos de retenciones en las vías de acceso a la ciudad y que se hubieran detenido todos los transportes públicos menos el metro.

—Pero ¿a dónde vamos?

—A hacer nuestra presentación oficial como pareja en la mejor ciudad del mundo.

Que adore Londres tanto como yo.

—¿Y no podríamos esperar a que el riesgo de hipotermia bajara un poco?

—¿Qué sería la vida sin riesgo, Charlie? Ya hemos decidido ser valientes, ¿no? Pues acabemos con esa lista de una vez.

—Solo queda una norma.

Que me haga regalos apropiados.

—Pues para eso, querida, tendrás que acompañarme al otro lado de la ciudad. —Volvió a ofrecerme la mano mientras abría la puerta—. ¿Te vienes?

—Al fin del mundo, si hace falta.

Cita número	27
Fecha	13 de diciembre
Hora	23.00
Lugar	Chelsea
Nombre	Oliver Walker
Edad	32
Forma de contacto	Es el mejor amigo que tengo y... el amor de mi vida

Aquella noche me di cuenta de que estaba bastante poco preparada para la vida. Hay gente por ahí que escala el Everest, que hace expediciones al Polo Sur o que atraviesa glaciares a pie. Yo ni siquiera sé cómo sobreviví al paseo de diez minutos —que aquel día me parecieron siete horas— entre nuestra casa y la estación de Liverpool Street, donde cogimos el metro con destino a Chelsea. Atravesé una ventisca, sí, pero no perdí la capacidad de sonsacarle a Oliver cuál era nuestro destino final: el edificio de su marca.

A pesar de que ya era tarde, los vagones de la línea District estaban repletos de gente, supusimos que de aquellos que se habían quedado atrapados por la nieve en lugares diferentes a donde deberían estar. No hablamos apenas durante el trayecto; nos limitamos a aprovechar el contacto físico obligado que nos hacía casi fundirnos en un solo cuerpo.

Desde la estación de Sloane Square hasta el edificio de Oliver tampoco tuvimos un camino fácil, así que cuando nos vimos allí dentro, acogidos por la calefacción central, los colores se nos subieron a las mejillas en seguida. Pensé que Oliver me llevaría a su apartamento, pero no. Subimos solo una planta y entramos en su despacho.

—¿Qué estamos haciendo aquí? —le pregunté en un susurro. La nevada había dejado la ciudad presa de un silencio inusual y ese nos parecía el tono de voz adecuado.

—Eres una impaciente —me reprochó con una sonrisa y se acercó a darme un beso rápido que no tardó en coger temperatura.

Me reí porque, desde que nos habíamos desatado, los labios se nos imantaban y no desaprovechábamos ninguna oportunidad para besarnos. Me pregunté cuántas veces nos habríamos cruzado en los últimos doce años con ganas de hacerlo, pero nos había vencido la prudencia. Ni de mí misma lo sabía; quizá si me hubiera deshecho antes del corsé mental de pensar que Oliver y yo éramos un imposible, lo habría besado un millón de veces. Al día.

Paseé la vista por el despacho de Oliver y me encontré una novedad enmarcada en uno de los paneles de madera que recubrían las paredes. En un marco de bronce, muy recargado y barroco, una foto gigante del final de su desfile en París. Una foto mía. Sabía lo especial que era eso para él; solo había otras dos imágenes enmarcadas en su oficina: el boceto del vestido estrella de la colección que había presentado en la London Fashion Week como proyecto final de la Central Saint Martins y una imagen de Kate Moss cerrando su primer desfile en Nueva York. No me parecía mala compañía, la verdad.

—Vale, te reconozco la capacidad total y absoluta para hacer regalos maravillosos —le dije sin poder despegar los ojos de mí misma, como Narciso enamorado de su reflejo en un estanque.

—¿De qué hablas? —Siguió la dirección de mi mirada y se rio—. ¿Crees que ese es el regalo? Por favor, Charlie...

—¿Ah, no? ¿Y qué es? ¿Qué es? ¿Qué es?

—¿Recuerdas de qué hablamos la última vez que estuviste en este despacho?

—¿De que te había jodido el polvo con un tío rubio?

—Otra cosa.

—No recuerdo.

—¿No recuerdas haber estado hojeando unos recortes de prensa y leer...?

—¡Ah, sí! ¿¿Me mentiste y entras de madrugada en el palacio de Buckingham??

—Sí. Entre los chupitos de tequila contigo y los madrugones para entrar a trabajar, le hago visitas clandestinas a Lilibeth.

—A veeeer...

—Te dije que había algo en mi caja fuerte.

—¡Ay! —El recuerdo me sobrevoló la mente y el corazón se me revolucionó—. El boceto del único vestido de novia que piensas diseñar.

—Sí. Eso era lo que había en la caja fuerte la última vez que viniste.

—¿Y ya no?

—Ahora hay algo más.

—Oliver, me estás volviendo loca. ¡¡Habla ya!!

—Abre la caja fuerte mientras yo pongo algo de música. —Trasteó con el iPad que tenía sobre la chimenea y la piel se me puso de gallina cuando reconocí los acordes de *She*, de Elvis Costello—. La contraseña es 1708.

—¿Y qué pasó en 1708? —le pregunté con curiosidad. Oliver era un friki para algunas cosas, así que me esperaba una respuesta tipo «Es el año en que se construyó la catedral de St Paul», pero... no.

—17 de agosto.

—¿Y quién cumple años el 17 de agosto? ¿Naomi Campbell o alguna otra de tus divas?

—Naomi cumple el 22 de mayo y mi única diva eres tú. —Resopló—. Ah. Y el 17 de agosto es el día que nos fuimos a vivir juntos Moon, tú y yo. Es la contraseña de mi caja fuerte desde el primer día que me la instalaron.

Manipulé la rueda de apertura con una sonrisa emocionada en los labios, en parte por las palabras de Oliver, pero sobre todo por la ilusión de lo que encontraría en aquella enorme caja fuerte. Como había ocurrido meses antes con el vestido dorado de París, encontré una caja de cartón color marfil con el monograma de la marca de Oliver.

—¿Es para mí?

—Es tuyo, que no significa exactamente lo mismo.

Desenvolví los lazos de raso con mimo y me encontré con una explosión de tela de color blanco inmaculado. Ni blanco roto ni cáscara de huevo ni crudo. Blanco como la nieve que cubría las aceras de Londres esa noche.

—¿Qué... qué es esto?

—*Eso* es el primer y único vestido de novia que diseñará Oliver W en su carrera. —Puse cara de asombro y él se apresuró a explicarse—. Lo diseñé hace años pensando en ti. Esto no significa que te esté pidiendo matrimonio ni que espere que lo luzcas un día en la abadía de Westminster, no hace falta que te cagues de miedo.

—Por este vestido... me dejaría casar por el arzobispo de Canterbury.

—¡Pero si ni siquiera lo has visto aún! —Me miró y nuestras pupilas brillaron a la vez—. Lo que quiero decir es que... para los dos, la moda es más que un trabajo; es una forma de vida, un modo de expresarnos. Mi manera de exteriorizar que eres la persona con la que quiero pasar el resto de mi vida, incluso antes de atreverme a compartirlo contigo, fue diseñar ese vestido. Con tus medidas, pensado para que solo fuera perfecto sobre tu cuerpo. Durante mucho tiempo creí que jamás me atrevería a materializarlo, que solo sería un boceto, igual que nosotros solo seríamos un proyecto en mi cabeza.

—¿Y cuándo lo mandaste coser?

—No lo mandé coser. —Se rio—. Lo cosí yo mismo, a la antigua usanza, la semana pasada. Por eso hice tantas horas extra. Y ahora...

—¿Qué?

—Me encantaría vértelo puesto.

Aquel vestido era un sueño, solo necesité un vistazo

para darme cuenta. Una obra de arte que solo podía haber salido de la mente creativa de un genio. Y era mío, solo para mí, pensado para mí. Era, en realidad, un complejo traje formado por dos piezas. Empecé poniéndome la falda, recta y larga, presidida por un espectacular volante abullonado que me cubría desde un par de dedos por debajo del ombligo hasta el final de la cadera. La parte de arriba era una locura: un *bandeau* minúsculo, el culmen del minimalismo marca de la casa de Oliver W, que apenas me cubría el pecho. Me giré para mirarme al espejo y vi a una diosa. Era imposible que fuera la misma persona que unos días antes lloraba porque dos indocumentados la habían llamado fea. Me dieron ganas de que el mundo entero me viera, pero al mismo tiempo me encantó que fuera algo solo nuestro.

—Es incluso mejor que como lo había imaginado.

—Es... No tengo palabras —le dije, porque era verdad. No se había inventado un idioma en el que se pudiera expresar lo que sentí al verme allí, con Oliver a mi espalda, vestida de novia.

Y entonces me di cuenta de lo que estábamos haciendo: nos estábamos casando. A nuestra manera, que jamás se llamaría boda, que no podría ser algo compartido ni público. Éramos Oliver y yo sabiendo que pasaríamos el resto de nuestra vida juntos y escenificándolo de la manera que mejor se nos daba: a través de telas, diseño y estética.

—Londres se merece ver ese vestido —dijo detrás de mí, y a continuación dejó un beso sobre la piel de mi cuello—. Ha dejado de nevar.

Me acerqué a la cristalera que separaba su oficina del balcón y comprobé que era verdad. Se sentía el frío incluso con las ventanas cerradas, pero la nieve era ya solo un manto que cubría las calles.

—¿A dónde quieres ir? —le pregunté—. No sé cómo vamos a volver a casa, con el metro cerrado y el tráfico cortado.

—Tendremos que dormir aquí, pero... antes, vamos a pasear.

—Pero... ¿así? —Me señalé.

—Así morirías congelada, pero debajo de ese abrigo de peluche... ¿Se te ocurre un *look* mejor para esta noche?

—Vamos a ver, Oliver, me conoces. Me pondría este vestido hasta para dormir. No tienes que convencerme.

Salimos a las calles de Londres y el bofetón de frío fue menor de lo que esperábamos. El viento había parado y la ciudad parecía adormecida. En pocas casas se veían luces y no había un alma en la calle. Nos arrebujamos en nuestros abrigos y echamos a andar de la mano por las calles, sin rumbo fijo, sin otro destino que nosotros mismos.

Eran cerca de las dos de la madrugada cuando bordeamos Hyde Park y nos internamos por las calles de Mayfair. De vez en cuando veíamos pasar alguna máquina quitanieves, pero, por lo demás, Londres era todo nuestro. Siempre lo había sido, pero quizá la ciudad no se dio cuenta hasta aquella noche.

Acabamos en Regent Street. No me sorprendió que los pies nos hubieran llevado hasta allí; siempre habíamos dicho que era nuestra calle favorita de Londres y, a aquellas alturas del invierno, con las decoraciones navideñas ya encendidas entre los edificios clásicos, parecía más un escenario de ensueño que una calle real. Desembocamos en ella a la altura de la curva desde la que se intuía ya Piccadilly Circus.

—Hazme una foto —le pedí y le entregué mi móvil—. Y desinstálame la app de Instagram si no quieres que tu vestido deje de ser secreto.

—Sugiere, no enseñes.

—Esa frase me ha sonado tanto a mi madre que estoy a punto de salir corriendo.

—No creo que la nieve te lo permitiera.

Arriesgándome a sufrir una hipotermia, deslicé mi abrigo blanco por un hombro y ladeé el cuerpo para posar para Oliver. Porque puede que esa foto acabara compartida con el mundo, pero yo estaba posando solo para él. Cuando comprobé la imagen, me pareció perfecta: se me veía solo la mitad de la cara, un hombro desnudo, el *bandeau* del traje y el comienzo de aquel volante exuberante. Lo subí con un mensaje sutil que solo nosotros entenderíamos: «(Des)vestida por Oliver W sobre la nieve».

Oliver guardó mi móvil en el bolsillo de mi abrigo y se acercó a abrazarme. Me había quedado helada en los dos minutos que había tardado en conseguir la foto que me recordaría siempre la noche más especial de mi vida. Cuando nuestros labios se encontraron, me sentí como si estuviera bajo el efecto de alguna de esas drogas que hacen que tus sentidos se hiperdesarrollen, que lo hacen todo más tangible: podía oler la nieve, veía los ángeles de luz que nos sobrevolaban en homenaje a la Navidad con un halo real, los pocos colores que destacaban en un Londres blanco aparecían a mis ojos sobresaturados.

—Te quiero muchísimo. —La sonrisa que esbozó Oliver tenía la capacidad de fundir la nieve de las aceras y de hacer perder la decencia a las chicas buenas. Por suerte, yo ya la traía perdida de casa—. Escúchame lo que te digo: vamos a ser el jodido *big bang*.

—Ya lo somos, Oliver. —Lo besé. Lo besé y quise gritarle al mundo que me había enamorado como solo ocurre una vez en la vida; que tenía la sensación de que la Tierra seguía girando sobre su eje solo porque nosotros nos habíamos encontrado al fin. Así de moñas me había vuelto ese hombre—. Y ahora, vámonos a casa.

—Vámonos a mi estudio. A casa... ya hemos llegado.

Puntuación de la cita 10 (total y absoluto)

EPÍLOGO

Seis meses después

Amanece soleado el día de mi trigésimo primer cumpleaños. La luz entra tamizada por las cortinas de mi cuarto y se refleja en la colcha de lino con la que me tapo en las noches de verano. Me doy la vuelta y veo una melena oscura esparcida por la almohada del lado derecho de la cama. Esa simple visión me hace sonreír. Me arrebujo en la colcha, me giro hacia él y me vuelvo a quedar dormida al instante.

Cuando despierto de nuevo, es casi mediodía y estoy sola en la cama, pero oigo a Oliver trastear en la cocina. Me desperezo, recoloco un poco las sábanas —que aún sufren las consecuencias de una madrugada intensa de sexo desbocado— y estiro un brazo para alcanzar el kimono que uso para andar por casa y que, para variar, está tirado en el suelo.

—Qué decepción, Charlotte. —Oliver entra en la habitación con una bandeja y me mira con el ceño fruncido—. Esperaba encontrarte desnuda.

—Soy una experta en moda. No puedes pretender que prescinda de la ropa para siempre.

—Ojalá el nudismo como tendencia para el próximo

verano. —Resopla y suelta una carcajada antes de empezar a hablar—. He intentado ser un novio cuqui, pero me temo que no es lo mío.

Retira la servilleta que cubre la bandeja y descubro una magdalena de arándanos y una *cookie* con pepitas de chocolate. Encima de cada una, una vela; un 2 y un 4. Se me contagia la carcajada y vuelvo a tumbarme en la cama. El kimono se desliza por mis hombros y Oliver abandona la bandeja, se tira a mi lado y me muerde sin rubor un pezón.

—Esto es lo que yo quería.

—¿Puedes aclararme si cumplo veinticuatro o cuarenta y dos?

—Puedo aclararte que el último cumpleaños que celebramos en esta casa fue hace siete años. No había más velas que esas.

—Al menos me has traído dulces. —Le sonrío a pesar del tono de reproche fingido.

—Compartiremos la magdalena; lo de la galleta parecen *chips* de chocolate, pero en realidad creo que es moho. Juraría que las compró Moon antes de volver a Australia.

—Joder, qué asco.

—Al final te vas a arrepentir de no celebrarlo con la clásica comida familiar de los May.

No, no me voy a arrepentir. Es la primera vez en tres décadas que no como el día de mi cumpleaños rodeada de mis padres, tíos, primos, hermana y demás familia. La relación con ellos es la misma de siempre y, de hecho, el próximo fin de semana celebraremos mis treinta y uno en su casa, pero hoy... Hoy quería que el día fuera solo nuestro. Solo de Oliver y mío.

La causa no es que nos hayamos convertido en una de esas parejas que gravitan uno alrededor del otro cuando se enamoran. Nada más lejos de nuestra realidad. Fui yo la que, hace una semana, le propuse este plan alternativo para mi cumpleaños cuando él ya tenía en mente aparecer de mi mano en el salón de mis padres.

—¿Por qué? —me preguntó con la curiosidad reflejada en el gesto.

—No sé si hay alguna posibilidad de que te lo explique sin que te ofendas.

—Miedo me das.

—No quiero que piensen que lo he conseguido. —Hice una mueca extraña, pero creo que él me entendió—. El año pasado me volví loca después de mi comida de cumpleaños y me pasé seis meses sin reconocerme a mí misma. No es que los culpe, ¿vale?, pero la Charlie que se ha pasado toda la vida defendiendo que podía ser igual de feliz soltera que en pareja no tiene ganas de ver sus caras de «¿Ves? Esto era lo que necesitabas para ser feliz».

—¿No va a pasar eso en el momento en que sepan que estamos juntos?

—Sí. Pero no quiero que sea el día de mi cumpleaños.

Oliver y yo no hemos hecho oficial lo nuestro. Tampoco es que seamos dos *celebrities* que fueran a sacar un comunicado con su nueva situación sentimental ni nada por el estilo. Se formó algo de revuelo después de mi publicación en Instagram la noche de Regent Street, pero más entre aficionados a la moda, por lo que suponía el primer —y único— vestido de novia firmado por Oliver W, que porque nadie entendiera lo que en realidad significaba para nosotros: que esa noche nos estábamos comprometiendo en la mejor locura de nuestras vidas. A lo que me refiero es a que no se lo hemos contado a nadie más que a Moon. No nos ocultamos, por descontado, pero no nos apetece que nadie nos tome por los protagonistas de un cuento de hadas con final feliz. No sé si somos demasiado rebeldes, un poco idiotas o que yo me he quedado traumatizada por aquellos seis meses de citas sin sentido.

Tardé un tiempo en darme cuenta de cuánto me había equivocado en los meses posteriores a la epifanía romántica de mi trigésimo cumpleaños. No porque las citas salieran mal ni porque estuviera ocultando un amor por Oliver que llevaba latente más de una década. Me equivoqué porque intenté encajar mis pies del cuarenta y uno y medio en unos zapatos del treinta y siete. No voy a culpar a la sociedad, de la misma manera que no culpo a mi familia, pero todo influyó en que llegar a los treinta soltera me pareciera algo que había que solucionar, una anomalía que era necesario erradicar. Yo nunca había sido así, nunca había pensado así; aún hoy me cuesta entender por qué dudé tanto sobre algo que había tenido clarísimo desde los dieciséis años al cumplir treinta.

Aquellas veintiséis citas fallidas han quedado en mi recuerdo como anécdotas más o menos divertidas que comparto en noches de copas con compañeras de trabajo. Si no hubiera acudido a cada una de ellas buscando un ideal romántico, me lo habría pasado genial, como lo había hecho en todas las relaciones ocasionales y con todas las *follamistades* más o menos desastrosas que había tenido en la década anterior. Nunca me han gustado las tradiciones, ni la monogamia ni el concepto de amor romántico; hasta la palabra «novio» me da un poco de dentera y creo que, en el medio año que llevamos juntos, nunca me he referido así a Oliver, a pesar de que sé que lo es y de que me encanta que sea así. ¿Me estoy explicando? Mucho me temo que no.

Lo que intento decir es que lo único que yo he pretendido toda mi vida es pasármelo bien. Ser feliz, si queréis que suene menos frívolo. Soy una persona increíblemente afortunada que ha contado en su vida con todos los ingredientes para esa felicidad. Si alguien me hubiera preguntado a los veintinueve años y trescientos sesenta y cuatro días, habría afirmado sin titubeos que tenía la vida que siempre había deseado. Pero el olor a cera de treinta velas humeantes me causó algún tipo de reacción química extraña en el cerebro y muté en una persona de la que no estoy demasiado orgullosa.

Y entonces apareció Oliver. Bueno, es ridículo decir que apareció cuando ya por entonces era la persona más importante de mi vida desde hacía más de una década. Y esa es la palabra que me gustaría usar si no corriera el riesgo de que la gente me considerara una pirada: me gustaría decir que Oliver es «mi persona», no «mi novio». Y no solo porque, como he dicho antes, me dé grima esa palabra; es que se le queda muy corta.

Por eso no hemos querido contar que estamos juntos. Porque queremos que sea algo solo nuestro durante un poco más de tiempo, aunque mucho me temo que de la celebración familiar de cumpleaños de la semana que viene no va a pasar sin que se sepa. Y porque nos da una pereza mortal que la gente suponga cosas sobre nosotros que nunca van a ocurrir.

—¿Me vas a exigir que te cante el *Cumpleaños feliz*? —me pregunta Oliver y me saca de mi reflexión.

—Preferiría comerme la galleta con moho que presenciar eso.

—¿Y qué planes tienes para el día de hoy?

—A última hora estaría bien ponernos guapos e ir a cenar a un sitio escandalosamente caro, pero...

—¿Pero? —me pregunta con una mueca divertida.

—Hasta entonces, no quiero que salgamos de la cama ni aunque se incendie el edificio.

—Tus deseos son órdenes, cumpleañera.

No tengo ni idea de si algún día nos saciaremos el uno del otro, pero no tiene pinta de que eso vaya a pasar. Nos guardamos las ganas durante seis años; escondimos que era algo más que sexo durante otros seis. Y ahora tenemos toda la vida por delante para recuperar el tiempo perdido.

No tenemos intención de hacer otra cosa que querernos y disfrutarnos. A eso me refería antes con que nos dan pereza las suposiciones ajenas. Que no seremos padres creo que lo tiene asumido cualquiera que nos conozca. Que no habrá una boda en la catedral de St Paul..., lo mismo. Pero incluso Moon nos ha preguntado hace poco cuándo pensábamos mudarnos al estudio de Oliver; nosotros la miramos como si estuviera drogada. Si llevamos una vida entera siendo felices en la leonera de Shoreditch, ¿por qué vamos a mudarnos a ninguna parte? Ni siquiera hemos ordenado esta pocilga ni renunciado a tener cada uno nuestro cuarto; yo sigo disfrutando del más grande, Oliver del contiguo y hemos convertido la que fue la habitación de Moon en un vestidor compartido que no tiene nada que envidiarle al famoso armario de complementos de *Vogue*. Eso sí, cada noche nos sentimos la piel, en una cama o en otra; eso no es discutible.

Necesité pasarme seis meses intentando encajar en un lugar que no era el mío para volver a ser consciente de que la felicidad no tiene nada que ver con el estado civil. Es una lección que todas tenemos aprendida en la teoría, pero que nos flaquea a veces en la práctica. Y necesité encontrar a Oliver para no meter la pata justo por lo contrario: por querer huir de esa epifanía romántica que tan boba me había vuelto. Tuve miedo a que dos personas tan libres no supiéramos ser pareja. Qué tontería; nos conocíamos desde hacía doce años y jamás le habíamos cortado las alas al otro. También temí que fracasáramos como pareja y que se rompiera la amistad más bonita que había tenido jamás. Otra bobada; si de algo no he dudado nunca es de que Oliver y yo, como dijo un día Moon, somos invencibles como amigos. Y creo que también lo somos como todo lo demás, como cualquier cosa que queramos ser.

Puede que, en un momento concreto, me pasara medio año dudando de ideas que había tenido claras durante toda mi vida adulta, pero si hay una certeza que nunca me abandonará es que Oliver es mi persona. Y yo, la suya. Y los dos juntos, el jodido *big bang*.

AGRADECIMIENTOS

Toda novela surge de una idea, de una chispa de inspiración. Al menos, todas las mías han nacido así. Lo que llega a continuación, ese trabajo que va haciendo crecer la idea hasta convertirla en un libro como este que tenéis entre las manos, es, a ratos, un trabajo íntimo y solitario. A mí me gusta que sea así. Me gusta casi tanto como compartir el camino con unas cuantas personas que hacen que sea mejor escritora. Y también una persona más feliz. Por eso, mi agradecimiento eterno es para ellas, para quienes me consuelan cuando me atacan crisis creativas y para quienes me bajan la euforia cuando me vengo demasiado arriba.

A mis amigas, a quienes va dedicada esta novela, por ser la mejor fuente de inspiración del mundo. Y por haber estado a mi lado en los momentos más difíciles... y también en los más divertidos.

A mi madre y a Juan, los dos pilares sobre los que se asienta todo lo que soy. Como escritora, quizá. Como persona, sin ninguna duda.

A Alice Kellen, Andrea Longarela, Saray García, Alejandra Beneyto y Elsa García, que conocieron a Charlotte cuando era solo ese chispazo de inspiración en mi mente y que me han acompañado, aconsejado y animado en cada paso del camino. Como siempre. Gracias por ser lo mejor que me ha traído esta aventura de las letras.

A Lola Gulias, mi editora, que creyó en mí desde el principio y no me ha soltado la mano durante todo el proceso de escritura y edición de esta novela. Y a todo el equipo de Editorial Planeta, por confiar en la historia de Charlotte y ayudarla a llegar hasta aquí.

Y por último, aunque nunca en último lugar, a mis lectoras. A quienes llevan años leyéndome y a quienes me hayáis conocido con este libro. Si habéis llegado hasta estas líneas, espero que *Las 27 citas de Charlotte May* os haya divertido, entretenido, emocionado... o lo que necesitarais en cada momento. Al fin y al cabo, esa es la magia de los libros. Y que no se acabe nunca esa magia.